S0-DLE-986

El brindis de Margarita

El brindis de Margarita

ANA ALCOLEA

Editado por HarperCollins Ibérica, S.A.
Núñez de Balboa, 56
28001 Madrid

El brindis de Margarita

Diseño de cubierta: CalderónStudio
Imágenes de cubierta: Shutterstock

ISBN: 978-84-9139-558-4
Depósito legal: M-15766-2020

1

De pequeña, yo siempre brindaba «por la salud de Franco». Bien alto, de pie, con toda la familia sentada a la mesa y mientras alzaba mi vaso lleno de quina Santa Catalina. Mi madre me miraba y acaso respondía con un gesto que era la variante silenciosa de «qué maja está la niña cuando está calladita». Mi padre se quedaba lívido.

—Pero ¿quién le ha enseñado a decir esas cosas a la criatura?

Eso lo decía solo a veces, cuando en la celebración no había ninguno de los miembros de la familia que eran complacientes con el régimen; en tal caso, callaba y sonreía la gracia de la criatura porque era lo mejor que podía hacer. Mi abuela se iba a la cocina a buscar la tarta que ella y mi madre habían hecho por la mañana; mientras recorría el largo pasillo pensaba en el día en que los falangistas habían registrado su casa durante la guerra, movía la cabeza de un lado a otro y pensaba: «¿De dónde habrá sacado la chica semejante brindis?».

Y no, nadie me lo había enseñado. Para la niña de ocho o nueve años que yo era entonces, aquel señor de pelo blanco, bigote fino y voz de tiple afónica era una especie de abuelo universal, sustituto de los dos abuelos que no había tenido o, por mejor decir, que nunca había conocido o tratado.

A través de la televisión, aquel hombre en blanco y negro era el único abuelo que entraba en mi casa, y yo brindaba por su salud con el vino quinado que nos daban a los niños. Un vino de unos quince grados que supuestamente hacía que estuviéramos fuertes y sanos. A mis primos se lo daban con un huevo crudo batido dentro. A mí eso me daba mucho asco, así que lo bebía solo, en las celebraciones familiares para brindar, o los sábados y los domingos por la mañana, mientras los mayores estaban en la cocina.

Mis padres lo guardaban en la parte baja de la librería, debajo de las cartas que mi madre recibía de lugares del mundo tan exóticos como San Francisco y una ciudad que se llamaba Cebú y que estaba en las islas Filipinas. Esas mañanas sin colegio, cuando me quedaba sola en el cuarto de estar y oía todas las voces que llegaban desde la lejanía de la cocina, abría la botella y bebía un buen trago de aquel elixir dulce, el mismo con el que en las fiestas brindaba por la salud de aquel abuelo en gris, de quien los niños no sabíamos que era un dictador y que tenía a sus espaldas centenares de miles de muertos.

Y no lo sabíamos porque en las casas no se hablaba de ello.

—Las paredes oyen —solía decir mi madre. Y debía de ser verdad, porque cuando la abuela contaba alguna cosa sobre la guerra, lo hacía en voz muy baja, por si acaso.

Lo mismo ocurría cuando mi padre narraba el episodio en el que él y los demás chapistas del parque de coches oficiales donde trabajaba por las mañanas habían hecho una bandera republicana con los trapos de limpiar. Alguien había visto la bandera roja, amarilla y morada sobre una mesa del taller y había ido corriendo a contárselo al jefe, un general en la reserva que había hecho la guerra y conservaba restos de metralla en la garganta. El general había bajado inmediatamente con el ánimo de arrestar a los tres incautos, que no lo fueron tanto y que lo engañaron diciéndole que los trapos habían caído así, por casualidad, que ellos ni siquiera sabían que había otra bandera que no fuera la rojigualda. Las tres mujeres de la casa reíamos cada vez que papá contaba la historia y nos sentíamos orgullosas de él, que había sido capaz de burlar a la autoridad. Aunque, a decir verdad, yo entonces no sabía ni qué era la autoridad, ni qué era la bandera republicana, ni qué había sido la República. Solo sabía que había habido una guerra de la que casi nadie hablaba. Según parecía, entre las hermanas de mi abuela las había de los dos bandos: mis abuelos habían sido republicanos, pero la hermana pequeña de mi abuela, falangista. Tampoco sabía yo muy bien lo que quería decir aquella palabra. La había oído por primera vez en el colegio, en primero de primaria: a las monjas les gustaba hacer una batería de preguntas sobre cultura general. En la misma clase estábamos las niñas de primero y de segundo grado. Una de las preguntas en el primer día del curso fue: «¿Quién fue el fundador de la Falange?». Ninguna de las niñas de primero conocíamos la respuesta. Y tampoco sabíamos sobre qué estaban preguntando. Solo una de las niñas de segundo supo responder: «José Antonio Primo de Rivera». Le dieron una estampa de la Virgen por haber sido tan lista. Me aprendí el nombre de aquel señor para preguntarle a mi madre en cuanto saliera del cole.

2

Hace poco que ha comenzado a llover. Mi paraguas de nubes blancas sobre cielo azul me protege de la lluvia, pero no de mí misma ni del aire que respiro. La calle con casas de ladrillo rojo me recibe como había hecho tantas veces cuando volvía del colegio, de la universidad, del parque. El mismo bar en la acera de enfrente, con otro nombre y con las mismas sillas de acero inoxidable. La misma peluquería con otras peluqueras. Las pequeñas manufacturas textiles desaparecieron tiempo atrás, y donde hubo una carnicería hay ahora un almacén en el que entran y salen hombres y mujeres con rasgos orientales cargados con cajas de cartón. El club de boxeo dejó paso a una tintorería. El taller mecánico donde trabajaba mi padre por las tardes, el mismo en el que pedía cigarrillos a escondidas un boxeador que llegó a ser campeón del mundo, es ahora una clínica dental, blanca y aséptica.

Llevo los pies mojados porque el agua ha empapado mis zapatillas de tela. Hace tiempo que ya no me calzo zapatos altos porque mis tobillos delgados me juegan malas pasadas, y hoy me he puesto unas deportivas viejas. No me voy a encontrar con nadie conocido. Solo con mis fantasmas.

Miro al balcón de la que fue mi casa durante más de veinte

años. La pintura plateada de la barandilla ha perdido su brillo, y ya no hay macetas como cuando vivían mi madre y mi abuela. Desde la calle, los únicos vestigios del pasado son los visillos de ganchillo que había hecho mamá durante horas y horas vespertinas mientras escuchaba la radio en la mesa camilla del cuarto de estar.

Me cuesta decidirme a entrar en la casa. Si alguien me está contemplando desde una ventana, inmóvil, bajo el paraguas, mirando al segundo piso, pensará que estoy interesada en comprar el inmueble. Nada más lejos de la realidad; he demorado varios meses la más solitaria y dolorosa de las tareas: volver al piso de mis padres para vaciarlo. Despojarme de todo lo que hay allí dentro va a ser como quitarme cada una de las capas protectoras de la epidermis y quedarme desvalida, en carne viva, a merced de todos y de cada uno de mis pensamientos. A merced de mí misma, de mi propia soledad.

3

Miro el móvil que llevo en el bolsillo de la americana y compruebo que no tengo mensajes. Busco las páginas de los periódicos que leo habitualmente: nada nuevo que me llame la atención. No fumo, así que no puedo encender un cigarrillo y esperar hasta terminarlo. Se me han acabado las excusas y los pies están cada vez más mojados y más fríos. Por fin saco el llavero del bolso nuevo que me ha costado más de seiscientos euros y que he comprado por Internet. Precioso, pero pesado. Es lo que tiene comprar algo que no ves y no tocas, que no sabes realmente lo que te vas a encontrar. En el catálogo me pareció maravilloso, con un color vino de Borgoña realmente espectacular. Cuando lo saqué del paquete y lo tuve en mis manos, me siguió pareciendo precioso, pero a los pocos días me produjo una dolorosa contracción muscular en el hombro izquierdo. No obstante, lo he seguido llevando, tengo que amortizar lo que me he gastado. Conservo la mentalidad de clase obrera en la que me crie: las cosas cuestan dinero y no se tiran.

En el mismo momento de introducir la llave en la cerradura del portal, me acuerdo de otra adquisición fracasada que había hecho tiempo atrás; fue cuando salí por aquella misma puerta para comprar un polo de la marca Lacoste. Corría el año 1976, yo tenía catorce horrorosos años, con el pelo corto, mis primeras gafas, granos y un par de compañeras en el colegio del barrio que lucían ropa de las que empezábamos a llamar «niñas pijas». Yo también quería formar parte de aquella estética de zapatos castellanos con flecos y de jerséis con cuello de pico.

—Papá, quiero un polo como el de mis compañeras, de cuello de pico y con el cocodrilo.

Conseguí que mi padre me diera dinero para comprarme un Lacoste, con su cocodrilo verde sobre el lateral izquierdo. Fuimos los dos a una tienda del centro de la ciudad, y elegí uno de color beis, muy neutro, horrible y aburrido. Entonces pensé que lo podría combinar con cualquier falda y con cualquier pantalón. Desde el primer momento me pareció absurdo y feo, pero lo compré porque me había empeñado en ello. Por supuesto, se manchó enseguida y, por supuesto, lo lavó mi abuela con agua caliente: se encogió tanto que ya no me lo pude volver a poner. Ahí se acabó mi sueño de ser una adolescente estilosa y pija, de las que ligaban con los chicos más guapos del colegio.

Entro en el vestíbulo, que huele a humedad. Unas flores de plástico en un macetero ponen una nota de color que destaca entre las paredes del mismo tono marfileño de mi malhadado polo del cocodrilo. Miro el interruptor de la luz nocturna, alto por encima de la cabeza para que no llegáramos los niños ni las abuelas: la mía notó que su estatura había menguado cuando ya no podía encender ni apagar aquel piloto de la noche, que la avisaba de que el tiempo estaba pasando inexorablemente.

En el buzón siguen nuestros cuatro nombres, el de mi padre, el de mi madre, el de mi abuela y el mío, por ese extraño orden jerárquico que convertía a los hombres en cabeza de familia, y a las abuelas y a las niñas en los últimos monos de la casa. De los cuatro nombres solo queda vivo el mío. Los otros tres han desaparecido entre las cenizas de sus poseedores, como sus voces y sus silencios. Como sus prisas y sus deseos.

Solo hay un par de cartas en el buzón, a nombre aún de mi padre, que ha sido el último en marcharse. Una de la compañía eléctrica y otra del Ayuntamiento, con un recibo del agua. No tengo llave del buzón, así que las saco introduciendo mis dedos en la ranura. Me araño la piel como tantas veces al intentar extraer las cartas cuando venía del colegio y todavía no tenía edad para ser poseedora de llaves. Las llaves dan libertad y poder. Siempre fueron un símbolo de ambas cosas, tanto en el antiguo Egipto o en las aldeas vikingas, como en todas nuestras casas de barrio obrero. Hubo un tiempo en el que ya dueña de llaves, pero de nada más, esperaba con ansiedad la llegada del cartero. Fue cuando un chico me prometió que me escribiría desde la ciudad en la que estudiaba. Todos los días esperaba la hora, y todos los días la misma decepción: nunca llegaba la misiva deseada. Nunca llegó, y a pesar de ello nos hicimos novios. El patio había sido testigo de muchos momentos que dichosamente habían pasado al reino amable del olvido.

Meto las dos cartas en el bolso, y empiezo a subir las escaleras. Por el primer piso han pasado varias familias y unas estudiantes universitarias en los años en los que yo era adolescente. Una de ellas estudiaba Magisterio y la otra Filosofía y Letras. No tenían teléfono y sus madres las llamaban a mi casa cuando las llamadas de los pueblos aún se hacían a través de una centralita. Eran de una pequeña localidad en la que se hablaba una variedad del catalán, así que a veces mi madre y mi abuela no se entendían con la telefonista, y yo bajaba corriendo las escaleras para llamar a las chicas. Eran altas, guapas y delgadas, y una de ellas tenía un novio en la tuna de Medicina, así que de vez en cuando los tunos las rondaban debajo de la ventana. Cantaban rancheras y melodías portuguesas, y todos los vecinos de la calle nos asomábamos al balcón para verlos y oírlos cantar, ellos ataviados con sus capas y sus cintas de colores, nosotros con las ropas de dormir. Una noche, las chicas me invitaron a su casa mientras estaban los tunos. Como ya era púber y casi pertenecía al mundo de los mayores, me enseñaron una de sus canciones, una de esas que ahora me sonroja recordar porque contaba una historia de amor que acababa en homicidio. Pero lo más de lo más fue el día en el que se casó uno de mis muchos primos. A los postres llegaron los tunos, precisamente los de Medicina, que me reconocieron como la vecinita del piso de arriba del de sus pecados, y me dedicaron la susodicha canción. Aquel fue uno de los momentos más felices de mi adolescencia. Ya me había crecido el pelo, me había puesto lentillas y no tenía granos. Me sentí protagonista más de un pasodoble que de una ranchera, sobre todo cuando uno de los tunos me lanzó un clavel rojo que previamente había besado. Aquella noche me fui a la cama más feliz que una perdiz.

Sí, el primer piso había dado mucho juego.

4

Subo los siguientes tramos de escaleras y llego a mi casa. Respiro hondo antes de meter la llave en la cerradura. No he vuelto desde que papá murió hace unos meses y tuve que ir a recoger papeles y a tirar comida que aún se había quedado en la nevera. El felpudo está torcido, como siempre después de que la limpiadora lo vuelve a colocar cuando termina su trabajo. Lo pongo recto con el pie. Doy las dos vueltas de llave a la izquierda y abro la puerta. Está oscuro porque había bajado las persianas la última vez. Me parece que entro en un túnel sin fin, que vuelvo al mismo útero materno del que tantos años me había costado salir.

Estoy en el pasillo. En el largo pasillo por el que me daba miedo transitar de niña cuando llegaba la noche. Creía que monstruos terribles habitaban debajo de las camas y saldrían a comerme cuando pasara junto a los umbrales de los dormitorios. Por eso corría lo más rápido que podía para llegar cuanto antes desde la sala de estar hasta el cuarto de baño o viceversa.

Respiro profundamente para mantenerme en pie y no perderme en las galerías de la imaginación. Noto que aún quedan restos del olor a la colonia de mi padre.

El aroma me dice que estoy en mi casa y que algo de sus habitantes se ha quedado allí dentro para siempre. Enciendo el interruptor y se hace la luz.

El olor me conduce hasta la habitación de mi padre, la que había compartido con mamá hasta que ella murió diez años antes que él. Subo la persiana y veo el frasco de cristal sobre el tocador. Es el único objeto vivo sobre el mármol, el único que desprende un intento de comunicación. Es como las botellas de los cuentos orientales con un genio dentro, como la lámpara de Aladino. Cojo el frasco y le quito el tapón. Me lo acerco a la nariz y aspiro lo más intensamente que puedo. Quiero llenarme del olor de papá aunque sé que eso no lo va a traer a mi lado. Pulverizo la habitación y observo las minúsculas gotas que flotan en el aire. El genio de la botella no es nada más que polvo perfumado. No puedo ni siquiera pedirle un deseo. Me siento en la cama. Sobre la colcha todavía está la funda de la urna que contuvo sus cenizas y que no me había atrevido a tirar.

—Joder, papá. ¿Y qué hago con esto? —digo en voz alta. Seguro que él habría tenido alguna solución.

Me levanto y me voy al cuarto de estar.

Todo está como siempre. La mesa camilla con sus faldas de terciopelo rojo. El último tresillo que había sustituido al rojo, al verde, y al marrón de escay, que había sido el primero y mi favorito. Los cuadros que había pintado papá en los años de su depresión. Las decoraciones que había hecho mamá en los cursos del barrio para amas de casa. La orla de mi fin de carrera con las fotos de mis compañeros en blanco y negro. Y la mía, una imagen en la que no me reconocía, seria, grave, convencida de que había hecho algo muy importante al ser la primera de la familia que había conseguido ser universitaria. Recuerdo que hasta me hice unas tarjetas de visita inútiles en aquel momento con mi nombre y con la leyenda *Filóloga*, que casi nadie sabía lo que quería decir. Pero como todo el mundo estaba orgulloso de que por fin alguien de la familia hubiera ido a la universidad, la orla llena de caras más o menos sonrientes, más o menos antipáticas, ocupó siempre la pared principal del salón.

Me siento en uno de los sillones, el que está más cerca de la librería. La librería. Nunca supe por qué ese mueble tiene un nombre tan pretencioso, cuando en realidad es un armario con estanterías, aparador, televisión, vitrina, mueble bar y generalmente con muy pocos libros.

La contemplo y pienso que ahí está una parte de la historia de mi vida. Abro la puerta de la parte inferior. Ahí tenía mamá la vajilla de los días de fiesta. Y la botella de la quina Santa Catalina. La vajilla sigue en su sitio, ordenada por el tamaño de los platos y las fuentes. Y hay una botella de quina. La debió de comprar mi padre poco antes de enfermar. La abro. La huelo. Me la llevo a la boca y bebo un trago.

—Por vuestra memoria, ya que no puedo brindar por vuestra salud.

De repente, regresan los días en los que el cuarto de estar no estaba habitado por las sombras y el silencio. Los vinilos de 45 y los LP sonaban los fines de semana. Algún domingo incluso comíamos allí y no en la cocina como el resto de los días. Mi padre montaba el tren eléctrico, mamá cocinaba la paella cuyo olor llegaba hasta el salón, y la abuela tejía con aquellas largas agujas de acero con las que se podía cometer un homicidio con gran facilidad. Yo hacía los deberes al ritmo de la música de Los Brincos y de Los Tamara. A veces hasta venían a comer o a merendar mis tíos y mis primos.

5

—Mamá, ¿quién era José Antonio Primo de Rivera?

Mi madre palideció. Había otras madres alrededor esperando a sus hijas a la salida del colegio, e incluso una de las monjas que nos acompañaban hasta la puerta principal. Mamá no contestaba, así que insistí.

—Mami, que quién era José Antonio Primo de Rivera.

—Pues —titubeó por fin—, era el fundador de la Falange. Lo mataron en la guerra.

—¿Y qué es la Falange? ¿Y por qué lo mataron en la guerra?

Y ya esas preguntas se quedaron sin respuesta porque mi madre no sabía qué contestar. La Falange era un partido, pero no había otros partidos, porque estaban prohibidos. Si la palabra «partido» viene de «parte» y no había otras «partes» era muy complicado de explicar, sobre todo a una niña de seis años, y por una mujer que había vivido toda su vida inmersa en una realidad única, que no permitía que nadie preguntara ni se preguntara más de la cuenta.

Hicimos el camino a casa en silencio. Mi madre, seguramente, iba buscando una posible respuesta que no encontró. Y yo iba pensando que por primera vez me había quedado sin estampa de la Virgen porque la monja había hecho una pregunta que yo no había sabido contestar. Estábamos empatadas.

Cuando llegamos a casa, me fui directamente a mi cuarto. Oí que mi madre cuchicheaba algo con mi abuela. Probablemente le estaba hablando de mi pregunta. No entendí las palabras que intercambiaron porque hablaban en voz muy baja, como hacían siempre que no querían que yo, o las paredes, escucháramos su conversación. Mamá me había comprado una breva rellena de crema en la pastelería de la señora Nati, que estaba a medio camino entre la escuela y nuestra casa. No lo hacía todas las tardes, las brevas costaban dinero, pero sí de vez en cuando. Normalmente me la comía en la calle, antes de llegar al piso. Pero ese día masticaba tan despacio que la acabé en mi habitación, sentada en la silla que me había hecho mi padre para que pudiera hacer los deberes en el escritorio que había comprado para mí. Era un mueble articulado, con módulos que se podían subir y bajar a diversas alturas. La mesa para escribir estaba entonces a unos ochenta centímetros del suelo, y fue subiendo de posición conforme yo iba creciendo y sabiendo un poco más acerca de José Antonio, de la Falange y del abuelo en blanco y negro que salía mucho en la televisión.

6

Papá llegó a casa a las diez, como cada noche, después de trabajar por horas y en negro en el taller de enfrente. Se aseaba en el lavabo del taller para que no le viéramos las manos sucias de grasa. Luego en casa, se las volvía a lavar con unos polvos blancos con los que se las frotaba y frotaba hasta que no quedaba rastro de las seis horas en las que había estado dando martillazos a la chapa de algún coche accidentado. Nunca le vi las manos sucias a mi padre. Tenía la piel fina y las uñas siempre arregladas. Cualquiera que lo viera podía pensar que trabajaba en un banco o en una oficina, a pesar de que nunca ocultaba que era chapista, que arreglaba coches, por la mañana en el Parque Móvil Ministerial, y por la tarde en el taller de Soto, el mejor jefe que se podía tener: le pagaba bien, y además le daba un aguinaldo espectacular por Navidad.

Esa noche mi madre le contó algo mientras cenaban porque, cuando entró papá en mi habitación para darme las buenas noches, se sentó en mi cama, me removió el pelo y me dijo:

—Así que en el colegio os enseñan cosas de mayores.

—¿Cosas de mayores? —pregunté.

—Lo de la Falange y José Antonio son cosas de mayores.

—Sor Josefina preguntó y yo no sabía la respuesta. —En el

fondo, lo único que me preocupaba era que por primera vez no había sido la más lista de la clase.

—No deberían hablaros de esas cosas. No —dijo, mientras movía la cabeza.

Yo sabía que a mi padre no le gustaba el colegio, pero ante el empeño de mi madre, que había sido alumna feliz allí durante la mayoría de sus años escolares, sus ideas y sus deseos no tenían nada que hacer. Mamá se había empecinado en que la niña tenía que ir al mismo colegio que ella. Estaba convencida de que allí me enseñarían a ser una buena chica, además de a bordar, a coser todos los puntos, la vainica, la sencilla y la doble, el nido de abeja y todas esas cosas que nunca aprendí, pero en las que ella era muy hábil. Mi padre hubiera preferido que me educara en un colegio diferente. Pero, según mi madre, no había muchas opciones: la única escuela pública del barrio no tenía buena fama porque a ella iban los niños más pobres y no llevaban uniforme. El otro colegio era del obispado y a él iban muchos gitanos. Y el único laico y con buena fama era el que estaba en medio del Parque, y eso estaba demasiado lejos para hacer cuatro viajes al día. No obstante, la razón principal era que mi padre no quería discutir con mi madre. Si ella deseaba llevarme a su colegio de monjas, mi padre aceptaba sin más. Ponía mala cara, pero callaba. Hacía años que había aprendido que no le quedaba más remedio que aceptar y aguantar: en el trabajo, en casa y en la vida en general.

—¿Por qué no deberían hablarnos de esas cosas? —le pregunté desde mi curiosidad infantil.

—Porque estáis en la edad de jugar.

—Pero al colegio vamos a aprender. Tú quieres que yo aprenda muchas cosas. Siempre me lo dices.

—Todo a su tiempo. Todo a su tiempo.

—¿Y por qué lo mataron a José Antonio? ¿Quién lo mató?

Mi padre no tenía ninguna gana de contarme lo que le había pasado a aquel hombre, así que me dejó con las ganas de saber lo que aprendería años después.

—Ahora toca dormir. Venga, que mañana hay que madrugar.

—Yo no tanto como tú.

Papá se levantaba a las seis cada mañana. A veces me despertaba cuando oía su despertador desde mi habitación. Conocía cada uno de sus sonidos: sus pasos por el pasillo, el motor de su afeitadora eléctrica, el borboteo de la cafetera italiana; de nuevo sus pasos por el pasillo, la puerta del piso que se abría y se cerraba con cuidado. Después de escuchar la rutina de mi padre, me volvía a dormir hasta que venía mamá para despertarme. Había que volver al colegio, a las lecciones de sor Josefina, que nos castigaba, no de rodillas y cara a la pared como era habitual en otros coles, sino a pasar el resto de la clase de pie y con la silla en la cabeza si nos portábamos mal, y que nos daba estampas de la Virgen María si nos sabíamos la lección como a ella le gustaba: de memoria y sin pensar demasiado.

7

De memoria y sin pensar demasiado. Así había sido la educación de las niñas durante décadas. Y así había sido la de mi madre, en aquel colegio y en otro al que fue becada durante un año. A ella no le habían enseñado a poner en tela de juicio nada de lo que había a su alrededor. Había nacido un año antes del alzamiento militar del 36, durante la guerra había sido un bebé y su infancia y adolescencia habían transcurrido durante los años más duros de la posguerra. Aquellos años en los que los perdedores no hablaban apenas de la contienda, y cuando lo hacían era en voz muy baja, por si acaso. Las paredes oían, claro que oían. Y las paredes se convertían fácilmente en paredones en los que se seguía fusilando a presos políticos.

Así es que ella se había criado con el silencio y con el miedo como coordenadas en las que se iba tejiendo su vida. Y en el centro, a modo de vector que señalaba el camino, la religión y la moral católica que no dejaba que se descarriaran sus apacibles ovejas.

Mamá había ido a dos colegios de monjas. Uno cerca de casa y otro en el centro. La becaron un año en el colegio de las Francesas del Sagrado Corazón. Recuerdo haber pasado junto al viejo edificio y verlo desde el tranvía cuando era pequeña. Lo demolieron en mi adolescencia para dejar paso a un bloque de pisos carísimos y a un centro comercial. Nunca lo vi por dentro, pero mamá tenía muchos recuerdos de aquel lugar. Tenía dos entradas, una para las niñas ricas y otra para las pobres, las que disfrutaban de una beca que les permitía estudiar sin pagar una peseta. Mi madre pertenecía al segundo grupo. Estudiaban en aulas separadas, comían en comedores separados y también jugaban en recreos separados. Las monjas no juntaban a sus niñas queridas con las becarias que podían contagiarles los piojos, la tiña e incluso la tuberculosis. Solo un día a la semana se producía contacto entre unas y otras, un rato, en el recreo. Además, como acto de sublime generosidad, cada niña pobre tenía una niña rica adscrita a modo de madrina, con la que podía hablar ese rato de recreo. Las niñas que disfrutaban de madrinas que vivían en la ciudad recibían regalos muy apetitosos: algo de comida, ropa vieja, jabón... Pero mi madre tuvo la mala suerte de que su rica fuera una interna, una chica de Logroño que no tenía nada que darle: acaso alguna estampa de la Virgen María, que mi madre guardaba en una caja de zapatos junto con recordatorios de primeras comuniones de otras niñas o de parientes. El caso es que las estampas de la Virgen se convirtieron en preciados tesoros para las niñas pobres de la posguerra durante al menos un par de generaciones. Casi tanto como lo fueron el azúcar o el chocolate.

Mi madre hablaba con rabia de su estancia en ese colegio en el que tomó conciencia por primera vez de que no pertenecía a la clase dominante. En cambio, con las Paulas había sido feliz, y con ellas volvió después de dejar a las Francesas. Sus tocados eran más discretos y modestos que los de las del Sagrado Corazón, aunque ambos de alas blancas, anchas y que apenas cabían por las puertas. Las Paulas vestían de azul y la trataban muy bien porque era sumisa, cantaba en la iglesia y bordaba divinamente. Eso sí, cuando no se sabía la lección de Historia Sagrada, o de Ciencias Naturales, le daban un bofetón que le dejaba marcados los dedos de sor Presentación, de sor Severiana, de sor Raquel o de sor Alicia, que eran las monjas dedicadas a la educación de las niñas. A mi madre no le gustaba estudiar, así que se distraía con facilidad y, sobre todo, se ponía muy nerviosa cuando tenía que salir y decir la lección en voz alta. Así que de vez en cuando llegaba el temido bofetón de sor Presentación, de sor Severiana, de sor Alicia o el de sor Raquel, que era el peor de todos porque era la que tenía las manos más grandes.

El miedo y la ansiedad acompañaron a mi madre durante toda su vida. Pero también las enseñanzas de moral católica que le habían inculcado las monjas, y en las que pretendía que yo también me educara. Ella no se daba cuenta de que le habían aniquilado el derecho a pensar, a desear, a darse cuenta de que había más realidades que la suya. Para mi madre, lo que se salía de la norma dictada por las monjas era inmoral, merecía los peores suplicios y quedaba encerrado en el cajón del ostracismo más oscuro.

Mi madre también era hija única, pero tenía lo que entonces llamaban una «hermana de leche». Mi abuela había amamantado a la hija de una vecina. La niña creció y se convirtió en una joven preciosa a la que su madre viuda mandó a estudiar *ballet*. Tenían poco dinero y la belleza de la adolescente las debió de sacar de algún que otro apuro. El caso es que tuvo una hija de soltera, y luego otra. Para mi madre, aquello era de tal inmoralidad que dejó de tratarla. Perder la virginidad antes del matrimonio era peor que lanzar una bomba atómica o que delatar a un vecino para quedarse con sus tierras. Las monjas le habían inculcado que ser virgen era el mayor de los tesoros, y que una mujer que se dejaba hacer antes de casarse era una puta, una perdida, una pecadora, alguien con quien no había que hablar.

Y es que para las monjas, los hombres eran seres puestos en el mundo por el demonio para tentar a las jóvenes inocentes. Había que mantenerse alejadas de ellos. Y si una mujer quería casarse, debía mantener a su prometido lo suficientemente alejado como para que no la tocara más allá de las puntas de los dedos.

Mi madre había escuchado las palabras de las monjas y las había introducido en su imaginario sin filtrar, sin preguntarse siquiera si tenían razón, si siempre había sido así, si todo el mundo pensaba lo mismo que ellas, si todos los hombres eran tan monstruosos como los pintaban aquellas mujeres.

Recuerdo que cuando yo era adolescente, y comenzaba a interesarme por los chicos, mi madre me contaba un hecho que me ponía los pelos de punta: a una lejana pariente suya, el novio le había pedido que se acostara con él justo la víspera de la boda. Ella, muy digna, le había dicho que no, que si había esperado hasta entonces, bien podía esperar un día más. El novio se había mostrado satisfecho porque la novia había pasado la prueba a la que la había sometido: tenía las maletas preparadas para marcharse y dejarla plantada en la iglesia si le decía que sí y sucumbía a sus requerimientos. Eso lo contaba mi madre como conducta ejemplar.

—Los hombres siempre prueban —decía—. Y hay que saber resistirse.

—¿Y ella se casó con él después de eso?

—Pues claro. Y bien orgullosa —reconocía mi madre y continuaba con otra frase lapidaria que le gustaba repetir—. Si tu padre me hubiera dejado en la puerta de la iglesia, me habría quedado tan tranquila, porque no me había tocado en los siete años que estuvimos festejando.

Y, claro, yo me quedaba atónita, e imaginaba la cara de satisfacción de mi madre, vestida con su blanco, inmaculado, puro y decente vestido de novia, pensando que era más importante su virginidad que una vida junto a mi padre, que para mí era el héroe más grande que había dado el universo mundo.

Pero para mí lo más tremendo no era que el tipo hubiera probado a la novia. Lo peor de todo es que se habían casado al día siguiente y ella no lo había mandado a hacer puñetas, que era lo que él se merecía por cabrón.

8

La melodía del teléfono me devuelve al presente. No recuerdo dónde he dejado el bolso. La música me lleva hasta el aparador de la entrada, bajo el gran espejo con marco de madera dorada. Miro la pantalla. El rostro inmóvil de mi hijo me sonríe a todo color. Toco el icono de descolgar.

—Hola, Roberto. ¿Pasa algo?

Siempre que me llama alguien de la familia, creo que pasa algo malo que va a requerir mi tiempo y mi atención.

—No pasa nada, mamá. Solo quería saber cómo estás.

—Estoy bien. He venido a casa de los abuelos. A recoger. Llegué ayer por la tarde en el tren.

—¿Estás sola?

—Sí.

—¿Y papá?

—Papá está de viaje.

—Ya.

—Ambos tenéis la capacidad de dejarme sola en los momentos en los que más os necesito.

—Eso suena a reproche.

—Lo es.

Me arrepiento inmediatamente de haber dicho esas dos palabras tan breves, pero tan llenas de significado. No debería reprocharle nada a mi hijo. No me debe nada. No me pidió que lo trajera a este mundo.

—Pues vaya. Siento no estar ahí, mamá —me dice.

—No te preocupes, Roberto, hijo. No quería decir lo que he dicho.

—Ya. Habría estado bien que papá estuviera ahí contigo.

—No pasa nada. Puedo hacerlo yo sola. Me llevaré unas cuantas cosas. Tiraré muchas y regalaré algunas otras. En menos de una semana termino con la faena. Tú y tu padre estaríais de más aquí. Así que no te preocupes. ¿Cómo va todo por ahí?

«Ahí» es la ciudad de Génova, en Italia, donde mi hijo está cursando su año de Erasmus en la Facultad de Bellas Artes.

—Bien, mamá. *Tutto bene.*

Me río al escuchar su pronunciación de la lengua italiana, incapaz todavía de decir las consonantes dobles como se debe. Pienso que ya no aprenderá y que es tan torpe para las lenguas como su padre.

—Estupendo. Pásalo bien.

—Sí, mamá. Y tú no sufras demasiado en esa casa.

—A la orden. *Va bene.* Un beso —le digo, y cuelgo.

Dejo el móvil sobre el mármol del aparador de la entrada. Un mueble de madera color caoba, pretencioso y horrendo, que sustituyó a la consola de forja que formaba parte del conjunto que había estado en la familia desde que se casaron mis padres hasta que mi madre decidió cambiarlo por un mobiliario más moderno. Afortunadamente no regaló todas las piezas: quedaron la percha y una sillita que conseguí salvar y llevarme a mi casa. Porque mi madre regalaba todo. Y lo hacía sin preguntar. Regaló el espejo y la consola de la entrada, pero también la lámpara de techo de mi abuela, y el quinqué de mi mesilla, y mi primer coche…

Veo que hay agujeros de carcoma en el mueble. Un signo más

del paso del tiempo. Imagino los gusanos que entran y salen del aparador alimentándose solamente de la madera. Pienso en su vida triste. Si al menos estuvieran comiendo un mueble hermoso, de madera noble, de algún árbol cortado en algún bosque tropical... Pero no, lo que comen es un aglomerado indigesto de celulosas barnizadas con alguna sustancia que es imposible que sea agradable al paladar de ningún ser vivo. Me pregunto si esos insectos tendrán paladar y serán capaces de distinguir los sabores de los diferentes tipos de madera, ¿habrá sumilleres entre las carcomas? No tengo respuesta, pero imagino que son bichos demasiado simples como para tener tanta sensibilidad cerebral.

9

Me miro en el espejo que hay sobre el mueble. Me devuelve la mirada y tantas otras cosas. La madera tallada a máquina está recubierta por pan de oro, lo que regala a mi imagen una especie de aureola como la que rodea las cabezas de las santas en los cuadros y en los iconos religiosos. Vuelvo a acordarme de las estampas de la Virgen, cuya cabeza siempre estaba rodeada por una circunferencia dorada. Me miro y no reconozco casi nada de la adolescente que se miraba en él cada vez que salía de casa para comprobar que cada pelo estaba en su sitio, que la camisa lucía bien colocada, y que el rímel no se había corrido. Me pregunto adónde han ido a parar las sucesivas imágenes que el espejo ha ido recogiendo. El rostro de mi padre, el de mi madre, el de mi abuela, el mío. Los míos. Los suyos. Todos y cada uno de los suyos, que fueron muchos, centenares, miles, a lo largo de los años. ¿Habrá una «rostroteca» más allá del espejo, al otro lado del azogue? ¿Una especie de país de las maravillas que nunca fueron? Todas las miradas, las sonrisas dedicadas al espejo, ¿qué habrá sido de ellas? *Ubi sunt?* ¿Qué se hizo de las miradas de esperanza, de desencanto, de miedo, de estupor, de convicción, de dudas que recogió el espejo en aquellos años de cambio, de transición? De nuestras propias transiciones como humanos conducidos por las aguas del río que nos lleva hacia mares de aguas siempre inciertas y turbulentas. De la Transición, así, con mayúsculas, que estaba habiendo en el país y de la que todo el mundo hablaba sin saber qué depararía. Sí, todos esos rostros que se miraban en el espejo le dejaban sus temores y sus deseos, guardados para siempre en el reino insomne en el que habita el olvido. Los olvidos.

Veo que se me ha corrido la máscara de pestañas, que es como se llama ahora el rímel de toda la vida. Alguna lágrima perdida ha formado un borrón en mi párpado. Me mojo un dedo con saliva y lo limpio. Pienso que el próximo que compre será *waterproof*. No es la primera vez que lo pienso, pero siempre desisto porque luego es mucho más difícil de desmaquillar y, por la noche, desmaquillarme durante más de dos minutos me despeja demasiado y me quita el sueño. Si uso rímel resistente a lágrimas, tengo que tomarme un Orfidal para dormir, y en estos momentos en los que he conseguido dejarlo no me compensa. Mejor un borrón de vez en cuando en el párpado que un ansiolítico. Cuando se aprende esa lección, la vida es mucho más fácil. ¡Pero cuesta tantos años y tantas pastillas aprenderla!

10

Mi abuela no tomó ni una sola pastilla para dormir en toda su vida. De hecho, apenas tomó medicinas, solo unas gotas para el riego durante más de treinta de los ciento tres que vivió. Había nacido en 1899 y pasado por todas las guerras. Cuando le preguntaba por la guerra, la nuestra, respondía en voz muy baja.

—De todo aquello es mejor no hablar.

—Pero ¿por qué, abuela? Yo quiero saber qué pasó.

—Ya te irás enterando. De momento, cómete esa sopa y calla.

Porque ella era muy de ordeno y mando. Había sacado adelante a mi madre a pesar del hambre y de los bombardeos. La envolvía en una mantita para bajar con ella al refugio en cuanto se oía la sirena. Una de las veces, cuando salieron a la superficie, su casa había sido destruida con la explosión del polvorín. Yo escuchaba siempre aquella narración en silencio y con lágrimas a punto de asomar a mis ojos. Imaginaba la angustia de aquella mujer con su niña en brazos, viendo que lo que había sido su hogar había quedado convertido en escombros. Solo el azucarero y la espumadera de aluminio quedaron de lo que había sido su ajuar, de la que había sido su cocina. El azucarero y la espumadera que ahora están en mi casa, símbolos de resistencia ante todas las adversidades.

Como ella.

—Abuela, ¿y qué pasará cuando se muera Franco? —le preguntaba alguna vez cuando veíamos en la televisión que el abuelo universal estaba enfermo. Siempre obtenía la misma respuesta.

—Vendrá otro 36.

Y yo me quedaba muy preocupada, no solo por las palabras, sino por la cara de angustia que ponía mi abuela, que era muy poco dada a las manifestaciones emocionales en general.

—No puede ser, abuela. Han pasado muchos años. Todo el mundo quiere que vuelva eso que llaman «la democracia» —decía yo, sin saber muy bien de qué estaba hablando, pero segura de que «democracia» y «36» no eran lo mismo.

—También queríamos democracia en el 36. La teníamos, y mira lo que vino después. Tres años de guerra, de muertos y de hambre. Y muchos más años de más muertos y de más hambre. Y sin poder decir ni palabra si no estás de acuerdo con lo que hacen los poderosos. La palabra «libertad» está proscrita, niña.

—Pero nada es como antes. Ahora ya todo el mundo empieza a hablar de libertad, abuela.

Yo decía eso porque en el colegio, en las horas de tutoría, estábamos aprendiendo canciones protesta, de las que aún estaban medio prohibidas, pero que hablaban de libertad, libertad, libertad. Afortunadamente, el colegio de monjas al que había asistido de pequeña se había hundido en 1970 y a mí me habían cambiado al colegio del obispado que había al lado de mi casa. El director era un señor de bigote y casi calvo que no se dignaba a mirar a las niñas más pequeñas, que se llamaba José Antonio Labordeta, y al que todo el mundo conocía ya como cantautor de canciones críticas con el régimen. Tenía seguidores y detractores entre los profesores. Algunas maestras pertenecían a la Sección Femenina y no veían con buenos ojos su influencia sobre los chicos y las chicas del barrio.

—Bueno, pues tú a ver, oír y a callar. ¿Has entendido? Que no se entere nadie de lo que estás pensando. En este país, las paredes oyen hasta los pensamientos.

Y entonces yo seguía haciendo los deberes en la mesa camilla del cuarto de estar, que es donde pasábamos las tardes de invierno las tres mujeres de la casa mientras papá trabajaba en el taller. No teníamos calefacción, así que convivíamos siempre donde estaba la estufa, que era americana, tenía ruedas y se alimentaba de petróleo. A mí me encantaba aquel artilugio porque era como un robot al que podías llevar de un sitio a otro, o sea, de la cocina al salón y del salón a la cocina.

La abuela también había aprendido a callar y nunca se sabía lo que estaba pensando. La casa en la que vivíamos era suya: el bloque de pisos se había edificado sobre el terreno en el que había estado su parcela, la casita que fue destruida en la guerra. Ya muerto mi abuelo, a ella le había correspondido uno de los pisos y en él vivíamos los cuatro. Aunque la propiedad era suya, mi abuela tenía claro que el cabeza de familia era mi padre, y que era él el que tenía que tomar todas las decisiones. Había sido educada en que el hombre era el que mandaba y había aceptado que era ella la que vivía con mis padres y no al revés. En realidad, éramos nosotros los que vivíamos con ella, en su casa. Si hubiera querido, nos habría dado una patada y nos habría echado. Pero nunca lo hizo. Se habría quedado sola y eso no le gustaba. Tampoco le dimos motivos jamás.

Desde su silencio nos dominaba a todos. A mi madre, que siempre echó de menos que su madre fuera más cariñosa con ella. A mi padre, que era consciente de que estaba viviendo en casa ajena y de que, a pesar de ser hombre, tenía que estarle agradecido por haberlo acogido entre sus fogones cuando él no tenía ni dónde caerse muerto, como le recordaba mi madre cuando se enfadaba con él. Y a mí: mi abuela no me dejaba jugar con las muñecas más bonitas que tenía. Las colocaba en las estanterías más altas para que no las cogiera. Como ella nunca había tenido muñecas de niña, tenía miedo de que yo las pudiera romper y no me dejaba jugar con ellas.

—Abuela, pero yo las voy a cuidar mucho. No las romperé.

—Se quedan ahí arriba. Tienes otras para jugar.

—Pero si nunca he roto ninguna muñeca.

—Estas son más delicadas. Juega con las otras.

Y yo las miraba desde abajo, pensaba «qué bonitas son» y me aguantaba. Supongo que esa es una de las razones por las que acepto fácilmente todo lo que llega a mi vida, protesto poco y casi todo me parece bien. Como los demás miembros de mi familia, aprendí pronto que en esta vida hay que aguantarse, sin más.

11

Vuelve a sonar el teléfono. No me he movido del pasillo y el sonido me sobresalta. Lo cojo. Número desconocido. Contesto.

—Sí.

—Buenos días, ¿es la propietaria de la línea? —me dice una voz que intenta ser amable, pero que está harta de repetir siempre lo mismo y se nota.

—¿Y a usted qué le importa quién soy?

—Ay, señora, no sea tan descortés.

—Y usted no entre en mi vida sin permiso.

—La llamo de Vodafone, quiero hacerle una oferta para que pague menos en su factura telefónica.

Siempre lo mismo, a las mismas horas, voces parecidas que cuentan la misma cantinela, que se meten en mi vida a través del aparato. Ya no soy amable con ellas. Sacan lo peor de mí. Les digo que voy a denunciar por acoso a la compañía. Les da igual, siguen llamando. Me apunto a la lista Robinson para que no me molesten. Pero insisten.

—No me interesa.

—Pero si no sabe lo que le voy a decir.

—No me interesa —repito. Y cuelgo el teléfono.

Al principio tenía mala conciencia por tratar mal a los desconocidos del otro lado del teléfono. Ahora ya no la tengo. Pasé muchos años cargando con el complejo de culpa que me habían grabado a fuego las monjas y mi madre. Cuando por fin me liberé de él, sentí que podía hacer casi lo que me diera la gana con mi vida, con mis palabras y con mis silencios.

Bajo el volumen del teléfono para que no me sobresalte el ruido de los mensajes y de las llamadas, y me voy al cuarto de baño. Huele a humedad. Tiro de la cadena varias veces, limpio la taza y el lavabo con el estropajo verde y con el líquido azul que mata a las bacterias. No lo limpio pensando en que esté presentable cuando vengan los de la inmobiliaria. Creo que esa es una tarea que deberían hacer ellos. Lo hago por mí misma, porque mientras esté en el piso tendré que usar el baño varias veces y quiero que esté limpio como siempre estuvo cuando vivíamos aquí. Mi madre era una maniática de la limpieza y mi padre también. Yo no.

Suena el timbre de la casa. Recorro el pasillo de nuevo. Miro por la mirilla. Es la vecina, que me ha oído y quiere saber cómo estoy. Le digo que bien, que gracias. Me disculpo por no haberla llamado para saludarla. Le digo que he venido muy temprano y que he pensado que todavía dormía. Me dice que no, que desde que murió mi padre no duerme bien. Me pregunto qué relación tiene una cosa con la otra, pero no le digo nada. La vecina está viuda desde hace más de veinte años y siempre ha sido muy cariñosa con nosotros.

—Ay, me acuerdo mucho de todos.

—Claro. Es normal. Toda una vida juntos.

—Y de lo bonita que eras cuando eras pequeña.

Sonrío. «Cuando era pequeña...». O sea, que ahora ya no me ve bonita. Claro. El tiempo ha pasado para todos los vivos. Para ella y para mí. Solo para los muertos no pasa el tiempo. Ellos se quedan en nuestra memoria con el rostro de las fotografías sonrientes o con la grotesca mueca del último suspiro. Imágenes estáticas por las que no navega la nave del tiempo.

—He venido a llevarme algunas cosas. Voy a poner en venta la casa.

—Podías haber esperado a que me hubiera muerto yo también —me dice—. A saber quién entrará ahora por esa puerta.

La verdad es que durante estas últimas semanas, cuando he tomado la decisión de vender el piso, he pensado en ella porque sabía que me lo iba a reprochar, pero he pensado más en mí. Esta casa y sus silencios son como una losa pesada que me aprisiona y no me deja respirar.

—Seguro que viene gente de bien —le contesto—. Casi todo el mundo es gente de bien.

—Nada será igual.

—Hace tiempo que ya nada es igual.

—¿Quieres tomar un café?

—No. Tengo mucho que hacer ahí dentro.

—¿Y tu marido? ¿Ha venido contigo?

—No, no ha podido. Está de viaje.

—Siempre está de viaje. Siempre te deja sola en los momentos más duros.

—No digas eso. Las cosas no son tan simples.

—Es la verdad.

¿La verdad?, me pregunto. Es una verdad. Pero no es la verdad. La verdad no existe.

—¿Y el chico? —insiste.

—Estudiando mucho.

—También te ha dejado sola.

—Tiene que estudiar. Está lejos. Además, esta es una tarea que tengo que hacer yo sola.

—Se te van a remover las tripas. Lo sabes, ¿verdad?

—Llevan años removidas.

—No es fácil vaciar armarios.

—No voy a hacerlo. Solo me voy a llevar unas cuantas cosas. El resto se lo dejo a la inmobiliaria. Que lo tiren ellos.

—Eso es esconder la cabeza, como hacen los avestruces.
—Soy experta en esa actitud.
—No deberías.
—No me importa.
—¿Seguro que no quieres un café?
—Un café es demasiado negro y amargo. Como lo que me espera ahí dentro —digo, señalando mi puerta con la cabeza.
—Como quieras.
—Gracias. Cuando me vaya te llamo.
Vuelvo a entrar en la casa. Me doy cuenta de que sigo con los pies mojados. No me he quitado las deportivas. Voy al que fue mi armario y busco unos calcetines secos y unas zapatillas. Siguen ahí las que me ponía cuando empezaron las enfermedades y me quedaba a dormir. Huelen mal. Las debí de guardar en el armario sin lavar. No obstante, me las pongo. Prefiero oler mal a coger un catarro si sigo con los pies mojados.
Vuelvo a la entrada a por el bolso. Como es un bolso grande, cabe hasta la pequeña botella de Veuve Clicquot que he traído. La saco, voy a la cocina y la meto en la nevera para que se refresque. Nunca bebo sola, pero hoy quiero brindar con mis fantasmas, con mi abuela, con mi madre, con mi padre. Hoy, uno de los últimos días en que voy a estar en su casa resulta que es el último día en que el dictador va a estar en la que ha sido su morada durante más de cuarenta años. Extraña coincidencia que exhumen a Franco justo en la misma semana en la que yo voy a «exhumar» mis recuerdos. No los voy a sacar de la tierra, pero sí de algún recóndito rincón de esta casa y de mi memoria.

12

—Vamos, niña, que parece que estás en Babia —me decía mi madre cuando me quedaba pensativa, mirando al infinito, pensando en todas las cosas que no entendía.

—Ya no soy una niña, mamá. Tengo trece años.

—Trece cerdos podía haber criado en ese tiempo.

Aquella era una frase que solía tener preparada cuando mencionaba mi edad. Yo quería creer que lo decía en broma, porque el comentario venía casi siempre enmarcado por risas y porque mi madre me quería y durante mucho tiempo lo único que hizo en la vida fue sufrir por mí. Tal vez por eso mencionaba lo de los cerdos y otras lindezas del tipo:

—Desde luego, si ahora fuera, no tendría hijos. Si no te hubiera tenido, tampoco te habría echado de menos.

Cuando mamá me decía esas cosas, me entraban muchas ganas de llorar. A veces me las aguantaba, a veces me encerraba en el baño y dejaba que salieran todas las lágrimas que se escondían detrás de mis ojos.

—Pues no creo que tengas mucha queja de mí —replicaba yo si no estaba llorando en el aseo.

—No he dicho que tenga queja. Pero si ahora fuera, no tendría hijos —repetía con un ligero cambio de matiz.

Y yo me quedaba sin saber qué decir. Ni qué pensar.

Era una niña dócil, como me habían enseñado. Obedecía sin rechistar todo lo que me decían mi madre, mi padre y mi abuela. Era cariñosa y querida en la familia. Pero a veces mi madre tenía aquellas salidas que me dejaban desarmada. Durante toda mi infancia, una de las cosas que más me importaba era que mi madre estuviera feliz. Por nada del mundo quería hacerla llorar. Ver las lágrimas de mi madre era la peor de las experiencias, sobre todo si la culpa la tenía yo. Esto ocurría sobre todo cuando papá me llevaba a visitar a escondidas a sus propios padres, a los que mi madre no podía ni ver por cosas que debieron de pasar antes de que yo naciera. Íbamos algún domingo por la mañana, le decíamos que habíamos estado viendo alguna exposición, y en cambio visitábamos a los abuelos. Yo después debía tener mucho cuidado de no meter la pata para que mi madre no se enterara, discutiera con mi padre y se echara a llorar. Las veces que se enteró, me hizo sentir tan culpable como cuando las monjas nos decían que éramos tan malas, tan malas, que por nuestra culpa se acabaría el mundo y se caerían las estrellas del cielo y nos aplastarían a nosotras y a nuestras madres cuando fuéramos al colegio. Así que mi culpa siempre estaba ligada a mi madre, bien fuera por el asunto de las estrellas caídas por mis pecados, bien por haber visitado a los abuelos a los que ella no quería ver ni en pintura.

Un día, mientras hacía los deberes de sexto de EGB que estaba cursando, el telediario anunció que el presidente del Gobierno había sido asesinado por ETA en Madrid. Su coche había volado por los aires a causa de una bomba que habían colocado en la calle, y había ido a parar a la terraza de un inmueble vecino. Mostraban las imágenes del coche y las fotos de los tres muertos: el presidente Carrero Blanco, su escolta y su chófer. Y decían que se iban a decretar varios días de luto nacional, y que cerrarían las escuelas y los institutos.

—Alabado sea Dios —dijo mi abuela—. Ya os digo que aquí va a venir otro 36. Esos terroristas la van a joder, como hicieron los anarquistas con la República.

—Hala, mamá, no exageres —contestó mi madre.

—Pues vaya —dije yo—. Nos quedaremos sin obra de teatro.

Llevábamos días y días ensayando la obra de Navidad en el colegio, que aunque no era de monjas, era religioso. El *Auto de los Reyes Magos* medieval adaptado para que pudiéramos participar la mayoría de las niñas de la clase. Yo era un pastorcillo, y mi madre y mi abuela habían estado trabajando para confeccionarme el traje. Habían comprado tela especial para hacerme un chaleco que imitaba a la piel de un cordero. Y hasta me habían cortado más el pelo para parecer un chico. Y si se decretaba el luto oficial, y no había colegio, tampoco habría teatro. Y eso que la directora había alquilado una sala de cine para representar la obra.

—Mañana no irás al colegio —sentenció mi madre.

—¿Y eso por qué? Tengo que ir.

—Han dicho que hay luto y que no habrá clases. Nos quedaremos todas en casa. Pueden pasar cosas en la calle.

—¿Y papá?

—A él no le pasará nada, que trabaja con la policía.

—Precisamente por eso, mamá. Si han matado al presidente del Gobierno, pueden matar a papá. Tengo miedo.

—No te preocupes. No le pasará nada. A ver lo que dice cuando venga del trabajo. Allí sabrán bien lo que ha pasado.

Mi padre era chapista en el Parque Móvil Ministerial, donde arreglaban los coches oficiales y los de la policía. Un coche como los que él solía arreglar había sufrido el atentado. Un conductor del mismo organismo había muerto con el almirante y con su escolta. ¿Y si los terroristas atentaban donde trabajaba mi padre? ¿Y si lo mataban? Aquel fue el primer momento en que sentí miedo por lo que pasaba a mi alrededor. Las caras de mi madre y de mi abuela tampoco ayudaban a tranquilizarme. Me fui a mi habitación y me eché a llorar. Por mi padre y por la obra de teatro que no podríamos hacer. Era 20 de diciembre, y solo quedaban de clase los dos días en los que íbamos a tener fiesta. Y como era una obra de Navidad, no tendría ningún sentido representarla después. Me había costado mucho trabajo aprenderme las frases que tenía que decir el pastorcillo, y ya nunca las podría recitar.

Aquella también fue la primera frustración importante que viví en los días en los que salí definitivamente de la infancia, incluso de la pubertad. Hasta entonces, el mundo exterior habitaba en los miedos de mi familia y en los telediarios en blanco y negro. Desde ese instante, el mundo empezaba a formar parte también de mi propia vida.

En mi cuarto hacía frío, así que dejé de llorar para regresar al comedor y al calor de la estufa de petróleo.

13

Entro de nuevo en el dormitorio de mis padres con una caja archivador donde tengo intención de meter, sin mirarlos, todos sus documentos, sus papeles, sus fotos, y las cartas que encuentre en sus mesillas de noche. Empiezo la tarea. No quiero leer las cartas escritas con la caligrafía de mi madre, no voy a hacerlo. Desde que murió, cada vez que me encuentro con su letra inglesa, tan bien trazada y cuidada, me pongo a llorar.

Me encuentro varios pasaportes anudados con una cinta roja. Ahí están los últimos, los penúltimos, los anteriores, y el primero. El primer pasaporte familiar, el que correspondía a mi padre y a mi madre conjuntamente. Lo sacaron para nuestro primer viaje al extranjero. Mi primer viaje en general. Yo tenía dos años y medio y fuimos a casa de mi madrina en Italia. Por aquel entonces, las mujeres casadas no podían tener pasaporte, no fuera a ser que dejaran al marido, se marcharan del país y no volvieran. Así que la foto y los datos de mi madre formaban parte del pasaporte de mi padre, donde también estaba incluida yo. Veo sus rostros en blanco y negro mirando a la cámara con miedo y con ilusión.

Con ilusión porque iban a salir del país por primera vez.

Con miedo porque iban a salir del país por primera vez.

Corría el año 1964 y casi nadie cruzaba la frontera a no ser que fuera a la vendimia a Francia, o a trabajar en Alemania, en Bélgica, en Suiza o en el país vecino. Apenas se salía del país de turismo, y eso por dos razones. La primera era que la gran mayoría de los trabajadores como mi padre no tenían dinero suficiente para viajar. En casa ahorrábamos porque papá tenía dos trabajos, vivíamos en casa de la abuela y no éramos gastadores. La otra razón era que mucha gente creía al pie de la letra lo que se estudiaba en los colegios, que era lo mismo que escuchábamos en el telediario y en el NO-DO hasta la saciedad, y que mi madre repetía una y otra vez.

—Como en España no se vive en ningún sitio.

La autarquía obligada de la España de posguerra provocaba que los gobernantes aseguraran que éramos la envidia del resto del mundo y que por eso nos habían dejado solos, y que con lo nuestro teníamos bastante. Según esa teoría que tanto arraigó, en España se comía mejor que en ningún sitio, teníamos el más amable de los climas, éramos la reserva espiritual católica del mundo... Y así se nos decía que éramos los mejores en todos y cada uno de los aspectos de la vida y de la historia. No nos contaban que éramos los más pobres de esta parte de Europa, y casi los únicos en la parte occidental del continente que no podíamos elegir a nuestros próceres. Tampoco nos contaban que las películas que llegaban de América estaban castradas por la férrea censura que prohibía todo lo que oliera a sexo y a crítica social o política. Ni nos decían que el resto del mundo nos miraba con desprecio por ser pobres y por seguir manteniendo una dictadura. Nos habían dejado solos. Los pactos de no intervención por parte de los aliados durante y después de la guerra nos habían aislado más que los Pirineos.

Mi abuela sabía que en España no vivíamos mejor. Cuando era joven había pasado varios veranos en San Sebastián, de doncella de una familia con posibles, y había ido con su señora alguna que otra vez a San Juan de Luz antes de la guerra, y ya entonces la habían deslumbrado los casinos, los coches y hasta las casetas de baño que jalonaban la playa, donde las señoras se bañaban con menos ropa que a este lado de la frontera.

Mi padre leía viejos libros que había conservado su padre, y miraba los que traían a escondidas de Alemania y de Francia algunos de sus amigos emigrados. Un par de veces trajo a casa libros extranjeros que le prestaban sus compañeros en alguna de las pocas ocasiones que volvían a la ciudad, donde habían dejado a sus mujeres y a sus hijos. Papá no sabía ni francés ni alemán, pero conservaba el diccionario francés de sus tiempos de estudiante, y guardaba uno pequeño de alemán que había encontrado entre los restos de un avión que se había estrellado durante la guerra cerca de su casa. Era un niño entonces, pero como no había ni chocolate ni galletas entre los despojos del aparato, aquel libro se convirtió en un tesoro que le sirvió muchos años después para entender algunas, pocas, de las frases de aquellos libros que pasaban clandestinamente la frontera en las viejas maletas de cartón de los que habían tenido la desgracia, según mi madre, o la suerte, según mi padre, de haberse ido a la emigración.

Pero mi madre seguía creyendo lo que le habían dicho las monjas. Las palabras de aquellas mujeres en los años de escuela seguían influyendo en ella más que las de mi abuela o las de mi padre. Ella sí estaba convencida de que vivía en el mejor país del mundo, aunque no pudiera comer carne de ternera más que dos veces al mes, y la carne de cordero o la merluza fueran un lujo exclusivo de la Navidad. Aunque no hubiera votado jamás ni siquiera a un alcalde. Aunque la única fiesta para señoritas que había en la ciudad le hubiera estado vedada durante toda su vida. Aunque no tuviera derecho ni a abrir una cuenta corriente con su nombre, ni a tener un pasaporte individual. Aunque su marido hubiera estado a punto de morir de tifus porque no había medicinas para curarlo. Aunque su mejor amiga hubiera muerto de tuberculosis a los quince años porque la comida a la que podían acceder los trabajadores en la posguerra no tenía apenas proteínas ni vitaminas. Aunque se escribiera con señoritas de medio mundo que le contaban lo que hacían en sus respectivos tiempos libres, y que nada tenía que ver con la vida que llevaba ella: su amiga de California le mandaba fotos de sus fines de semana en Las Vegas. Su amiga filipina le hablaba de las fiestas en el club español en el que su padre tocaba el piano y daba conferencias. La amiga de Italia le contaba sus viajes a esquiar en el valle de Aosta y sus cruceros en un barco turco. Mujeres que habían trabajado o trabajaban como había hecho ella antes de casarse, de secretarias en diferentes compañías importantes. Aunque hasta el primer viaje a Italia, solo había viajado a Madrid de viaje de novios y a Pamplona a una boda, seguía pensando que «como en España, en ningún sitio», que era lo que rezaba la propaganda del régimen.

14

Sentada en la cama en la que dormían mis padres, me pregunto por qué mi madre y tantos otros opinaban que aquí se vivía mejor que en ningún sitio. ¿Por qué lo sigue pensando tanta gente? ¿Por qué también lo piensan los habitantes de otros países sobre los suyos? ¿Por qué todo el mundo cree que su vida es la mejor, aunque no lo sea? Tal vez todos necesitamos creer que nuestra vida es la mejor. Sería insoportable vivir pensando que todo podía haber sido de otra manera, y que nuestra vida es una mierda. Justificamos nuestra propia existencia para seguir viviendo dentro de unos parámetros: los que hemos creado nosotros y los que nos han creado las circunstancias. Mi madre no soportaba pensar que lo que tenía ella no era lo mejor, al igual que la mayoría de la gente no admite que no siempre tiene la razón. Nos comportamos como si tuviéramos la verdad en la mano y la pudiéramos lanzar a los demás como si fuera una piedra extraída de la mismísima caverna de Platón.

En aquellos años, todo el mundo pensaba que tenía razón. Como ahora. Como antes de entonces. Los que incendiaban iglesias en nombre de sus ideas creían que era lo que tenían que hacer, y los que daban el paseo a los del otro bando también creían que era su deber para limpiar el país, o de fascistas, o de comunistas. ¡Cómo no iban a creerse que estaba bien lo que hacían! Si no lo hubieran creído, no habrían podido dormir ninguna noche después de su primer muerto. Hay algo en el ser humano que hace que tenga que creerse que le asiste la verdad. Por derecho divino o mundano, pero la verdad. Quizá sea parte del instinto de supervivencia de la especie humana.

—Tan imperfectos somos que necesitamos creer en nuestra perfección —me sorprendo diciendo esta frase en voz alta mientras me levanto a dejar la funda de la urna encima del tocador.

Vuelvo a contemplar las fotos del pasaporte del 64. Yo entonces era tan pequeña que apenas correteaba por el pasillo de casa. Pero sí recuerdo el vestido que luce mi madre en la fotografía del pasaporte, y su gesto de miedo, que siempre la acompañó. También recuerdo el viaje, el escuchar otro idioma en el que todo el mundo me hablaba y me decía *bambina*. Y la playa, y las ropas de colores, como las fotos que venían de allí. Y las casas también de colores, rosa y amarillo, con los postigos verdes. Todos los postigos verdes en todas las casas recién pintadas. Y el tren eléctrico que por fin se pudo comprar mi padre, aunque tenía ya treinta años. Y el largo viaje en tres trenes: uno hasta la frontera francesa. Otro desde Francia hasta Italia. Y otro desde Ventimiglia a nuestro destino. El tren. Las maletas de cartón que llevaba mi padre.

—Me gustaría viajar sin maletas —decía papá antes de que alguien inventara las maletas con ruedas.

Recuerdo el compartimento que olía a los pies desnudos y sucios de los que estaban ya dentro cuando llegamos nosotros. Y las ventanillas abiertas en la parte superior para que entrara aire. Aire y carbonilla negra que se me metía en los ojos, me hacía toser y me manchaba la ropa nueva que me había hecho mi madre para dar una buena impresión cuando llegáramos a Italia.

He llegado ayer a la ciudad en uno de esos viejos trenes que paran en todas las pequeñas estaciones de pueblos cuyos nombres ni siquiera conozco. Hacía años que no viajaba en un tren lento y tenía ganas de hacerlo para este mi último viaje a mi primera casa. No quería llegar rápidamente, sino despacio, al mismo ritmo que tenía la vida entonces, cuando era niña y el tiempo pasaba lentamente.

Desde sus ventanillas el mundo es muy diferente al de los AVE a los que estoy acostumbrada. ¿A los que estoy acostumbrada? Solo existen desde hace unos pocos años y nos montamos en ellos como si fueran parte inseparable de nuestra identidad. Parece que sean un símbolo de esta vida en alta velocidad que llevamos y en la que creemos como en un único y divino mandamiento. Ayer el paisaje pasaba despacio y casi podía contar los higos que colgaban de las higueras más próximas a la vía. No conté los puentes de hierro pintados de verde por los que pasaba el tren. Imagino que están ahí desde algún año del siglo XIX, que fue cuando se construyó la vía. A finales, en algún momento después de la Exposición Universal de París de 1889. Me gusta cuando el sonido que me llega desde las ruedas del convoy cambia por las vibraciones del hierro. Los puentes sortean los meandros del mismo río una y otra vez. Es un río que juega al escondite con el tren, que se desliza sobre su cauce de hierro.

«Me gustaría viajar sin maletas». Resuena en mis oídos la frase de papá mientras contemplo la funda azul sobre el tocador.

15

También son de hierro las grapas que sujetan las fotos al pasaporte de mis padres. Lo introduzco en el archivador, al igual que he hecho con los otros. En el cajón también hay entradas de cine. Detrás, con la caligrafía de mi padre, los dígitos correspondientes a las fechas: *1970*, *1971*, *1972*, *1973*, *1974*, *1975*. *Dos hombres y un destino*, *Love Story*, *El violinista en el tejado*, *Cabaret*, *Jesucristo Superstar*. Solo de esta última hay tres entradas. Mis padres iban al cine una vez al año. A mi abuela no le gustaba quedarse conmigo.

—Los hijos son para los padres —dijo la primera vez que me dejaron los míos con ella para ir al cine.

Argumentaba que ella ya había criado a una hija sin ayuda, y que mi cuidado no le correspondía si la razón era tan mundana como que mis padres salieran al cine o a un restaurante. Por eso, la norma solo se rompía una vez al año y a regañadientes. Y lo hacía siempre para ver alguna de las películas americanas de las que todo el mundo hablaba. La de Newman y Redford le había gustado mucho a mi padre, a mi madre no, porque terminaba mal. *Love Story* había hecho llorar tanto a mi madre que se habían salido de la sala antes del final, que se presagiaba trágico. Por eso, a partir de ese año decidieron asistir a proyecciones de películas musicales: la del violinista les gustó porque mi madre era adicta a Topol, y *Cabaret* les pareció horrenda, sobre todo a mamá, porque se comían huevos crudos y encima la protagonista abortaba voluntariamente.

—¿Cómo permiten cosas así en un cine al que acuden familias honradas? —le preguntó mamá aquella tarde al acomodador cuando salieron.

—Señora, nadie la ha obligado a ver la película —le había contestado él, cosa que había molestado a mi madre, según se vislumbraba de la conversación que tuvo con papá durante la cena.

Para todas aquellas películas yo era aún pequeña. No estaban toleradas para niños. Tenían dos rombos.

En cambio, me llevaron a ver *Jesucristo Superstar*. Aprovechando que había crecido mucho y que estaba «muy desarrollada para mi edad», frase que oí mil veces durante mi pubertad, entré con mis padres en la sala, abarrotada de adultos y de jóvenes mayores que yo. Estaba a punto de cumplir los trece años, y aquella era mi primera película de mayores. Hasta entonces, *Tarzán* en todas sus variedades, y *Sor Citroën*, *Marcelino pan y vino* y *Fray Escoba* habían sido las cintas que había visto en el cine, la mayor parte de las veces con otras niñas del colegio. Entonces, había que tener mucho cuidado en las salas de cine: si tenías la mala suerte de que se sentara a tu lado uno de aquellos hombres que iban a lo que iban, estabas perdida. Tenías que abandonar tu sitio, decirle al acomodador que no te encontrabas bien y que querías un sitio en una esquina, aguantar su sonrisa condescendiente con el tipejo que había intentado meterte mano en las tetas o en la entrepierna, dejar que tu corazón volviera a acompasarse, e intentar ver la película olvidándote del incidente. Y, por supuesto, no contárselo a tus padres bajo ningún concepto: si lo hacías no te dejarían volver jamás al cine con tus amigas.

—Vaya mierda —pienso en voz alta, mientras recuerdo una vez en la que un tipo puso su mano sobre mi pierna. Se lo dije a mi amiga y ambas nos levantamos y nos marchamos del cine sin decir nada—. Qué asco.

Me acerco a la nariz la entrada de *Jesucristo Superstar*. Todavía me parece que huele al ambientador del cine. Fuerte, intenso, rancio como el terciopelo rojo de las butacas. Cada vez que veo una silla tapizada en ese color me viene a la memoria el aroma cerrado y febril de aquellos años en los que todo olía a armario clausurado, atrancado por fuera y por dentro.

Me veo aquel día sentada entre mi padre y mi madre para mayor seguridad. Enseguida la pantalla y la sala se llenan de música. El desierto. Un autobús. Un grupo de *hippies* que se bajan de él. En una colina, un negro empieza a cantar «*My mind is clearer now*». Hay que ver las imágenes y al mismo tiempo leer los subtítulos. Es la primera vez que vemos una película así. Todas las demás habían sido dobladas, conveniente y falsamente dobladas en muchas ocasiones. Me recuerdo tan concentrada como nunca antes había estado. Al rato, una mujer de rasgos asiáticos lava los pies a un *hippy* rubio y de ojos azules que interpreta a Cristo. Me fascinan todos los personajes. El negro, la china y el americano. La historia la conocemos, así que me concentro en reconocer algunas de las palabras que cantan, en disfrutar de la música y en esperar a ver si el rubio y la oriental se besan, que es lo que estoy deseando ver: en el pobre concepto que tenía yo entonces del cine, una película sin beso no era una película. Pero no, esa vez no llegó. De lo contrario, la censura habría cortado la escena, y la Iglesia habría montado en una cólera aniquiladora.

—No he entendido el final —les dije a mis padres—. Parece que han dejado al pobre Jesucristo en la cruz, mientras que los demás se van.

—No, no. Uno de los que sube al autobús cuando terminan es él. Es como si un grupo de actores hubiera estado representando la obra. Es algo así como «teatro dentro del teatro» —me explicó mi padre.

—Un lío —exclamó mamá—. Yo prefiero que las películas sean claras, que no me hagan pensar. No me gustan las películas que me hacen pensar. Además de pagar por ellas, te hacen trabajar.

16

A mí sí que me gustó la película. Mucho. Muchísimo. Tanto que me pedí para mi cumpleaños el disco. Un disco que ponía una y otra vez en el tocadiscos. Me aprendí de memoria todas y cada una de las canciones, aunque aún no había estudiado inglés. Como estaba la traducción en la cubierta, iba leyendo y entendiendo lo que podía. Así que podría decirse que aprendí inglés con Jesucristo, con María Magdalena y sobre todo con Judas, que era mi favorito. Y supongo que también el del autor del musical.

Por eso no entendía la polémica que se había armado en revistas, periódicos, tertulias, e incluso en el colegio. Especialmente en la clase de Religión.

—Supongo que ya habréis ido a ver esa película moderna sobre la pasión de Nuestro Señor —nos dijo un día en clase don Rafael, el profesor de religión que era, además, cura.

La habíamos visto ya casi todas las chicas de la clase.

—Y ¿qué pensáis? Hay quienes consideran que es una herejía, otros dicen que es racista, otros que es una visión moderna de Cristo.

—Yo creo que es eso último que ha dicho, don Rafael —contesté yo.

—¿No te parece que es una herejía sugerir que Cristo tenía relaciones con la pecadora?

—Pues yo no vi que tuviera más relación que la de amistad con María Magdalena —apostillé. ¡Con las ganas que me había quedado yo del beso que nunca se dan!

—No hay que fijarse más que en las miradas que intercambian.

—En él solo hay mirada de piedad, de compasión, de cariño. Nada más.

—¿Y en ella? —insistía el cura, siempre vestido de negro, con el alzacuellos blanco y las hombreras brillantes y llenas de caspa.

—Ella está enamorada de él, pero eso no es ningún pecado. —«*I don't know how to love him*», decía ella en su canción más importante.

—Las escrituras no dicen que la ramera esté enamorada de Jesús. Eso es una herejía.

—No es una herejía —me atreví— amar a alguien que es digno de ser amado. Además, ella no está casada con nadie, ¿por qué no va a querer a un hombre como él?

Don Rafael se quedó callado, al igual que lo estaban mis compañeras, que asistían impávidas a la discusión que estábamos teniendo el profesor y yo. La verdad era que estaban asombradas porque no se esperaban de mí, que era prudente, estudiosa y un tanto mojigata, que fuera capaz de discutir casi de teología con el reverendo.

—¿Y qué me decís del racismo que hay a lo largo de toda la película? —intentó don Rafael cambiar de tema.

—¿Racismo? —Todas nos mirábamos sin entender.

—Judas es representado por un actor de color —dijo el profesor.

—¿Y qué? —pregunté yo.

—¿Cómo que «y qué»? ¿Acaso no es un agravio a toda la raza negra que Judas sea negro? Es un caso de racismo flagrante.

—¿Racismo? —insistí—. Yo no veo racismo por ningún lado.

—A lo mejor es que eres una racista.

—¿Yo, racista yo? —Eso me ofendió sobremanera. Tenía amigos mulatos porque una amiga de mi madre se había casado con un militar americano negro como el tizón.

—Si te parece bien que Judas sea negro es que eres racista. Es como decir que los negros son traidores y malvados.

—Lo que me parece racista —dije en el tono más directo y a la vez respetuoso que encontré— es plantearlo. Si usted pensara de verdad que los negros son iguales que los blancos, no plantearía que el hecho de haber elegido un negro para el papel de Judas es un acto de racismo. Yo no me lo planteo. Es negro, ¿y qué más da? Es un hombre. María Magdalena es oriental. ¿Y qué? Es una mujer. Y Cristo es rubio y de ojos azules. ¿Y qué? Es otro hombre, y no creo que hubiera muchos palestinos de pelo y de ojos claros. ¿Nadie se ha planteado eso? El actor es ario, como le gustaban a Hitler. ¿Es por eso la película un alegato nazi? Pues no.

Don Rafael se quedó callado y se sentó. Se colocó las gafas y nos dijo que estudiáramos un rato. Mi compañera de pupitre me dio un codazo y me guiñó un ojo. Eso quería decir que aprobaba mis palabras, lo que para mí era más importante que si en ese momento me hubieran dicho que tenía poderes especiales para salir volando por la ventana.

—Mañana tendremos examen —anunció don Rafael.

—Pero si tenemos ya dos para mañana —replicó una de las chicas que se sentaban en la última fila.

—Pues así tendréis tres, como tres son las personas de la Santísima Trinidad.

Y don Rafael se levantó, cogió su maletín tan negro como sus ropas y como la piel del guapísimo Carl Anderson, que era el cantante que interpretaba a Judas, y salió de la clase.

17

Al día siguiente, tuvimos examen de religión como había dicho. Nos preguntó algo referente a la Santísima Trinidad y su misterio acerca de ser trino y uno, y esas cosas que nadie entendía. Y también nos pidió una reflexión acerca de la película. Yo volví a la carga con mis ideas acerca de lo que era o no herejía, y de lo que era o no era racismo.

A la semana siguiente nos dio las notas del examen: me había puesto un seis. Una nota malísima. Yo estaba acostumbrada a sacar nueve o diez en todas las asignaturas, menos en Matemáticas y en Educación Física. Pero un seis en Religión…

Me levanté y me acerqué a su mesa.

—Don Rafael, tengo un seis en el examen. Me extraña.

—¿Y por qué te extraña?

—Creo que me merezco más. Me parece que el examen está bien.

—Eso lo decido yo. Eres una insolente. Debes aprender a ser más humilde.

¿Más humilde? ¿Yo? ¿Que me creía casi todo lo que me decían, que hacía todo lo que me pedían?

—Eres muy soberbia. Y ese es un pecado muy grave.

Me dio tanta rabia que me entraron ganas de llorar. Le pedí permiso para ir al cuarto de baño y allí me desahogué. Me iba el corazón a toda velocidad y lloraba de impotencia ante lo que consideraba una injusticia. Cuando llegué a mi casa con la cara desencajada, mi madre me preguntó:

—¿Qué te pasa que traes mala cara?

—Que don Rafael me tiene manía.

—¿Cómo que te tiene manía?

—Sí. Por lo de la película de *Jesucristo Superstar*. Ya te conté ayer que le había dicho que no estaba de acuerdo con él. Y eso le ha molestado mucho. Así que solo me ha puesto un seis. Y de verdad, mamá, que el examen estaba por lo menos, por lo menos, para un nueve.

Era evidente que necesitaba un poco de humildad. Pero no ser tratada con injusticia.

—Mañana iré a hablar con él. No voy a tolerar que te tenga manía y que por eso te baje la nota.

—No, mamá, por favor. No vayas, que me va a dar mucha vergüenza.

—Por supuesto que voy a ir. Pero no le digas nada a tu padre.

Esta vez era al revés de lo habitual: era mi madre la que me pedía que no le contara algo a mi padre. En mis años de infancia y de pubertad me hice experta en ser guardiana de secretos, reina de silencios.

Lo dijo y lo hizo. Aquella fue la primera y única vez que mi madre fue al colegio para protestar por algo que me había ocurrido. Para ella y hasta ese instante, los profesores eran sagrados y siempre tenían razón. Si en Educación Física solo tenía como máximo cincos y por condescendencia de las maestras, si en Matemáticas tampoco pasaba del cinco porque se me daban fatal, la culpa nunca la tenían los profesores, sino yo, por torpe, por miedosa y por no trabajar lo suficiente. Pero si la nota era baja porque el profesor me tenía manía, no estaba dispuesta a tolerar tal injusticia.

Así que a la mañana siguiente, mientras estábamos en clase, llamaron a la puerta. Era la secretaria del centro que le pedía a don Rafael que saliera. Vi la silueta de mi madre en el pasillo y enrojecí. Deseé que se me tragara la tierra. Pero ahí estaba ella, como una mamá gallina defendiendo a su pollita, preguntándole al cura que por qué tenía manía a su hija, que lo único que había hecho la chica era decir su opinión. Que ella también había visto la película y que tampoco había visto nada que oscureciera la relación entre Cristo y la ramera, y que el hecho de que Judas fuera negro era por poner un toque de color, sin más, que todos somos hijos de Dios y que los negros pueden ser Judas, Cristo y san Pedro. Que en ningún lugar dice que Jesús o alguno de los apóstoles no fuera oscuro de piel; y que viniendo de donde venía, más fácil era que hubiera sido negro que blanco.

Todo esto me contó mi madre ya en casa mientras esperábamos a mi padre.

—Mamá, ¿cómo has podido decirle todo eso a don Rafael?

Tenía dobles sentimientos acerca de la presencia de mi madre en el colegio: por una parte, me sentía orgullosa de que mi madre me hubiera defendido. Pero, por otra, me daba vergüenza que mis compañeras pudieran pensar que era una niña mimada a la que mamá le sacaba las castañas del fuego. Afortunadamente, don Rafael no dio su brazo a torcer, y en esa evaluación me quedé con un seis, que se convirtió en un sobresaliente a final de curso, porque aprendí a estar calladita y a dejar en casa mis opiniones con respecto a la religión y a la sociedad. Al fin y al cabo, seguíamos en el primer semestre de 1975 y las paredes y las sotanas, incluso las que olían a orina rancia como la de don Rafael, seguían oyendo hasta los pensamientos más escondidos.

18

Voy a la cocina a beber un poco de agua. Los papeles y los recuerdos arañan y secan mi garganta y mi conciencia. Miro las noticias en el móvil: ya están introduciendo el féretro del dictador en el helicóptero. Los parlamentarios ingleses discuten sobre el Brexit por enésima vez, y el presidente de la Cámara de los Comunes lleva una corbata nueva. Todos los días lleva una corbata nueva. Me imagino su armario lleno de corbatas ordenadas por gamas de colores. Vuelvo al dormitorio y abro el armario de papá. No consigo ser ordenada ni siquiera para vaciar una casa. Voy de la mesilla al armario, de una habitación a otra, en vez de terminar con un mueble cada vez. En la puerta, en colgadores especiales, están sus corbatas. Dejo que las diferentes telas toquen mis manos. La seda, el poliéster, el algodón... Guardo dos, la de seda que le traje de alguno de mis muchos viajes a Italia, y la primera que le recuerdo, roja, con algún rombo suelto, como en un cuadro abstracto; miro la etiqueta, también es italiana, tal vez la compró él mismo durante aquel nuestro primer viaje. Están tan limpias y tan planchadas que tocarlas e introducirlas en una bolsa me parece una profanación. También conservan su olor. Doy gracias de que el tiempo y mi memoria hayan respetado el aroma y me sumerjo en él.

El silencio de mis pensamientos mientras aspiro el perfume de las corbatas se rompe cuando oigo ruido en la cocina. Vuelvo sobre mis pasos. Me he dejado el grifo abierto. Y el teléfono muestra todavía la página de *El País* que había abierto unos minutos antes. Siguen las mismas noticias. Y otra que no había leído antes: en Chile hay revueltas y el ejército está en la calle. Las imágenes de los tanques y los soldados cubiertos con cascos en Santiago me recuerdan a las imágenes en blanco y negro del golpe de Estado de Pinochet, el que acabó con la vida de Salvador Allende, con el disgusto mortal de Pablo Neruda, y con las manos cortadas de Víctor Jara en el estadio olímpico de Santiago en septiembre de 1973.

—«Te recuerdo, Amanda, la calle mojada» —canturreo casi sin darme cuenta.

El disco de *Jesucristo Superstar* llegó a mi vida al mismo tiempo que el de Víctor Jara, aunque se había publicado seis años antes. Y es que en aquel año de 1975 pasaron muchas cosas en mi vida: descubrí que entre Cristo y Judas me quedaba con el segundo porque era el único que se preguntaba cosas y no aceptaba sin más lo que parecía estar escrito por el destino, o por las leyes de Dios y de los hombres. También supe que era estupendo bailar canciones lentas con chicos que no fueran mis primos, y que tenían los ojos como Ted Neeley, el cantante que daba vida a Jesucristo en la película. Fue en un hotel de Mallorca, en septiembre, durante las vacaciones, justo antes de que empezara el último curso en el colegio. Yo tenía trece años y quería ser mayor. Y como era alta y «estaba muy desarrollada para mi edad», pues di el pego y me dejaron entrar en la fiesta del hotel.

—No deberías querer crecer tan deprisa —me dijo alguien en el hotel. Pero no le hice caso. A mis trece años quería tener por lo menos dieciocho.

También fue entonces cuando supe que a un cantante chileno de nombre Víctor Jara lo habían asesinado dos años antes por cantar canciones que mostraban un mundo más cruel y gris que el que reconocían los que lo habían silenciado para siempre. Canciones que nos enseñaba nuestro profesor en unas clases extraescolares por la tarde. Él era poeta, además de matemático, y le gustaba enseñarnos cosas más útiles que las ecuaciones, aunque tenía que hacerlo fuera del horario escolar. Así que obtuvo permiso para utilizar un local de la parroquia y allí cantábamos el corrido de «un hombre que fue a la guerra», la balada del «pongo en tus manos abiertas mi guitarra de cantor», y esa delicia trágica que era «Te recuerdo Amanda, la calle mojada», todas ellas canciones de Víctor Jara, al que habían cortado las manos y que había muerto desangrado en el estadio olímpico de Santiago de Chile como tantos otros. Su delito, cantar lo que ahora cantábamos nosotros en una sala de la parroquia. Y escribo «nosotros» porque en aquellas actividades extraescolares estábamos juntos los chicos y las chicas. Apuntarme a guitarra era casi la única posibilidad que yo tenía de relacionarme con chicos. El colegio era mixto, pero las clases no. Los varones estaban en otros pabellones, y tenían otro recreo. Solo cuando se hicieron obras en el suyo, compartimos espacio y tiempo en nuestro patio. Aquellas semanas de promiscuidad no me trajeron nada especial. No hablé con ninguno de los chicos, más ocupados en charlar e intentar ligar con las más guapas y menos tímidas, entre las que desde luego no estaba yo.

A mí me gustaba un chico que se llamaba Víctor, como el cantante. No sé por qué me gustaba porque jamás había hablado con él ni había sido mirada por sus ojos; ni siquiera había oído nunca su voz. Soñaba con él y escribía su nombre en mi diario una y otra vez. Hasta escribí versos dedicados a sus ojos verdes y a su cabello rizado. Nunca hablé con él, «con él, con él»..., como en la canción, pero lo amé en secreto, como se ama a esos trece años en los que tu héroe es Víctor Jara, Robert Redford o Carl Anderson, aunque defenderlo me supusiera bajar en tres puntos la nota de Religión.

En aquel tiempo yo era muy tímida porque era muy insegura. Con eso de que «estaba muy desarrollada para mi edad» era demasiado alta y tenía las tetas demasiado grandes. Mis gafas, mis cejas gruesas y el hecho de sacar las mejores notas de la clase me condenaban. Me llevaba bien con casi todas las niñas de la clase, pero era invisible para los chicos. Me apunté a Confirmación para relacionarme más con los muchachos, pero ni aun así. Me llevaba mejor con los cantantes de los discos, que también me parecían guapísimos, tanto o más que aquel Víctor de los ojos verdes.

Ellos sí que hablaban conmigo. Me contaban y susurraban canciones de amor, de lluvia, de campesinos, de luchas. Y lo hacían directamente a mis oídos, sin intermediarios. Y me lo repetían tantas veces como yo quería. Hacía girar el disco una y otra vez bajo aquella aguja que tenía la punta de zafiro. Alfredo Kraus, Víctor Jara, Ted Neeley, Donny Osmond, los Jackson Five, Camilo Sesto y Paul Anka convivían los sábados por la mañana con las danzas del príncipe Igor de Borodin, y con los «Ojos negros» del disco de canciones tradicionales rusas que mi padre había comprado a escondidas en la trastienda de un local en el que se vendían discos prohibidos.

Me enamoré de Kraus cantando a Francisquita, de Víctor Jara recordando a Amanda, de Neeley preguntándole a Dios que «*why, why I should die?*», de Donny Osmond en aquel disco que alguien me compró en la base americana, del niño Michael Jackson en los tiempos en que era una tierna criatura que cantaba y no tenía castillos como el ciudadano Kane. Del regreso de Melina que cantaba Camilo, que también fue Jesucristo en el teatro, y de Paul Anka, en un disco americano de verdad que nos había regalado mi madrina en aquel nuestro primer viaje, el del único pasaporte, el de los tres trenes y la carbonilla en el ojo. Me enamoré de ellos y de todos los chicos que, aunque hubiera sido por una milésima de segundo, me habían mirado, haciéndome creer que estaban locos por mí.

19

Porque yo me lo creía todo. Mi rebelión en la clase de don Rafael había sido una excepción que incluso a mí me sorprendía. Era la prueba de que algo, no sabía el qué, estaba cambiando en mi pensamiento. Hasta la gente había empezado a hablar un poco más alto, como si las paredes hubieran dejado de oír. Incluso mi padre decía cosas que nunca antes se había atrevido a decir; y si lo había hecho, había sido en un volumen tan bajo que yo no lo había oído.

—Pues la chica quiere visitar a su abuela, y esta tarde vamos a ir, te guste o no —le dijo un día a mi madre, que empezó a llorar.

—Si hubiera sido por ella estarías muerto. Fue mi familia la que pagó las medicinas para que te curaras del tifus, que tu familia no movió ni un dedo y te habría dejado morir como a un perro.

—Sabes dónde duele más, ¿verdad?

—Es la verdad.

—No siempre hay que decir la verdad si haces daño con ella. A no ser que lo que pretendas sea precisamente eso, hacerme daño a mí. Y a tu hija.

—Mi hija tiene que saber las cosas.

—Las cosas desde tu punto de vista, que, según tú, es el único que cuenta.

—La verdad no tiene más que un camino —decía ella, en una de sus frases recurrentes.

—Eso es lo que te enseñaron las monjas.

—Las monjas tenían razón. Estaban asistidas por la Virgen María.

—Oh, vamos. Seguro que también hablaban de la caridad cristiana. ¿O es que el día que tocó esa lección tú estabas enferma y te perdiste la clase?

Yo escuchaba la conversación desde el otro lado de la puerta de su dormitorio. Mi abuela estaba en el pueblo con su hermana y en la soledad de la pareja se sentían más libres de decirse lo que pensaban, que no siempre era amable.

Mi madre se quedó callada por un momento. Pensé que estaba llorando y que no podía escuchar sus lágrimas. Discutían por mi culpa. Si yo no quisiera ver a mi abuela paterna, papá y mamá nunca habrían discutido. Ni mamá nunca le habría echado en cara a papá lo del tifus y lo de que no se olvidara de que estaba viviendo en casa de su suegra, que era otro de los temas que le refrotaba cuando estaba enfadada con él, siempre por mi culpa.

—Mi culpa, mi culpa, mi grandísima culpa —digo, mientras contemplo una de las fotos de mi madre, que sigue en la mesilla de papá, en un marco de plata.

Cuando ocurría esto, también me iba al cuarto de baño a llorar. Cerraba la puerta con el pestillo y tiraba de la cadena para que nadie me oyera. A veces cogía las tijeras y me las acercaba a las venas de la muñeca. Pensaba que si me las cortaba seguro que dejaban de discutir. Serían ellos quienes se sentirían culpables de mi muerte y llorarían mucho. Pero entonces me sentiría aún más culpable por haber provocado semejante torrente de lágrimas y de sufrimiento. Y, además, yo iría al infierno... Así que dejaba otra vez las tijeras en el armario y me sentía culpable incluso de haber tenido el pensamiento de clavármelas en las venas.

El resultado de la discusión era que papá y yo íbamos por fin a visitar a la abuela, y mamá estaba de morros durante una semana. Al final todo se pasaba y cada uno seguíamos con nuestra vida. Mamá haciendo sus tareas de ama de casa y escribiendo cartas a lejanos rincones del mundo porque de joven se había inscrito en una revista para mantener correspondencia con otras señoritas; papá arreglando coches ajenos mañana y tarde. Y yo estudiando, tocando la guitarra, y jugando al *hockey* para mejorar mis notas de Gimnasia y para intentar que algún chico se fijara en mí.

Pero eso tardaría mucho tiempo en pasar.

20

Estábamos viviendo un periodo histórico del que no éramos conscientes. El abuelo universal estaba enfermo, muy enfermo, y se iba a morir muy pronto. En el mundo había manifestaciones multitudinarias protestando contra nuestro país. Salían en la televisión como ejemplo de que España se mantenía firme a pesar de las críticas y del odio que una parte de los extranjeros nos seguía teniendo. Las protestas estaban causadas por las últimas sentencias a muerte que el moribundo había firmado. Cinco hombres iban a ser ejecutados cuando en el resto de Europa, salvo en Francia, hacía tiempo que no se mataba legalmente a nadie, aunque aún no se había abolido la pena de muerte ni en Francia ni en Gran Bretaña. Curiosamente, ambos países lo harían aún más tarde que España.

—Pues si ellos han matado, bien está que los maten —decía mi madre, para quien la justicia seguía dictada por la ley del talión.

—¿Pero es que no hemos tenido ya suficientes muertos en este país? —replicaba mi abuela.

A ella todos los fusilamientos le recordaban al de Galán y García Hernández, que había ocurrido antes de la República, en la época de la dictadura anterior. La ejecución de aquellos dos capitanes que se habían sublevado en Jaca por la libertad había provocado lágrimas en casi todo el pueblo, que ya entonces añoraba una libertad que vino en el 31, y que tampoco cumplió las expectativas de muchos.

—Franco está a punto de morir y quiere morir matando —continuaba—. Con dos cojones hasta el final. Rezo para que se muera antes e indulten a esos desgraciados.

—No los indultarán, abuela —intervenía mi padre—. Ya veréis como no los indultan. Quieren dejar claro ante el mundo que siguen siendo los vencedores.

—Pero estaría bien un poco de clemencia, ¿no? —me atreví —. Si se está muriendo, ¿qué más le da? Además, así pasaría al otro mundo habiendo hecho un acto de caridad cristiana. Eso seguro que le parece bien a san Pedro.

—¿A san Pedro? —me preguntó mi padre con la cuchara de la sopa en la mano.

—Es el que tiene las llaves para dejar entrar al cielo a los buenos, ¿no? Pues eso —repuse. A pesar de todo, en la clase de Religión había aprendido muchas cosas.

—No deberías ir a un colegio de curas —dijo mi padre después de tomar la cucharada de sopa—. Te cuentan cosas muy raras.

—Es el mejor colegio que queda en el barrio —contestó mi madre—. Está bien que la chica tenga una educación cristiana y no sea tan descreída como tú.

—De todas formas —continuó papá—, si san Pedro deja entrar a Franco en el paraíso, será la prueba evidente de que la injusticia no solo reina en el mundo de los vivos sino también en el de los muertos —contestó mi padre.

—No le digas esas cosas a la chica, que luego irá por ahí contando que a su padre no le gusta Franco —advirtió mi madre, siempre con el miedo en el cuerpo.

—Las cosas están cambiando. Ya se puede hablar. Y no tardará en llegar el día en el que podremos salir a la calle sin miedo a que nos pidan la documentación y sin temor a que nos detengan solo por pensar diferente.

—Pero esos cinco bien muertos van a estar. Que ellos han matado a unos inocentes —continuó mamá.

—Nadie tiene derecho a matar a nadie. Ni ellos ni la justicia.

—Solo Dios tiene derecho a llevarse a sus hijos con él —intervino de nuevo mi abuela con una voz afectada—. Eso dicen siempre los curas, pero muchos miraban hacia otro lado cuando tanto los milicianos como los falangistas sacaban de sus casas a inocentes para darles el paseo y liquidarlos. Cuando se muera ese, vendrá otro 36. Ya lo veréis. Si se meten los anarquistas otra vez, volverá la guerra, como entonces.

Porque mi abuela siempre le echaba la culpa de casi todo a los anarquistas. Según ella, fueron quienes trajeron el 36 porque iban por la calle pegando tiros, rompiendo figuras de santos y quemando iglesias. Mi abuela temía a los anarquistas casi tanto como a los falangistas.

—Ay, abuela, no digas eso. Que a mí me da mucho miedo la guerra.

—Pues cómete todas las lentejas, que no sabemos qué pasará. No sabes lo que es pasar hambre, niña. Ojalá nunca conozcas lo que es oír las sirenas y echar a correr para llegar al refugio antes que las bombas. Y no tener nada que llevarte a la boca, ni que darle a tu propia hija —sentenciaba la abuela con la mirada puesta en la pantalla de la tele en la que cientos y cientos de jóvenes se manifestaban contra Franco en París, en Londres, en Roma y en medio mundo menos en el nuestro.

—No asustes a la chica, mamá, que no pasará nada, ya veréis —intentaba consolarme mi madre—. A lo mejor hasta los indultan.

Pero no los indultaron. Los mataron cuando el nuevo y último curso del colegio estaba recién comenzado, y nosotros acabábamos de regresar de nuestras vacaciones en Mallorca, en aquel verano tardío en el que había bailado al ritmo de una canción que se llamaba *Rosana*, el mayor éxito del grupo Los Diablos de aquel año. El mundo entero volvió a protestar en las calles contra una dictadura que hasta en sus últimos coletazos moría matando, como había vaticinado mi abuela. Una dictadura que habían alimentado los mismos países que se rasgaban las vestiduras después de las ejecuciones sumarísimas de los últimos juicios. Durante la guerra, el tratado de no intervención y el «que se maten ellos»; después de la Segunda Guerra Mundial, mejor una dictadura de derechas que la posibilidad de que España se convirtiera en un satélite demasiado occidental de la Unión Soviética, así que mantuvieron al abuelo universal en el poder, con un Plan Marshall raquítico y a destiempo, y con una visita del mismísimo presidente de los Estados Unidos, el carismático Ike Eisenhower ya en 1959.

No vimos nunca imágenes de la ejecución, pero el ruido de los fusiles que no escuché se mezcla ahora en mis recuerdos con el vals de Rosana, y con otras canciones que cantábamos en las clases de guitarra. Eran temas que pretendían protestar contra el pequeño mundo que nos rodeaba: *Un ramito de violetas,* de Cecilia; *La orilla blanca, la orilla negra*, de Iva Zanicchi; y, por supuesto, *El preso número 9*, de Joan Baez.

21

Me empezó a gustar un chico de los que iban a guitarra. Era moreno, tenía gafas de metal, y era tan tímido como yo. No me acuerdo de su nombre y no oí su voz más que cuando cantaba aquella canción de Joan Baez que se había compuesto antes de que naciera yo, pero que se había hecho famosa en aquellos años primeros de la década de los setenta por lo que tenía de alegato contra la pena de muerte. Como él la cantaba, decidí aprenderla para a lo mejor hacer un dúo con él algún día, cosa que nunca llegó, por supuesto. Pero al menos me aprendí la canción y la cantaba en los recreos y en casa.

—¿Y esa canción? —me preguntó un día mi madre.

—Es un alegato contra la pena de muerte, mamá.

—Aquí no cantes esas cosas, que te pueden oír.

—Pero, mamá, si esta canción ha salido ya en la tele y todo. No está prohibida. Escucha, te la voy a cantar, fíjate bien en la letra, y en la música, que es muy bonita.

Yo tocaba los primeros acordes y me acordaba de los dedos del chico de las gafas plateadas, que se deslizaban por el diapasón con mucha más facilidad que los míos. Miraba la cara satisfecha de mi madre, complacida con lo bien que su niña tocaba la guitarra.

El preso número nueve ya lo van a confesar (...) / Porque mató a su mujer y a un amigo desleal (...) / Los maté, sí señor / Y si vuelvo a nacer / Yo los vuelvo a matar / Padre no me arrepiento / Ni me da miedo la eternidad / Yo sé que allá en el cielo / El que juzga nos juzgará...

—¿Y lo van a ejecutar por haber matado a una adúltera? Pobre hombre —decía mi madre.

Y yo seguía cantando aquellas palabras infames una y otra vez, sin pararme a pensar que la canción estaba defendiendo a un asesino. Era verdad que la cantábamos como protesta por la pena de muerte, y que en la España de aquellos juicios sumarísimos del 75 el texto tenía una significación muy clara. Pero tan claro nos debería haber parecido también que el preso número nueve era un villano que había acabado con la vida de su mujer y de su amante, y que además ni se arrepentía ni se iba a arrepentir. La solidez de su argumento era tal que cantábamos la canción con frenesí, empatizando con el asesino más que con sus víctimas.

Cada vez que pienso en mí misma, guitarra en mano, entonando aquella melodía, se me abren las carnes. Y si además pienso que copiábamos a Joan Baez, que se postulaba como hada madrina de la progresía, siento vergüenza de mí y de toda mi generación, y me siento en parte responsable de las muertes de tantas y tantas mujeres a manos de hombres que han creído y siguen creyendo que sus parejas son patrimonio propio, al mismo nivel que el coche o que el mechero con el que encienden sus malolientes cigarrillos.

—Menudo cabrón era el preso número nueve —me digo mientras recuerdo la emoción con que cantábamos aquellas palabras tan brutales.

22

Suena el teléfono. Esta vez lo tengo al lado y lo cojo antes del segundo compás de la melodía que Samsumg ha puesto por defecto. Acabo de cambiar de móvil y todavía no lo he personalizado. Es mi amiga Sara.

—Hola, guapa —me dice—. ¿Ya estás en la ciudad? ¿Quedamos a tomar un café? Hace mucho que no nos vemos. Tengo que contarte un cotilleo que te va a encantar.

Sara siempre ha sido así. Habla y no deja meter baza. Es amiga mía desde los tiempos del último curso del colegio, cuando su familia se trasladó desde el pueblo a vivir a casa de su abuela, en mi barrio.

—Llegué ayer y me fui directamente al hotel.

—¿Te has ido a dormir a un hotel teniendo casa y amigas que te podemos hospedar? ¡Qué disparate!

—Necesitaba estar sola antes de emprender la tarea. Esto es muy duro.

—Claro que es duro. Dímelo a mí, que he tenido que vaciar tres casas: padre, madre y marido. Por eso mismo, estarías mejor conmigo. Esta tarde te vienes a dormir a mi casa. Los chicos se alegrarán de verte. Eres una especie de hada madrina para ellos, sobre todo para Daniela.

—Los veré en otro momento, Sara. Hoy me voy a quedar aquí todo el día, y por la noche me iré al hotel. Se me remueven muchas cosas, muchos recuerdos. Prefiero no hablar con nadie.

—De eso nada. Iré a buscarte cuando salga de trabajar. A las dos me tienes ahí, charlamos, comemos y luego vuelves a tu tarea. Y por la noche puedes elegir: o duermes en una solitaria y triste habitación de hotel, o te quedas en mi casa.

Miro el reloj. Ya es casi la una de la tarde. He madrugado mucho para que me cunda la mañana, y no he vaciado nada más que dos cajones y una mínima parte del armario de papá.

—No sé si voy a ser capaz, Sara —le digo—. Hay tantos recuerdos... Cada objeto me lleva a momentos en los que yo también viví aquí. Vaciar esta casa es como vaciarme a mí misma.

—Vamos, vamos, no te pongas melodramática. A todos nos toca hacerlo. Y a los que no les toca es porque se han muerto antes, así que no te quejes tanto. Te recojo a las dos. Espérame en la puerta, que ya sabes que nunca hay sitio para aparcar.

Tiene razón Sara: nunca hay sitio para aparcar en mi calle. Tampoco lo había cuando estudiábamos ya en la universidad y ella me venía a recoger para ir juntas a la facultad con su 850 azul de cuatro puertas. Habían vuelto a vivir en el pueblo, que estaba a las afueras y en el que trabajaba los veranos. Con lo que ahorraba se había comprado un coche pequeño de tercera o cuarta mano. Lucía siempre limpísimo y el color hacía juego con sus ojos. O al menos eso me parecía a mí entonces. Su padre las había dejado con una mano delante y otra detrás y se había ido con una señora muy rubia a las islas Canarias.

Sara. Sara. Sarita. Ella cantaba mejor que nadie. Tenía el pelo largo y liso y vestía blusones anchos y bordados, como Cecilia, la cantante que más nos gustaba en aquellos años, más incluso que Camilo Sesto y que Cat Stevens.

Vuelvo al dormitorio, saco los cajones que me quedan de las mesillas y los vacío en la bolsa negra sin mirar siquiera su contenido.

Saco del armario viejas y nuevas toallas, viejos y nuevos paños de cocina, viejos y nuevos zapatos. Arranco las ropas con furia del que ha sido su hogar durante años. De pequeña me preguntaba a veces si las cosas seguían estando dentro de los armarios y de los cajones cuando los cerrábamos, cuando nadie los veía. Las bragas ordenadas, los calcetines emparejados, ¿seguían allí cuando a su alrededor no había nada más que silencio y oscuridad? Pensaba que eran como los muertos dentro de los ataúdes, que se quedan un tiempo dentro para ir haciéndose más y más pequeños hasta que desaparecen casi por completo. Pero no. No era así con los habitantes de los armarios: todos y cada uno de los calcetines de papá siguen en el sitio donde él los dejó. Y sus corbatas, y sus calzoncillos. Hay algo de sacrílego en tocar los calzoncillos de un padre, aunque sea para meterlos en una bolsa negra, en el agujero negro de la nada. Tal vez sea esa la razón: tirar sus cosas es desprenderse de sus últimos vestigios. De sus últimos suspiros.

Miro de nuevo el reloj. Son las dos menos cinco. Ya debería estar abajo. Voy al cuarto de baño, me siento en la misma taza en la que tantas y tantas veces me senté para hacer mis necesidades y también para llorar en silencio. Tiro de la cadena. Me miro en el espejo mientras me lavo las manos, y vuelvo a preguntarme dónde está la chica que vivió en esta casa más de veinte años.

Bajo las escaleras tan deprisa que no llamo a la vecina para decirle que me voy. Me oye y abre la puerta. Oigo su voz cuando estoy en el rellano del primer piso.

—¿Te vas sin despedirte?

—Vuelvo después de comer. Me ha llamado una amiga y voy a comer con ella. Voy corriendo, que no puede aparcar.

—Que te diviertas.

23

Cuando llego abajo, hay un coche detrás del de Sarita que está pitando. Hago un gesto de disculpa con las manos, pero el tipo sigue pitando.

—¡Qué borde ese tío! —Es el saludo de mi amiga.

—Tendrá prisa —le contesto.

—Luego nos besamos y abrazamos como se debe. Ahora mejor que nos alejemos de ese energúmeno. Algunos no se han dado cuenta todavía de que ya hace años que estamos en un país civilizado. Venga, date prisa, que te estás mojando.

Me quedo callada. Ella siempre ha tenido más sentido patriótico que yo.

—Ya han sacado al tirano del valle —me dice.

—He visto algo en el móvil —le contesto.

—Yo lo he estado viendo en directo en la televisión.

—¿Pero no estabas trabajando?

—Lo he visto en la pantalla del ordenador del curro. Estábamos todos igual. Muy emocionados. Algunos hasta lloraban.

—¿De pena o de alegría? —le pregunto.

—De todo habrá habido. Pero nadie ha dicho ni una palabra.

—Eso sí que es raro.

—No creas. Todavía hay cosas de las que no se habla en mi oficina. No se te olvide que trabajo en un organismo público lleno de uniformes. En mi trabajo hay que callar sobre determinados asuntos.

—O sea, que estamos como cuando éramos pequeñas, y nos decían que había temas de los que no se hablaba porque las paredes oían.

—Querida, algunas paredes siguen deseando oír. Así que en mi trabajo nadie sabe de qué pie cojeo. O sea, que nadie sabe a qué partido voto, ni si hoy estaba contenta o no.

—Pues vaya.

—Así es la vida, amiga mía. En fin. Te voy a llevar a un restaurante nuevo que te va a gustar. Es un vegetariano.

—Buena idea. Cada vez como menos carne.

—¿Esa frase es recta o indirecta?

—¿Qué quieres decir?

—Que si te refieres a carne de vaca o de humano.

Me echo a reír. Casi se me había olvidado que Sara pensaba en el sexo constantemente. En su interpretación lingüística, toda frase tenía una razón sexual. Toda mirada iba con segundas intenciones. Según ella, cada acto humano estaba motivado por un deseo desenfrenado hacia el otro. O hacia la otra. Freud habría podido utilizarla de ejemplo para justificar la mayoría de sus teorías.

—Me refiero a la carne que se come —le aclaro.

—Toda la carne se come —me contesta mientras echa el freno de mano. Ha encontrado un sitio para estacionar justo al lado de nuestra vieja facultad.

—Ya me entiendes. Menos carne y más verdura. Esa es mi filosofía últimamente. Paso demasiadas horas sentada. Hago poco ejercicio, así es que intento comer lo más sano que puedo.

—Pues entonces he acertado al elegir este restaurante. Te va a encantar. Y ahora sí, ese abrazo y ese par de besos que aún no nos hemos dado.

Nos abrazamos y noto que ha cambiado de perfume. Antes llevaba un aroma muy fresco de cítricos, de Hermès. El de ahora es más empalagoso. No me gusta tanto, pero no se lo digo. No obstante, ella se da cuenta de que he notado la diferencia.

—Siempre tan sensible a los olores. Sí, me he pasado a *La vie en rose* de Lancôme.

—Es muy fuerte —le recuerdo—. Antes te gustaban más frescos.

—Pero todo cambia, querida. Ahora me gusta envolverme en aromas más aterciopelados.

—Hablas como en un anuncio —le reprocho.

—A lo mejor. Estamos en la edad en la que tenemos que anunciarnos bien.

Al mirarla de frente veo que hay algo diferente en su rostro.

—Ya te has dado cuenta. Has tardado, pero ya has visto la novedad.

—¿Te has puesto bótox en los labios?

—¡No! Qué barbaridad. Por supuesto que no.

—Pues …

—Es ácido hialurónico. Da volumen y corrige las arrugas.

—Pero si estás preciosa sin nada de eso. Siempre has sido la más guapa.

—El tiempo no pasa en balde. Ni para ti ni para mí.

—Yo nunca me voy a poner nada en la cara —afirmo tajante.

—Eso mismo decía yo.

—Eso decíamos hace años, cuando empezamos a ver mujeres a las que se les notaba de lejos que se habían operado.

—Yo no pienso lo mismo que hace treinta años. ¿Tú sí?

—Yo tampoco —le contesto y la vuelvo a abrazar.

24

Entramos en el restaurante. La encargada recibe a Sara como si la conociera de toda la vida. Hasta se dan dos sonoros besos. Me presenta como una escritora famosa, que además es una de sus mejores amigas, que vive en Madrid, y que por eso no me había visto hasta ahora. Sara y yo, y casi todas las mujeres de nuestra generación, cargamos con la necesidad de justificarnos ante los demás. Si no he estado en ese restaurante antes, no es porque no me haya dado la real gana, o porque sea eminentemente carnívora, sino porque no vivo en la ciudad. Nos pasamos nuestra juventud pidiendo disculpas a nuestros mayores porque gozábamos de una libertad que a ellos les había estado vedada. Y seguimos disculpándonos por cualquier razón y ante cualquiera, también ante la desconocida camarera de un restaurante en una ciudad provinciana como la mía.

La mujer es amable y en mi sonrisa educada no es capaz de leer mis pensamientos. A veces hasta a mí me cuesta leerlos. Y sobre todo entenderlos.

—Esta mesa es estupenda —me dice Sara cuando ya estamos sentadas—. Siempre pido la misma: está lejos del aire acondicionado, de la cocina, de la puerta, y no están pasando los camareros continuamente a tu lado.

—¿Vienes mucho por aquí?

—Sí. Un par de veces por semana, sobre todo para cenar.

—¿Y te gusta cenar fuera de casa? —le pregunto, porque eso es algo que yo odio. ¡Me da tanta pereza vestirme y calzarme para salir cuando ya es de noche!

—Me encanta. Sobre todo desde la muerte de Andrés. Intento meterme en nuestra cama lo más tarde posible.

—¿Lo echas mucho de menos?

—No. En absoluto. Pero aunque cambié el colchón y tiré todas las sábanas que habíamos compartido, sigo durmiendo en la misma habitación en la que murió, y no me gusta.

—Podrías haberte cambiado de cuarto.

—Los chicos tienen cada uno el suyo. Y el despacho no lo muevo de donde está: es la habitación que más luz tiene. No me hace feliz dormir en ese cuarto, pero me aguanto, porque estamos hechos para aguantar.

—¿Y vienes sola a cenar aquí? —le pregunto con la intención de cambiar de tema.

—Casi nunca.

—¿Vienes con los chicos?

—No, nunca.

—Entonces, ¿con Angelina y Carlota?

—No. Con ellas vengo aquí solo de vez en cuando. Y siempre a comer. Ellas también son carnívoras, como nosotras.

—Entonces, ¿me puedes decir por qué razón vienes dos días por semana a un restaurante vegetariano y con quién?

—Pues está muy claro. Ahora te lo cuento. —Sara me mira y señala la carta con el menú—. Tienes que elegir, que va a venir el camarero muy presto.

A Sara le gustaba introducir en sus frases palabras con gusto antiguo. Lo había hecho desde los tiempos del colegio, cuando leíamos el *Cantar de Mio Cid* en castellano antiguo, y también las obras de teatro de Lope y de Calderón. Le encantaba decir «en pos», «voto a bríos», «presto» y «no ha mucho» en vez de «no hace mucho». Ese ha sido siempre parte de su encanto y de su éxito personal. Cuando estábamos en la universidad, solía decir que a los chicos les gustaba que las mujeres pareciéramos salidas de un drama de honor calderoniano más que de una manifestación.

—Me quedo con las berenjenas rellenas de verduras y gratinadas con queso *provolone* —le digo al camarero.

—Y yo con el tofu horneado con verduras al dente.

—Y ahora que ya hemos pedido, ¿me puedes decir por qué vienes a este sitio tan vegetariano y tan a menudo?

—Por lo de la *app* —me dice en voz baja.

—¿Qué *app*? —le pregunto en el mismo volumen, acercando mi cabeza a la suya por encima de la mesa.

—La de contactos.

—¿Una aplicación de contactos? ¿Estás ligando a través de Internet? Pero has perdido la cabeza, ¿o qué?

—No he perdido la cabeza. Es la única manera de conocer hombres hoy en día. Chateo con ellos un par de veces. Si me gusta por dónde van, quedo con ellos aquí. Al ser un vegetariano me libro de tipos gordos, de los que comen chuletón, beben coñac después de la comida y se fuman un puro. A esos no los traes a un vegetariano ni de broma. Citarlos aquí es un filtro interesante. Me libro de energúmenos como el del coche en tu calle. Ese seguro que no era vegetariano y que no pondría un pie aquí ni aunque le pagaran.

—Pero ¿no te da miedo quedar con un tipo al que no conoces? Te puede pasar cualquier cosa. Hay mucho desaprensivo por ahí —le digo y parece que estoy oyendo en mi voz las palabras de mi madre.

—Si alguno se intenta pasar de la raya, lo mando a hacer puñetas. Y ya está.

—¿Y ya está? ¿Y se conforman con su fracaso?

—Sí, normalmente sí.

—¿Normalmente?

—Solo ha habido un caso en el que me he visto apurada. Un tío que llevé a casa en la segunda cita. Pretendía trasladar sus cosas e instalarse. Le dije que por supuesto no iba a aceptar algo así. Yo tengo muy claro que una cosa es echar un polvo y otra muy diferente convivir con el cincuenta por ciento del polvo. Lo eché en cuanto lo vi con la maleta y la mochila dispuesto a empezar una nueva vida, como él decía.

—¿Y no lo volviste a ver?

—Solo en las fotos de la agencia. Sigue apuntado, a ver si alguna incauta lo invita a su casa y se queda. Hay que tener cuidado en esos aspectos. Por lo demás, la mayoría de los hombres que se apuntan solo quieren lo mismo que yo: pasar un rato agradable, conversar, dar un paseo y echar un polvo. Sin más.

—Ya es bastante, ¿no te parece?

—Sé que desapruebas mi comportamiento. Sigues siendo una niña formal, como entonces. Pardiez que siempre se te notó que habías ido a colegio de monjas aunque hubiera sido por poco tiempo.

—¡No me fastidies! Nunca se me notó.

—Claro que sí. Tú seguías siendo virgen cuando las demás amigas ya nos habíamos pasado por la piedra a unos cuantos chicos.

—Pero no era por mojigata. Era porque no tenía ningún éxito. No era guapa.

—Siempre has sido preciosa, Margarita. Como en el poema de Rubén: «Margarita, está linda la mar...». La mar y tú siempre estabais lindas. Y ahora también.

25

Y no era verdad. Cuando nos conocimos, la guapa era ella, la del nombre corto que se pronunciaba con la boca abierta, como se quedaban todos los muchachos que la miraban. Yo era la gordita, demasiado «desarrollada para mi edad», con gafas gruesas y dos cejas que en realidad casi eran una sola. Luego mejoré, pero mis años púberes fueron un desastre.

Enseguida viene el camarero con los dos platos. Antes ha traído un cesto con diferentes panecillos de cereales. Tanto las berenjenas como el tofu están decorados con verduras de colores y los platos parecen más un cuadro de Jackson Pollock que algo comestible.

—Entra por la vista y por la boca —dice Sara, mientras saca su teléfono y hace una foto a los platos.

—¿Por qué los fotografías?

—Para Instagram. Sé que tú también tienes porque yo te sigo.

—Claro que tengo. Mi agente me dijo hace tiempo que debía tener más presencia en las redes sociales. Y ahora tengo Facebook, Twitter e Instagram. Pero las utilizo para hablar de trabajo, no para poner fotos de lo que como.

—¡Lo que comes forma parte de tu perfil!, ¡voto a tal! A tus seguidores les gusta conocer aspectos personales.

—Pero a mí no me gusta compartir lo que solo es mío. Comparto mi vida personal con la gente que quiero, no con todo el mundo.

—No olvides que comes gracias a tus lectores. Tienes que darles información sobre ti, dónde estás, con quién, qué haces, qué comes. Eso le gusta a todo el mundo. Todos tenemos un afán por conocer la vida privada de los demás. Así creemos que poseemos algo de ellos.

—Es verdad que me debo a los lectores, pero como lo que son, personas que amablemente leen mis libros. Pero no son mis amigos. No quiero que sepan lo que como ni con quién.

—Si fueras más personal en tus redes, venderías más.

—No quiero venderme a mí misma —afirmo categórica mediante una mentira. Hace tiempo que trabajo por encargo. Vendo mi buen hacer literario por razones espurias. Pero eso es algo que no cuento ni siquiera a las mejores amigas.

—¿Están buenas las berenjenas?

—Deliciosas —contesto. Y esta vez digo la verdad, están exquisitas—. Por cierto, antes me has dicho que tenías un cotilleo que contarme.

—Ah, ¿no ves cómo a ti también te gusta enterarte de lo que pasa en las vidas de los demás?

—No es cierto. Has sido tú la que ha mencionado algo de un cotilleo.

—Pero a ti te ha picado la curiosidad. Eres como todos. Muy intelectual y muy sesuda, pero curiosa como todo el mundo.

—Los escritores somos curiosos por naturaleza. Es lo que nos diferencia del resto de la humanidad, que miramos el mundo con curiosidad. Venga, vamos, di, ¿de qué se trata? O por mejor decir, ¿de quién se trata?

—De tu ex.

—¿Mi ex? —Me quedo con el tenedor en la mano. El trozo de berenjena se cae en el plato y me salpica en la camisa. Menos mal que es oscura y la mancha de tomate pasará desapercibida—. ¿Qué le pasa a mi ex?

Aunque tenía varios «ex» en mi haber, cuando Sara, o cualquiera de mis amigas de toda la vida, decía «tu ex» se referían a él, al que había sido mi novio durante cinco años que se me hicieron más largos que a Jesucristo sus tres años de vida pública. Al menos eso era lo que cantaba el musical cuando afirmaba que le habían parecido treinta. Al principio no había sido así. Yo estaba muy enamorada y había sido casi feliz con él durante cuatro o cinco meses. Luego vino lo que vino.

—Pues pasa que... No te lo vas a creer —dijo Sara antes de meterse otro bocado de tofu en la boca sin dejar de mirarme. Cuando terminó de masticar y de tragar, por fin me lo dijo—: Me lo he encontrado en la página de contactos.

Se me atraganta la berenjena. Empiezo a toser con tanta virulencia que hasta el camarero viene a preguntar si estoy bien. Asiento con la cabeza para que se marche cuanto antes.

—No puede ser. No me lo puedo creer —consigo decir cuando la berenjena se va por fin por el camino correcto.

—Ya te había dicho yo que no te lo ibas a creer.

—¿Él, en una página de contactos? ¿Para ligar? Pero si era lo más asexuado de este mundo.

—Pues ya ves. Lo que no hacía contigo parece que tiene ganas de hacerlo ahora. Le ha debido de dar un arrebato sexual a los cincuenta.

—Nada de cincuenta, que tiene más de sesenta.

—Vivir para ver —sentencia Sara.

—¿Y quedaste con él? —le pregunto.

—¡Cómo voy a quedar con él! Me habría reconocido enseguida. Menos mal que lo bloqueé de inmediato y no concerté ninguna cita. Chateamos un par de veces. Al principio, no estaba segura de que fuera él porque ha cambiado mucho. El nombre era el suyo, y todo coincidía, pero mis recuerdos de su persona eran muy diferentes. Fue al hablar y preguntarle un par de cosas cuando me quedó claro que no me equivocaba. Era él.

—Me quedo de piedra —comento, mientras bebo un largo trago del vino blanco que habíamos pedido.

—Me dijo que estaba divorciado.

—Todo el mundo se divorció —asevero.

—Nosotras dos, no.

—Pero él se casó antes que nosotras. En el 81. Me acuerdo porque fue el año del tejerazo y en febrero estábamos juntos. Cortamos aquel verano. Y él se casó enseguida con aquella chica tan pija de Derecho. Los que se casaron entonces se divorciaron casi todos.

—Es que aquellos dos no pegaban nada —reconoció Sara—. Ella tan fina y tan de buena familia. Él tan del Partido Comunista. Aquello estaba predestinado a no funcionar.

—No entiendo que os apuntéis a esas páginas. De verdad que no.

—Actualmente, es la única manera de conocer a alguien. La gente ya no va a bares ni a discotecas para conocer a otra gente. Además, ya no estamos en edad. A los del trabajo los tenemos ya muy vistos. Ahora las relaciones vienen a través de una pantallita.

—Pero es todo tan falso. Ahí se puede mentir mucho —y señalo con la cabeza el móvil de Sara, que se enciende y se apaga constantemente.

—Por supuesto. Yo digo que tengo cuarenta y cinco años. Como me conservo bien, todos se lo creen cuando tengo una cita. Ellos también mienten, casi todos dicen que son ingenieros o catedráticos, y cuando abren la boca se les nota que no han pisado en su vida las losas de una universidad.

—Bueno, Martín sí que las pisó —intervengo.

26

Martín es mi ex.

Me molesta que la comida con mi amiga esté girando en torno a él y a las páginas de contactos que han venido a sustituir a las agencias matrimoniales de mis años infantiles, y de las que nos reíamos sin contemplaciones. Nos hacía gracia, a la vez que nos parecía patético, que un señor subiera las escaleras de un inmueble para conocer a la señorita que los dueños de la agencia le habían adjudicado después de estudiar las fichas de todas las candidatas. En mi imaginación, el hombre siempre era calvo, con bigote, feo y se dedicaba a viajar por los pueblos vendiendo medias y botones de nácar; y la señorita siempre era delgada, guapa aunque ella no lo sabía, llevaba gafas, el pelo rubio recogido, y era secretaria en una empresa de embutidos.

Dicen que ser puta es el oficio más antiguo del mundo, pero no es verdad. El trabajo con más solera es el de ser medianero en encuentros amorosos. Medianera, casi siempre. Chico o chica incapaz de conseguir el amor de chica o chico, busca persona, ficha o algoritmo que le ayude. Antes eran las viejas trotaconventos, celestinas y brígidas las encargadas, o los casamenteros japoneses como el Goro de la *Butterfly*. Ahora son los algoritmos de las páginas de contactos en Internet los que deciden qué pareja te conviene y es *suitable* a tu persona. Las trotaconventos y celestinas se han quedado sin trabajo, como tantos otros cuyas cualidades han sido sustituidas por el vacío inexistente de la virtualidad. Antes los abuelos guardaban el dinero en un saquito, en una caja fuerte o debajo del colchón o de una baldosa. Ahora ni siquiera los bancos tienen efectivo, nuestro dinero es un grupo de dígitos en una pantalla. Unas cantidades escritas en plasma que suben y bajan y que nos hacen más o menos felices cuando las vemos en nuestra tableta o en el móvil. Unos números que hacen nuestra felicidad y que nos dan seguridad, aunque no los podemos tocar ni a ellos ni a lo que representan.

Como los hombres a los que Sara conoce a través de esas páginas: una foto de otros tiempos, unas cuantas mentiras acerca de la edad y del trabajo, unas palabras escritas en un chat, una cita en la que nadie se reconoce y en la que se pretende que surja una química trasnochada propiciada por un algoritmo.

¡Ay, qué tiempos aquellos cuándo las tabletas eran solo de chocolate!

27

—Sigue en la página. Podrías quedar con él.

—¿Qué?

—Que podías quedar con Martín. Seguro que podríais hablar de muchas cosas.

—Sara, perdóname por lo que voy a decir, pero vaya tontería. Han pasado más de treinta años desde la última vez que lo vi. A mi vida le costó mucho liberarse de su presencia y de su existencia. No tengo ningún interés en él. Me importa una mierda lo que le haya pasado y lo que le esté pasando. Una mierda, ¿me has entendido bien? Una mierda. No forma parte de mi vida desde hace décadas y no quiero que vuelva a hacerlo.

—Bueno, chica, no te pongas así. Yo pensaba que a lo mejor te apetecía volverlo a ver.

—Pues no. Demasiadas cosas se me están removiendo con regresar a mi casa. Cada rincón, cada objeto, me devuelve recuerdos. Solo me faltaba él. De modo que, por favor te lo pido, no vuelvas a mencionarlo siquiera.

—Pensé que te haría gracia saber que está en una página de contactos. Él, que fue siempre tan seguro de sí mismo y tan popular, y que ahora debe de estar tan solo como el resto de los mortales.

—Me da igual, Sara. —Intento cambiar de tema—. Me gusta este restaurante, creo que vendré a comer aquí siempre que vuelva a la ciudad. A Roberto seguro que le gusta. Está tan concienciado con el medio ambiente que me parece que se va a hacer vegano en cualquier momento.

—¿Y a tu marido? Recuerdo que le gustaban los chuletones y las morcillas a la brasa.

—Eso era antes, desde que le sacaron colesterol ya no come esas cosas. Todo a la plancha y con poca sal.

—¿Eres feliz con tu marido, Margarita?

—Vaya pregunta indiscreta, Sara.

—Las amigas nos preocupamos por las amigas.

—Pero no preguntamos esas cosas. Yo podría preguntarte si estás contenta de que tus dos hijos sigan viviendo en casa, a pesar de tener ya más de treinta años, edad en la que tú y yo estábamos más que emancipadas. Podría preguntártelo, pero no lo hago.

—Te has vuelto un poco cabrona. Antes no eras así.

—Era más prudente. Ahora me importan menos muchas cosas.

—Está bien que sigamos teniendo tanta confianza y que nos podamos decir lo que nos dé la gana.

—No sé si está bien, Sara. Pero es así.

—Sigues siendo tan aséptica como la mercromina, como cuando éramos jóvenes. Siempre parecía que estuvieras por encima del bien y del mal. Y sigues igual.

—Nunca estuve por encima de nada. Arrastré mis complejos durante años. Y hoy no soy más que el fruto de aquel árbol cargado de todos mis deseos y de mis frustraciones.

—Como todos, amiga mía. No eres nada original. Todos llevamos nuestra mochila particular a las espaldas —reconoce y enseguida cambia de asunto—. ¿Te apetece un postre?

—No. Debería marcharme ya. Solo dispongo de tres días para hacer mi tarea. El sábado por la noche tengo que irme de viaje. Una feria internacional.

—Una excusa más para no quedarte demasiado tiempo en el mismo sitio y enfrentarte a tus fantasmas y a ti misma.

Me la quedo mirando en silencio. Sara me conoce bien. No me gusta que nadie me conozca tan bien.

—¿Te quedarás a dormir en el hotel, o vendrás a mi casa?

—Me iré al hotel. Mañana puedo cenar con vosotros, si te parece bien.

—Me parece bien. ¿Y la comida? Algunos miércoles quedo con Carlota y Angelina a comer. Mañana es miércoles. ¿Qué te parece si vienes tú también? Seguro que ellas están encantadas de volverte a ver.

Carlota y Angelina son dos de mis amigas de los tiempos de la Universidad Laboral. Sara y yo las conocimos en primero de BUP y desde entonces nos hicimos inseparables durante aquellos cuatro años, y después continuamos siendo amigas en los tiempos de la facultad. Luego, cada una siguió su vida, sobre todo yo, que me marché de la ciudad, y perdimos parte del contacto.

—¿No las has llamado para avisarlas de que venías unos días?

—No. No tenía pensado ver a nadie.

—¿Solo a tus fantasmas?

—Solo a mis fantasmas.

—Pues creo que te hará bien pasar un rato con nosotras, que somos muy de carne y hueso.

—Sobre todo de carne —le contesto con una sonrisa, repitiendo una frase que solíamos decir mucho en nuestros años universitarios.

—Al menos te he hecho sonreír —me dice Sara mientras saca su tarjeta del monedero —. Hoy te invito yo. Mañana ya veremos.

—Siempre has tenido el don de hacerme sonreír.

Sara y yo nos abrazamos cuando salimos a la calle. Ha dejado de llover y vuelve a brillar el cielo. La compañía de Sara tiene siempre esa consecuencia: el sol siempre sale a su lado. Es como si tuviera poderes magnéticos y atrajera las partículas de las explosiones solares y estas se posaran a su alrededor, formando una aureola como la de la virgen de Guadalupe, de la que ella siempre había sido devota, incluso en los años en los que ser religiosa estaba muy mal visto, sobre todo entre los jóvenes progresistas como pretendíamos ser nosotros. Yo, Sara, Carlota, Angelina, Juan, Pedro, Andrés, Clarita…, Martín. Sobre todo Martín.

28

Vuelvo a casa dando un paseo. Sara vuelve al trabajo en el coche, se ha hecho tarde y va con prisa. Lo prefiero así, quiero caminar sola y ordenar mis pensamientos. ¡Vaya frase estúpida esa de «ordenar pensamientos»! A no ser que se sea una maestra de yoga, de meditación o de *mindfulness*, es imposible organizar las visitas que recibe la mente a una velocidad siempre inquietante. Los pensamientos deberían pedir cita previa, como hacemos con el médico o con Hacienda. Sería generoso por su parte venir uno detrás de otro, y dejar un espacio de descanso entre una visita y la siguiente en vez de apelotonarse todos en tropel, sin dejar cabida al aquí y ahora tan zen y tan necesario para tomar conciencia de una misma.

Me sorprendo reflexionando como si estuviera dentro de uno de esos libros de autoayuda que aborrezco. Pero sí, estoy aquí y ahora, y debería ser consciente de mi alrededor actual, es decir, de mi propia mismidad presente.

Estoy caminando por el parque. Un parque que ya lleva tres nombres oficiales desde que nací: primero era el parque Primo de Rivera, nunca supe si por el padre o por el hijo. Luego fue el parque Grande, sin más, que era como lo llamábamos casi todos, para diferenciarlo de los parques más pequeños y para no referirnos a él con un nombre que no nos gustaba. Cuando murió el cantautor que había dirigido mi segundo colegio y que llegó a ser diputado en el Congreso, el Ayuntamiento decidió darle su nombre, sin olvidar el título intermedio, así es que ahora se llama parque Grande José Antonio Labordeta. Por supuesto que nadie lo nombra así. Solo los periódicos. Para la mayoría sigue siendo el parque Grande, sin más. Y por él camino para llegar a casa desde el restaurante vegetariano.

Paseo entre los magnolios que enmarcan los paseos laterales y el central, donde están las fuentes. Todavía tienen algunas flores, pero hace tiempo que no huelen. Crucé muchas veces el parque para ir al hospital durante los años de las enfermedades, aspiraba profundamente para impregnarme del olor de las magnolias, pero no lo conseguía. No llegaba su aroma hasta mí. Ahora tampoco, ya es otoño y están bastante ajadas las pocas que quedan. Con tanto cambio de nombre, hasta las magnolias han perdido su identidad y ya no nos regalan su perfume. Solo huelo a magnolias en los jabones que compro cuando voy a Italia, como las primeras veces.

Entro en la zona de las fuentes. Todas están en funcionamiento, pero no todos los chorros lanzan agua. Este era uno de los lugares favoritos de papá para hacer fotos. Primero con la cámara Comet en blanco y negro, luego con la Kodak que ya hacía fotos a todo color. A papá le encantaba hacerme fotos los domingos que, en vez de ir al centro a ver a los abuelos clandestinamente, íbamos al parque o a los pinares a pasear. Entonces nos acompañaba mamá, cogíamos piñas para hacer un jarabe contra la tos, piñones para los buñuelos de Todos los Santos y agua en la fuente de la Junquera, de la que todo el mundo decía que tenía propiedades medicinales.

—Vamos, sonríe a la cámara, que así saldrás más guapa en la foto —decía papá.

—No pongas ese mohín, que parece que estás enfadada siempre —me reprochaba mamá.

Recorro los mismos rincones en los que posé de muy niña para las fotos de blanco y negro y ya de púber en color: el jardín de invierno, la gigantesca y horrenda estatua del rey Alfonso, el laguito con un reloj de agua que nunca funcionó, rodeado de naranjos cuyos frutos no se podían comer porque eran amargos.

He visto las dos cámaras de fotos en la casa, en el armario. Papá las conservó junto a las nuevas, a pesar de que hace ya años que no se pueden usar, ya no hay carretes de celuloide como aquellos que conservaban las imágenes en negativo, o sea, al revés: lo negro era blanco y lo blanco era negro. Me acuerdo de don Rafael y de nuestra trifulca a cuenta del Judas de Carl Anderson, que ya vimos a todo color en el cine. El blanco. El negro. El negro. El blanco...

En aquel tiempo casi nadie tenía televisión en color. Pero algo ocurrió en 1974 que motivó que mis padres abandonaran definitivamente la Telefunken primera que había llegado a casa allá por el año 1965, y que la cambiaran por una tele de color. Algo que nada tuvo que ver ni con la tecnología, ni con el parque, sino con la música. Pienso esto mientras paso junto al quiosco de la música que también cambió de lugar unos años antes, en 1968. Cuando yo era pequeña estaba en la plaza de los Sitios, que tampoco se llamaba así entonces. Durante mi niñez fue la plaza de José Antonio, el mismo por el que habían preguntado las monjas el primer día de primaria.

Pienso que la historia de este país es una mudanza continua: cambios de nombres en calles y plazas al albedrío de quienes ostentan el poder en cada momento; cambios de ubicación de fuentes y de monumentos según los gustos y caprichos de unos y de otros próceres; cambios de vivos y de muertos; y cambios de tresillos y de televisiones, como en mi casa.

29

La causa que motivó que entrara en la familia una televisión con color fue nada más y nada menos que el Festival de Eurovisión de 1974, aquel que se celebró en Inglaterra y que ganó ABBA con *Waterloo.*

El mundo a nuestro alrededor era en blanco y negro. Estábamos acostumbrados a ello. Había un enorme contraste entre nuestra realidad colorista, que verdaderamente era mucho más sombría que lo que creíamos, y lo que pasaba en el mundo, que se nos mostraba a través del filtro gris de la pantalla. También en las fotos de la Comet toda nuestra vida se convertía en gris, hasta mi piel, y mis vestidos de color fucsia, y la chaqueta verde de lana que me había tejido mi abuela. Nunca tuvimos la necesidad de que las imágenes tuvieran color. Nunca, hasta la noche del Festival de Eurovisión de 1974. Cuando salió el cuarteto que representaba a Suecia, los trajes de Agneta y de Frida nos dejaron con la boca abierta. ¡Eran tan diferentes a los del resto de participantes de ese año y de todos los anteriores! Mamá y yo nos preguntábamos de qué colores serían. La abuela no se preguntó nada porque los vestidos de las suecas le importaban un bledo; ella iba vestida permanentemente de luto y de alivio de luto, o sea, de negro, de gris y de violeta oscuro. Y mi padre se había ido a la cama porque la música pop europea narrada por Matías Prats padre le daba absolutamente igual. Mamá y yo sabíamos que la duda acerca de las ropas de ABBA se disiparía después de una semana, en alguna de las revistas femeninas que compraba los jueves en el quiosco.

Pero fue mucho antes cuando el misterio quedó desvelado. Concretamente al día siguiente, en la carnicería.

Me voy sonriendo yo sola mientras sigo caminando hacia casa. Subo la cuesta más empinada de la ciudad, con las adelfas siempre en flor a la izquierda y el bosque de pinos a la derecha. Una bicicleta está a punto de atropellarme y un patinete me adelanta a gran velocidad. Si supiera alguna maldición gitana, maldeciría al del patinete, al que lo inventó y a los políticos a los que les pareció y les parece bien que estos artefactos eléctricos campen a sus anchas en la ciudad. Pienso que si tanto el de la bici como el del patinete se cayeran y se rompieran un hueso, incluido el cráneo, no los auxiliaría. Pasaría de largo sin fijarme siquiera en sus sesos sanguinolentos esparcidos por el asfalto.

Vuelvo a la imagen de ABBA mientras cantan *Waterloo* en la pantalla de la Telefunken, y en mi madre cuando me dice, en cuanto llego del colegio al día siguiente, de qué color vestían las chicas.

—El traje de la morena era amarillo y naranja. El de la rubia era azul.

—¿Era morena a pesar de ser sueca? —le pregunto.

—Bueno, debía de ser castaña —contesta.

—¿Y cómo lo has sabido?

—Porque lo estaba contando la del ocho en la carnicería.

Con «la del ocho» mi madre se refería a una vecina que vivía en el número ocho de nuestra calle, concretamente en el segundo piso. Su marido era constructor de quinta categoría, pero tenían televisión en color, y ella había logrado su gran momento de gloria mientras compraba medio kilo de cordero y contaba con todo lujo de detalles cómo eran los vestidos de Agneta y de Frida. De Peret y su guitarra no habló nadie la mañana siguiente al festival. La rumba catalana que invitaba a cantar, a ser feliz, y por tanto a olvidarse de lo que pasaba en el país, pasó bastante desapercibida. Y a pesar de que se quedó en un hoy envidiable noveno puesto, era una canción que no nos gustaba a nadie. Ni la aprendimos, ni la cantamos jamás.

—Habrá que pensar en comprar una tele en color —le dijo mi madre a mi padre en cuanto llegó a casa.

—¿Y eso por qué?

—Porque así veremos cómo son las cosas en realidad.

—Las cosas son como son. No hace falta verlas en color. Muchas veces el color enmascara la verdad.

—Pero ya hay gente de nuestra calle que tiene aparatos en color —replicó mi madre.

—La vecina del tercero ve los programas con color —intervine.

—La vecina del tercero tiene una tele en color falsa —explicó mi madre—. Eso es querer y no poder.

Y aquello era algo que molestaba especialmente a mi madre, que la gente quisiera aparentar lo que no era. Lo que tenían los vecinos del tercero era un artilugio que se inventó en los años sesenta para ver las imágenes en color aunque tu televisor no alcanzara la señal cromática. Se trataba de una especie de cubrepantalla de papeles de celofán de colores. Se colocaba sobre la pantalla y las imágenes se veían a color por el filtro falso del celofán. Como los colores iban en gradación, podías ver la cara de Franco en rojo, la chaqueta de su uniforme en azul, y los pantalones en verde. Los colores de Carmen Sevilla eran los mismos aunque fuera vestida de amarillo, y los trajes de Agneta y de Frida no se parecían en absoluto a los que habían vestido en Inglaterra para ganar Eurovisión y para convertirse en la banda europea más potente de toda la historia de la música, después de los Beatles.

30

Paso junto a la antigua piscina del parque. Ahora hay unas oficinas de Medio Ambiente. Antes había un centro deportivo municipal con piscinas y con palmeras. Las palmeras siguen. Las piscinas no. Fue allí donde vi a Martín por primera vez precisamente en aquel verano del 74. Sonaba *Waterloo* por los altavoces y yo no sabía nadar. Tenía doce años y él era el socorrista. Guapo, musculoso, con un bañador rojo que decía *SOS* y que le marcaba todo lo que tenía debajo. No hablé nunca con él en aquel verano. Me limitaba a mirar lo guapo que era y a fantasear con la posibilidad de hacerle creer que me estaba ahogando para que me salvara y me hiciera el boca a boca. Pero no lo hice. Además, con el flotador y el gorro de goma tenía una imagen bastante patética. Mejor que no se fijara en mí, no habría sido para él más que una de las muchas niñas pequeñas torpes y vigiladas por las atentas miradas de sus mamás.

Pasarían varios años hasta que Martín se fijara en mí. La que sí se fijo fue la señorita que recorría las piscinas para comprobar que las chicas íbamos vestidas decorosamente. Aquella mujer, como tantas otras, vigilaba que se cumplía la moralidad dictada por el poder. En aquel tiempo estaba prohibido el bikini para las chicas mayores. Solo las niñas podían llevarlo. Una púber que llevara bikini era considerada una provocadora, y aquella señorita vestida con pantalón, jersey cerrado y el pelo recogido en una cola de caballo se paseaba para ver si todas respetábamos el espacio común y no andábamos provocando a los hombres. Por aquel entonces, mi madre me había comprado un bikini de flores con la braga hasta la cintura. Tenía doce años, sí, pero como «estaba muy desarrollada para mi edad», parecía que hubiera entrado ya en la adolescencia. Vimos a la mujer de la coleta negra acercarse a las toallas donde estábamos mi madre, mi padre, mis primos y yo. Vino hacia mí con mirada torva.

—¿No sabes que no puedes ir vestida así?

—Pero si tiene doce años —le contestó mi madre, con el miedo pintado en la piel.

—Pues parece que tenga más.

—Es que está muy desarrollada para su edad.

—Está provocando.

—Pero si es una niña —le contestó mi padre.

—Tiene que cambiarse inmediatamente o se tendrán que ir a su casa.

Yo no entendía nada. Mis padres se levantaron a hablar con ella sin que yo los oyese. Todo el mundo nos miraba. Estaba avergonzada. Había chicas que llevaban una tira de ganchillo que unía las dos partes del bikini y eso sí que estaba permitido. ¡Era todo tan falso y tan hipócrita! Me entraron ganas de llorar.

—No pasa nada —dijo mi padre cuando nos hubo dejado solos la mujer—. Ve a cambiarte y a ponerte el traje de baño.

—Pero, papá, si no enseño nada. No lo entiendo.

—Hay muchas cosas que no entiendes tú y que no entendemos los demás, pero hay que obedecer. Hay unas normas que dicen que las chicas no pueden llevar bikini en la piscina mixta. Si estuvieras en la de señoritas, no pasaría nada. Pero aquí hay muchos hombres que no son tu padre, y la vigilante de buenas costumbres considera que estás demasiado desarrollada como para llevar bikini. Así que, hala, ve al vestuario y cámbiate.

Papá estaba rabioso, pero intentaba que yo no lo notara. Mamá, tan moralista ella, estaba furiosa y también intentaba disimular.

—Venga, vamos al vestuario. Te acompaño.

Me dijo, y yo le agradecí el gesto de no dejarme sola en aquel momento de humillación, en el que tuve que pasar delante de todas las familias que me miraban como si fuera una ladrona o una asesina rumbo a los calabozos de comisaría o a un paredón. Cuando llegamos al vestuario me eché a llorar. No me importaba no llevar mi bikini nuevo, me importaba haber sido humillada ante la gente del barrio para los que sería a partir de entonces la chica del bikini frustrado. Y, sobre todo, haber desfilado con los ojos enrojecidos al lado de Martín, que seguía sentado en su silla de socorrista y me miraba desde detrás de sus gafas de sol.

—Vamos, vamos, no llores por eso.

—Pero si yo no he hecho nada, mamá.

—Claro que no. —Me abrazaba y me secaba las lágrimas—. Esa mujer es una amargada, no hay más que verla.

—Pero no es justo. Otras niñas de mi edad llevan bikini.

—Pero tú aparentas más años de los que tienes, y le parece que vas provocando.

Yo ni siquiera sabía qué era eso de «ir provocando». ¿Era lo que hacían las coristas de las revistas que venían a las ferias durante las fiestas, para solaz de todos los viejos verdes de la ciudad? ¿Lo que había hecho la hermana de leche de mi madre cuando bailaba medio desnuda en reuniones privadas? ¿O era lo que hacía la protagonista de una película que se titulaba *Lolita*, y que estaba basada en la novela de un ruso? ¿Acaso aquella mujer me había transformado dentro de su mente enferma en una Lolita de barrio obrero? Aunque la película se había estrenado en España en 1971, nueve años después de su producción, yo no la vi hasta mucho después, en la tele, al lado de mamá. Cuando vi a Sue Lyon tumbada en bikini sobre el césped, me acordé de aquel episodio de la piscina. A mamá le pasó lo mismo porque me apretó la mano y me dijo:

—Pero tú aún eras más bonita que ella.

Sonrío al recordar aquellos momentos mientras cruzo el semáforo que lleva al paseo junto al canal. Los juncos, los cañaverales, los ánades que se deslizan sobre el agua ante mis ojos en una suerte de engaño: sus extremidades nadan bajo la superficie, pero la homogeneidad de sus movimientos nos hace creer que resbalan sobre el agua como si esta fuera una pista de patinaje. Por ahí paseaba con Martín cuando aún no había patos en el canal y el mundo cambiaba a pasos agigantados.

31

Llego a casa y llamo a la vecina.

—¿Ya has vuelto? Ha sido larga la comida.

—Hemos estado charlando un rato mi amiga y yo.

—Para ella tienes más tiempo que para mí.

—No digas eso —le reprocho su reproche.

—Las jóvenes preferís la compañía de más jóvenes. Los viejos no tenemos más que recuerdos. Ni divertimos a nadie, ni nadie nos divierte.

—No somos monos de feria.

—Los van a prohibir.

—¿El qué?

—A los monos, a los elefantes, a todos los animales de los circos.

—Me parece bien —digo—. He leído los periódicos estos días y esa ha sido la única noticia que me ha interesado de verdad.

—¿Y qué harán con esas pobres bestias que llevan toda su vida enjauladas? ¿Los van a soltar en la ciudad, van a llevar a ese pobre elefante a los Pirineos, o mejor a los Monegros? ¿O se van a gastar un dineral en llevarlos a su hábitat en África? Vamos, vamos, les pondrán una inyección letal y se acabó.

—No creo que hagan eso. A lo mejor los llevan a Cabárceno, que está cerca de Santander.

—Pues tampoco creo que un mono y un elefante estén muy felices en Cantabria. ¡Qué disparate! Aquello fue idea de un político, ¿verdad?

—Sí.

—No hay político bueno en este país.

—Bueno, no generalices. Alguno hay.

—Ni uno. No se ponen de acuerdo para nada. El país les importa una mierda. Deberían tomar ejemplo de los otros.

—¿Qué otros?

—Los que estaban cuando se murió el Caudillo. —Porque ella, mi vecina, lo llama así—. Esos se pusieron de acuerdo a pesar de todas sus diferencias.

—Tenían un objetivo común.

—¿Y ahora ya no lo tienen? Pues deberían tener el mismo.

—En fin —tengo que cortar la conversación porque me esperan mis fantasmas al otro lado de la puerta—, he de seguir la tarea. Luego te veo.

—¿No pasas a tomar un café?

—No, gracias. Ahora no. Tengo que ponerme a organizar a fondo, si no, no me dará tiempo de terminar. Solo tengo tres días para hacerlo.

—¿Y qué vas a hacer con lo que no te puedas llevar?

—Tiraré cosas y dejaré otras para que la inmobiliaria haga con ellas lo que quiera.

—Pero son tus cosas. Las de tu familia.

—No puedo llevarme todo. Solo algunas cosas.

—¡Qué difícil es elegir!, ¿verdad, Margarita?

—Sí. Es como deshojar la flor que llevo en el nombre —le contesto con una sonrisa forzada.

Dentro de mi nombre está la necesidad del ser humano de ir eligiendo caminos. Me acuerdo del cuento de Borges «El jardín de senderos que se bifurcan»; dice que estamos escogiendo entre dos opciones constantemente. La vida es como un árbol lleno de ramas. Cada rama tiene al menos dos más, y así hasta el infinito. Y en una de esas ramas, en uno de esos caminos, afirma el relato, «está tu asesino». Y yo me paso la vida tomando decisiones, para mí y para mis personajes.

—Bueno, no quiero entretenerte. Si me necesitas, ya sabes dónde estoy.

—Gracias. Lo mismo digo.

Vuelvo a entrar en la casa. Como he dejado las persianas subidas, no pulso el interruptor. Todavía las luces del otoño bañan los viejos muebles, los cuadros, las baldosas. La luz convive con la penumbra en una suerte de coexistencia pacífica, donde el dolor y la sonrisa cohabitan, como ocurrió siempre cuando el piso era un hogar.

Como ocurre en todos los pisos cuando son hogares.

32

Entro en la que fue mi habitación hasta que me marché de casa. Además de las zapatillas y de los calcetines, todavía quedan objetos de mi niñez. Abro el cajón en el que guardaba la colección de posavasos, la de muestras de perfume, la de cerillas. Pasan por mis manos viejas historias de bares en los que alguien me miró, de hoteles en los que pasamos vacaciones. Reconozco el posavasos que más apreciaba, busco la caja de cerillas que lo acompañaba: son de una antigua naviera americana que se fue a pique cuando la guerra del Canal de Suez. Si todos estos cachivaches hablaran contarían la historia de medio mundo durante el siglo XX.

Guardo en una bolsita siete cajas de cerillas y siete posavasos. Me cuesta hacer la selección, pero lo consigo. No sé qué haré con los que he guardado. Supongo que los tiraré en una segunda tanda. No guardo ningún frasco de perfume. Todos conservan gotas, y los que están vacíos atesoran todavía el olor. Abro todos y cada uno, me los llevo a la nariz y aspiro. Me llevan a diferentes momentos vividos en esa casa, en el barrio, en la ciudad, en algún viaje. También tienen historias que contar.

Hay uno cuyo tapón es la cabeza de un chinito de madera, con su sombrero triangular. Se parece a las huchas que teníamos en el primer colegio: había una con cabeza de negrito y otra con cabeza de chinito. Dejábamos ahí parte de nuestras propinas para las misiones, para evangelizar a personas de otras razas de quienes nos decían que tenían la gran desgracia de no haber descubierto todavía a nuestro señor Jesucristo. Y en nuestras manos y en las de nuestras familias en forma de óbolos estaba su salvación eterna.

—En este sobre tenéis que meter el dinero para las misiones —decía sor Josefina—. Luego lo meteremos en la hucha. Sed generosas. No penséis en vuestros caprichos. Pensad en los que necesitan ese dinero más que vosotras.

Sí, aquellas monjas de la primera parte de mi vida se las arreglaban bien para hacernos creer que en nuestra conciencia estaba la salvación o la condena de toda la humanidad.

Una parte de aquella humanidad aparecía en los álbumes de cromos y en los documentales de la televisión. Sobre todo les gustaba programar documentales ambientados en tribus africanas. Salían hombres semidesnudos y mujeres con las tetas al aire, algo impensable en la televisión de los primeros años 70 si las mujeres eran blancas. Pero como aquellas eran negras, y de pueblos llamados «primitivos», los padres de la patria y de la censura consideraban que sí podían salir así de ligeras de ropa. Debían de pensar que ningún hombre del país se excitaría al ver turgentes pechos de piel negra. Aquellos eran los que, por el contrario, debían de pensar que a esos mismos señores les entrarían tentaciones impúdicas si veían el estómago de una niña de doce años en la piscina.

—¡Qué asco! —exclamo en voz alta mientras cierro el frasco de perfume y lo meto en la bolsa con todos los demás.

Voy a la nevera para beber un poco de agua. El champán ya está fresco, pero no me siento con ganas de abrir la botella. Acaricio el papel naranja y pienso en los años en los que llamábamos champán al cava, y yo brindaba por la salud del abuelo en gris. Bebo despacio el agua fría mientras estoy sentada en una de las banquetas de la cocina y miro el ventanal por el que entra toda la luz de la tarde.

Pienso en todas las conversaciones que guardan sus paredes de baldosas blancas. En las servilletas que esperaban en un cajón con los servilleteros con las iniciales de cada uno de nosotros cuatro.

Suena el teléfono que he dejado en el bolso, sobre mi cama. Me levanto y voy a mi habitación. Es Carlota. La ha llamado Sara para decirle que hemos comido juntas.

—Así que mañana comeremos las cuatro. Me encanta la idea.

—¿No teníais otros planes? —pregunto con la esperanza de que pueda existir la posibilidad de una excusa.

—No, no. Muchos miércoles comemos juntas las tres. Y siempre te nombramos. Te echamos de menos. Tengo muchas ganas de verte y de que nos cuentes.

—Yo también tengo ganas de veros —miento. No tengo ninguna gana de verlas, ni de contarles nada de mi vida, ni de que me cuenten lo que les pasa a ellas y a sus hijos. Las conversaciones sobre hijos ajenos son tremendamente aburridas.

—¿Cómo llevas lo de la casa?

—Con resignación —respondo—. Hay que hacerlo, pero no lo estoy pasando bien. Me vienen muchísimos recuerdos, buenos y malos.

—Es una tarea terrible —dice, y se queda callada al otro lado del teléfono. Ambas permanecemos en silencio durante unos segundos.

—Hace ya tres o cuatro años que no nos vemos —le digo para cambiar de tema.

—Seis —me corrige—. El tiempo pasa volando. Lo recuerdo porque viniste para el funeral del padre de Angelina.

—Cierto.

—No viniste cuando lo del marido de Sara —me reprocha.

—Estaba de viaje. No llegaba a tiempo de ninguna manera.

—Te echó de menos. Siempre has sido para ella la amiga más especial.

Carlota casi siempre ha tenido el don de hacerme sentir mal. Era verdad que no había ido al funeral de Andrés. Me pilló su muerte en una feria del libro al otro lado del océano. Tenía varias conferencias esos días que no podía cancelar. Y tampoco quería. Además, habría sido difícil conseguir billete para llegar a tiempo.

—No encontré billete para venir.

—Claro. Eres una mujer muy ocupada. No siempre se puede estar donde se quiere, ¿verdad?

—Eso es algo que aprendimos hace mucho tiempo, ¿a que sí?

—No sé a qué te refieres.

—A que muchas veces nos gustaría estar en dos sitios a la vez, pero es imposible.

—No te sigo.

—Da igual. A veces se me ocurren frases así, que no tienen mucho sentido.

—Seguro que en tus novelas funcionan bien esas frases. Pero en la vida no tanto. En la vida las frases son hechos.

—Así es —reconozco—. Creo que a veces se me dan mejor las frases que los hechos. Mejor las novelas que la propia vida.

—Tengo ganas de verte. Me ha dicho Sara que estás guapísima, cada día más joven y que no te has hecho nada en la cara.

—Sara miente muy bien cuando quiere —le digo—. Pero es verdad que no me he hecho nada en la cara. ¿Acaso tú sí?

—Un par de retoques. No se me nota. Solo verás que parezco un poco más joven, sin más.

—¿Y por qué ese deseo de parecer un poco más joven? Estaría bien que aceptáramos nuestra edad y todo lo que hemos hecho hasta lograrla.

—A mi exmarido le gustan jovencitas. Como a todos. Al tuyo seguramente también aunque no te lo diga.

—Le seguirán gustando jovencitas aunque tú te pongas bótox.

—No es bótox.

—Ya, es ese ácido hialurónico del que todo el mundo habla últimamente.

—Eso y alguna otra cosa. Pero no quiero entretenerte más en

tu tarea. Mañana nos vemos y charlamos tranquilamente. ¿Te ha gustado el restaurante vegetariano?

—Sí.

—Genial. Repetiremos. A estas alturas tenemos que cuidar la comida para cuidar la salud. Vamos comiendo menos carne...

—Hasta mañana, Carlota. Me he alegrado mucho de hablar contigo.

Pero no es verdad. Carlota siempre me pareció una hipócrita. Intentó quitarme a Martín en cuanto supo que él se había fijado en mí. Según ella, yo no era lo suficientemente guapa para él, y él podía haber aspirado a una chica mucho más mona, como ella, y con unos padres con la cuenta corriente más saneada. Como los suyos. En el 74 ella hacía atletismo y tenía buen tipo. En el 75 lucía el pelo largo y rizado, fumaba y llevaba a todos los chicos de calle.

Carlota... Carlota había sido mi tormento durante mucho tiempo. Y mañana tengo que comer con ella, cosa que no me apetece nada de nada. Hace tiempo que intento no hacer cosas que no me satisfagan y que no desee. Pero volver a esta casa me hace regresar también a aquellos años en los que era una adolescente insegura que pensaba que estaba en el mundo gracias a los favores inmensos que el resto de la humanidad hacía para que siguiera adelante en la carrera de la vida. Sentía entonces la necesidad imperiosa de agradar a todos. Y ese plumazo llama a mi puerta de vez en cuando, a pesar de mi voluntad de no querer admitirlo en el buzón de mis pensamientos.

Las paredes de la que fue mi casa me oprimen como lo hacían cuando vivía aquí. Oigo los pasos de papá cuando se iba a trabajar cada mañana, los ronquidos acompasados de mi abuela, las palabras cariñosas y los silencios afilados de mi madre. Oigo todo y me convierto de nuevo en la Margarita de entonces. Para bien y para mal.

33

Cuando murió el abuelo universal ya teníamos televisión en color, así que pudimos ver el vestido rosa que llevó la princesa Sofía el día en que se convirtió en reina. El rostro grave del rey en las Cortes. Era la primera vez que la generación de mis padres y la mía tenía un rey. Hasta entonces los reyes estaban en los cuentos, en Inglaterra o en la baraja.

—Yo quitaría hasta los de la baraja —decía mi padre, que vivió y murió siendo republicano.

—Calla, calla, no digas disparates —intervenía mi abuela—. A ver si este chico aguanta. Buena le espera al pobre.

Juan Carlos había nacido en Italia, como otro rey que tuvimos y que se marchó un año después de su proclamación porque no aguantaba el caos y las guerras intestinas del país. Aquel otro se llamaba Amadeo, como los duros de plata que guardaba mi abuela y que tenían su efigie. Había sido mucho más guapo que todos los Borbones juntos, según decía mi abuela, que no lo conoció más que en moneda de plata.

—Dicen que ahora va a venir la libertad. Pues yo no he echado de menos nada. Algunos confunden la libertad con el libertinaje.

Eso decía mi madre, y aquella fue una de las frases que más oí en los meses y años inmediatamente posteriores a la muerte de Franco.

La palabra «libertinaje» brotaba de los labios de casi todo el mundo, sobre todo de los de mi madre y de los de don Rafael. En eso, sin pretenderlo, estaban de acuerdo.

—No confundáis «libertad» con «libertinaje». Ahora lo que pasa es que todo el mundo se cree que puede hacer lo que le dé la gana. Y no es así. Las normas hay que cumplirlas para que todo pueda funcionar.

—Eso es lo que decía Cicerón, ¿no? —intervine de nuevo en una de sus clases, en enero del 76, ya pocos meses antes de dejar el colegio.

—¿Qué dices tú de Cicerón? ¿Acaso sabes quién era?

—Era un romano —contesté—. Del siglo I.

—Claro que era un romano.

—Y dijo algo así como que somos esclavos de las leyes para poder ser libres.

—Cicerón tenía mucha razón —reconoció don Rafael, que no conocía la cita, pero que disimuló lo mejor que pudo.

Yo había leído esa frase en un libro que tenía mi padre. Él mismo había subrayado esas palabras, y por eso habían llamado mi atención.

—Este país necesita mano dura, y ese príncipe no tiene cara de saber llevar las riendas —decía mi madre cada vez que Juan Carlos aparecía en la tele.

—Mamá, que no es príncipe, que ya es rey.

—Los reyes llevan corona, y a este pobre ni lo han coronado siquiera. Y encima ha empezado a reinar en un funeral. Vaya comienzo —continuaba.

—Eso les pasa a todos, mamá. A rey muerto, rey puesto. Lo dice hasta el refrán.

—Ya —intervenía mi padre—. Pero este tiene un padre vivo. Y el muerto no era ni de su familia. ¿Dónde se ha visto que un muerto decida quién lo va a sustituir y con qué grado? Deberían dejarse todos de tonterías y hacer que volviera otra vez la República.

—¡Qué disparates dices! —exclamaba mi madre—. Y no hables tan alto. La República no trajo más que desgracias.

—Eso es lo que te decían tus monjas. En la República se hicieron muchas cosas buenas: se llevó la educación a todos sitios, se alfabetizó, se otorgó el voto a las mujeres, se podía elegir quién te gobernaba. Ahora no hemos elegido a ese príncipe. Lo ha elegido el dictador. —Mi padre se acaloraba.

—En la República mucha gente se pensó que podía hacer lo que le diera la gana. Hasta muchos hombres nos tocaban el culo por la calle en nombre de la libertad —contaba la abuela—. A mí me pasó un par de veces, cuando reprendí al tipo que me había metido mano, me dijo: «Señora, que estamos en la República». Así que muchos confundieron República con hacer de su capa un sayo. Y algunos cogieron las pistolas y se dedicaron a pegar tiros. Y otros a romper imágenes de santos y a quemar iglesias. Eso no está bien.

—Quemaron iglesias y mataron curas. Y hasta monjas —completaba mi madre.

—Aún dejaron muchos —sentenciaba mi padre siempre que salía la conversación.

—No digas disparates.

—A ti te metieron muchas cosas en la cabeza tus monjas y tus curas.

—Me metieron lo que me tenían que meter.

34

Yo oía, veía y callaba porque no sabía quién de los tres tenía razón. Tal vez no la tuviera ninguno, o quizá la tuvieran los tres, ya que cada uno pensaba y hablaba desde sus experiencias, que eran diferentes porque tenían que serlo. Mi abuela había vivido todo aquello. A mi madre se lo habían contado las que primero habían sufrido represión y luego habían abrazado el régimen nacional católico. Mi padre había sufrido la represión en el trabajo y en su familia. Era imposible que tuvieran el mismo punto de vista. Y yo estaba en medio de los tres, intentando crearme mi propia opinión con lo que veía, oía y vivía tanto en casa como en el colegio y en la calle.

A pesar de todo, mi abuela había sido republicana durante la guerra. Había sufrido en su casa un registro por parte de los falangistas y se había librado del paredón de milagro: no vieron milagrosamente una bandera republicana que cubría parte de un retrato de Galán y García Hernández; tanto la fotografía como la cinta quedaron ocultas tras una puerta abierta cuando entraron a registrar. Había sufrido el arresto de su marido y el bombardeo de su casa por parte de los suyos. Seguía siendo republicana, pero no quería que volviera la República, porque, según ella, eso volvería a traer otro 36. Así que estaba contenta con el nuevo rey, que era más guapo que su abuelo Alfonso y tenía pinta de no haber roto un plato en su vida.

—No deberíamos aceptar un rey —opinaba mi padre siempre que podía.

—Se votó en referéndum —decía mi abuela.

—Abuela, usted sabe igual que yo que aquellas votaciones eran falsas. Votáramos lo que votáramos los resultados iban a ser los mismos —replicaba mi padre, que jamás llamó a mi abuela por su nombre ni la tuteó.

—El rey aglutina un poco el sentir de todos los españoles. Es la única manera de contener a unos y a otros —decía ella—. A los comunistas y a los militares. El rey no les gusta a ninguno, pero es la única figura que puede conseguir que no vuelva otra guerra.

Así que mi conclusión en aquellos días era que el rey era un mal necesario para acallar sables, hoces y martillos, que estaban guardados en los cajones, expectantes, sin saber si serían blandidos o si dormirían el sueño de los justos, añorando sangrientos momentos de gloria.

A mis amigas y a mí, el rey nos parecía muy guapo. Y la reina muy elegante. Y los tres niños, tres querubines, rubios y de ojos claros, tan germánicos y sajones, y tan poco ibéricos. Se les notaba la sangre inglesa de su abuela paterna, y la alemana de la abuela materna.

—Yo quiero que mis hijos se parezcan al niño. Es una monada —decía Bárbara, una de mis compañeras del colegio, que solo pensaba en casarse.

—Son demasiado guapos y perfectos —decía Marina, cuyos padres habían emigrado a Alemania y vivía con su abuela.

—Yo tengo miedo de todo esto —decía yo.

—¿Por qué? —me preguntaba Sara.

—Tengo miedo de que venga una guerra —confesaba.

—Mi padre dice que seguro que hay guerra —afirmaba Bárbara.

—Y el mío está mirando papeles para llevarnos con él a Dusseldorf.

—No pasará nada. Esto no tiene vuelta atrás —intervenía Sara.

Y Sara repetía las palabras de nuestro tutor, que vivía en una comuna y estaba convencido de que el país caminaba hacia la libertad como los demás países de la Europa occidental. Por eso nos seguía enseñando canciones de cantautores que empezaban a ser populares entre la gente que jamás antes había mostrado nada más que complacencia con el régimen.

Y es que la complacencia era una de las caras de la aceptación. Pero también del miedo.

35

He conseguido llenar tres bolsas de plástico de cosas que tengo que tirar. Sé que voy a contribuir a la contaminación del planeta y al efecto invernadero, pero me da igual. Echar al contenedor general todos estos recuerdos sin reciclar me libera. No he separado papeles de plásticos, ni de otros materiales. Todo acaba unido en el mismo recipiente, junto a la basura orgánica de los vecinos. A algunos los conozco. A otros no. Las cosas de mi familia y las mías van a convivir en promiscuidad durante unas horas con pieles de melocotón, con raspas de pescado, con huesos de pollo, con compresas manchadas de sangre menstrual, con yogures caducados... Me disgusta pensar en ello, pero no puedo evitarlo. Es lo que tiene la vida en sociedad, que una se relaciona en vida, en muerte y en basura con miles de desconocidos.

Bajo dos veces a tirar las bolsas en el contenedor. La segunda vez hay un hombre con un palo junto a él. Está buscando comida o algo metálico que poder vender.

—No la tire —me ordena—. Miraré si hay algo que me pueda servir.

No me gusta que ese hombre ponga su palo o sus manos en mis cosas. Me molesta. Me agrede. Pero me aguanto y le dejo la bolsa a su lado. Me da miedo que me pueda hacer algo. Al fin y al cabo, lleva un instrumento que podría utilizar contra mí. Ahora el miedo a los pobres tiene un nombre muy elegante, «aporofobia». Antes, no se le llamaba de ninguna manera, simplemente, intentábamos alejarnos lo más posible de la pobreza. Como ahora. Si dábamos una limosna, no dejábamos que nuestra piel rozara la del pobre. Actualmente damos nuestras limosnas a través de nuestra cuenta bancaria y no vemos jamás el rostro de los pobres a los que ayudamos para limpiar nuestras conciencias, y para sentir que no somos tan perdedores como ellos.

El hombre me mira a los ojos. Ha notado mi mirada de miedo.

—No se preocupe. No voy a hacerle nada.

—No lo dudaba —le miento, mientras le dejo la bolsa al lado.

—¿Sabe lo que acabo de encontrar?

—No.

—Un crucifijo de hierro. Alguien ha tirado un crucifijo.

Me lo enseña aunque no hacía falta que lo hiciera. Yo misma lo he puesto hace un rato en una de las bolsas. Es la cruz del ataúd de mi abuelo y que mi abuela había guardado siempre en su armario, dentro de una vieja maleta de cartón.

—Lo podrá vender. Pesa mucho —le digo.

—¿Cómo sabe que pesa mucho?

Intento sonreír. A estas alturas el hombre sabe que he sido yo quien lo ha tirado.

—Estuvo en un féretro —le digo—. Se ve porque tiene esa especie de grapas. Ha estado clavado en una caja de muerto.

—¿Y aun así lo tira?

—¿Por qué cree que es mío?

—La he visto tirar la bolsa en la que lo he encontrado. Hace unos minutos. Es suyo. Si lo quiere recuperar, se lo doy.

—No quiero recuperarlo. Ahora es suyo.

—Gracias. Es pesado y sacaré un par de euros por él.

—Lo que vale un café —le digo.

—Y un kilo de garbanzos —contesta—. En mi casa podremos comer un día gracias al muerto.

Me despido de él y me voy. En el par de minutos que he estado a su lado he sentido miedo. Pero también una cierta culpabilidad por ser más rica que él y no tener que buscar en la basura. Y por haber tirado el crucifijo que acompañó a mi abuelo en su último día antes de ser enterrado. Pienso en el cuscús de garbanzos que unos desconocidos harán con lo que saquen de la cruz que acompañó a mi abuelo antes de ser enterrado. Me da un escalofrío.

Y pienso en los diferentes espacios que ocupan los objetos a lo largo de su existencia, si se puede decir que un objeto inerte existe. Ese crucifijo nació en una fundición a mitad del siglo XX. Estuvo en un velatorio probablemente en la vieja casa de mis abuelos, la misma que en parte había sido destruida en el bombardeo. Tal vez sería bañado por las lágrimas de su esposa y de mi madre, que lo adoraba. Luego alguien lo quitaría del féretro antes de llevarlo a enterrar. Imagino a mi abuela saliendo del cementerio con el crucifijo en la mano como si llevara un ramo de flores. La veo metiéndolo en la vieja maleta y guardándolo en el armario. Quizá mirándolo de vez en cuando. Me veo a mí misma unas horas antes, encontrándolo en ese mismo armario, tocándolo e introduciéndolo en la bolsa negra que he echado al contenedor. El desconocido lo ha sacado y lo ha metido en su carro. Acabará en un trapero y luego volverá a una fundición. El hierro volverá a ser hierro, igual que la tierra vuelve a la tierra.

36

Ya es de noche cuando regreso al hotel. Ayer fue la primera vez que dormí en un hotel en mi ciudad. Hoy será la segunda. Cuando uno vive en un lugar normalmente no conoce sus hoteles. Cuando busqué en Booking, me encontré con el que antes se llamaba Gran Hotel y que ahora ha cambiado de nombre en parte porque pertenece a una de esas cadenas hoteleras en las que todo es igual. Los mismos jabones, el mismo logotipo en las toallas, la misma decoración con los mismos cuadros en las paredes. Lo mismo da que estés en Granada, en Valladolid o en La Habana. En este han intentado dejar algo del viejo sabor que siempre tuvo, las lámparas doradas y de lágrimas de cristal, los frescos, las maderas nobles del restaurante. Algo queda de la vieja gloria en la que se alojaban actores, toreros y escritores de éxito. Cuando venían los famosos de entonces, la gente se arremolinaba para verlos entrar o salir por la puerta regia del hotel. Cuando vienen ahora los artistas de verdad, nadie los espera junto a la escalinata. La antigua escena se repite acaso cuando los huéspedes son famosos de pacotilla, de los que salen en la televisión, en la mayoría de los casos por obra y gracia de ningún mérito reseñable.

—¿Me podría subir un hummus con nachos, por favor? Llamo

de la 409 —le digo a la voz forzadamente amable del servicio de habitaciones.

Odio bajar sola al restaurante de los hoteles. Me imagino que soy un viajante de aquellos que recorrían la geografía del país con un seiscientos y con una maleta de muestras de lencería fina, o con tres enormes cajas llenas de ollas de acero inoxidable. La soledad del viajante, del representante, del comercial como gustan llamarse ahora, la siento muchas veces en mis viajes. Yo también soy vendedora, solo que lo que vendo yo no se ve como las bragas de encaje, o como una cacerola. Yo vendo historias, sean las que sean. Y aunque vender historias tiene mucho más estatus que vender zapatos, la realidad de la soledad de las noches de hotel es la misma. Por eso evito compartir salón con los vendedores de cosas materiales, porque no quiero verme a mí misma en sus ojos, en sus trajes aparentemente elegantes, en sus camisas limpias y planchadas, en la copa de vino que apuran.

Me cuesta mucho tiempo quedarme dormida porque tengo la cabeza llena de todo lo que me ha pasado durante el día: tantos recuerdos, tantos objetos en la basura, algunos en las cajas que me voy a llevar. Tantos espacios vacíos donde hubo tanta vida, buena y mala. Los cajones donde estuvieron las medicinas los he vaciado sin mirar. Sé que debería haber llevado los restos a la farmacia, para que allí lo tiraran todo con seguridad. Pero no he querido: hacerlo habría supuesto ir a la farmacia donde tantas veces compré medicamentos para mamá, para papá. Me preguntarán cómo estoy y no tengo ganas de contestar con una mentira algo que no se puede contestar con la verdad. ¿Cómo estoy? ¿Y qué sé yo cómo estoy?

Llamo a mi marido para hablar un rato con él y contarle. Se acuesta tarde, así que sé que no lo despertaré. No me coge el teléfono. Le mando un wasap. No está conectado. Insisto y vuelvo a llamar. Nada. Está en Dinamarca por trabajo. Allí tienen la misma hora que aquí. Pienso que seguro que está cenando con compañeros y que se ha dejado el móvil en el hotel. Lo suele hacer. No se le ocurre pensar que a lo mejor necesito hablar con él y que estaría bien que llevara el teléfono siempre consigo. No. No se le ocurre.

Me tomo una pastilla para dormir. Las he dejado hace unos meses, pero llevo siempre conmigo un blíster para casos como el de esta noche. La tomo, leo unas páginas en uno de los libros que me he traído: la traducción es tan mala que me irrita. Me doy cuenta de que esa es una de las razones por las que no puedo dormir. El libro trata de una madre complicada, una mujer que necesita la aceptación constante de los otros. Quiero meterme en la lectura, en la cabeza de la mujer, de su hijo, que es el narrador y probablemente el escritor. Pero la traducción es tan mala que me desvela. En italiano dicen «*traduttore, traditore*». No tenemos una frase equivalente en español, pero hay veces que siento que había que fusilar a algunos traductores, no solo por alta traición sino por asesinato en primer grado, con nocturnidad y alevosía. Después de decidir que no voy a seguir leyéndolo y que abandonaré el libro en el hotel cuando me vaya, me quedo más tranquila y me duermo.

37

Por la mañana, cuando bajo a desayunar hay cierto revuelo en el comedor. Sobre todo entre las mujeres, que miran todas, salvo las chinas de un grupo ruidoso de turistas, a un hombre que está sirviéndose un bol de cereales. Me siento en una mesa sin saber quién desata tanta expectación. Pido un té y me levanto a coger el pan, la mermelada, el queso y el salmón ahumado del desayuno. Cuando vuelvo a mi sitio, veo que en la mesa de al lado está sentado el hombre al que todo el mundo mira. Me dedica una sonrisa que no le he pedido. Despliega, cual pavo real sus plumas, todo su encanto con quienes estamos desayunando o sirviendo los cafés. Lo reconozco sin dificultad. Es un actor famoso, que se ha tirado a medio país y que tiene hijos de varias madres. Sigue siendo guapo a pesar de los años traducidos en canas y arrugas. Su sonrisa compensa todas y cada una de esas mismas canas y de esas mismas arrugas. Me concentro en mi mermelada. No soporto a ese hombre a pesar de todo el despliegue de seducción que irradia por cada poro de su piel. Por alguna razón que se me escapa, él, el más guapo de todos, buen actor reconocido hasta por la Academia, se dedica a hacer anuncios de casas de apuestas. Y claro, eso es algo que no le perdono. Igual que no se lo habría perdonado ni a mi padre.

Noto que busca mi mirada para hablar conmigo porque soy su vecina más cercana. No levanto los ojos del plato y cuando lo hago miro hacia la lejanía, y me acuerdo de un antiguo vecino que un día vino a pedir dinero a nuestra familia.

Corría el año 78 o 79, en plena Transición. Se había legalizado el juego, que había estado felizmente prohibido durante el franquismo. Una mañana de verano llamaron a la puerta. Abrí yo y me puse muy contenta al ver a Evaristo, que había vivido en el primero junto a su familia durante los primeros años de la casa. Eran todos guapos y cariñosos. Él tenía un buen trabajo de funcionario y ella era modista. Les iba tan bien que se mudaron a un barrio más elegante.

—Mamá, mira quién ha venido a vernos —grité para que se enterara mi madre, que estaba en la cocina.

—Qué alegría verte. ¿Y tu mujer? ¿Y los chicos?

—No están muy bien —contestó.

Y ahí empezó a contarnos la que había sido su historia durante los últimos meses. Ambos, su mujer y él, se habían hecho adictos al juego, no salían del bingo, y habían perdido todo en poco tiempo. Absolutamente todo. La casa, el coche, incluso un trabajo como el suyo que era muy difícil de perder. Venía a pedir dinero.

—Es una enfermedad —dijo.

—Mi concepto de enfermedad es otro —contestó mi madre.

—Dame lo que puedas, te lo pido por lo que más quieras. Con lo que sea nos arreglaremos hasta mañana, que voy a cobrar un dinero que me deben en el trabajo. No tenemos ni para comer. Mi mujer está tan delgada que no la conocerías. Mañana por la tarde regresaré y te devolveré lo que me des. Te lo juro por mis hijos.

Mi madre siempre fue generosa y le dio lo que había en casa, dos mil pesetas, que en aquellos años era un dineral.

—Mañana mismo vendré y te devolveré todo. Cómo te lo agradezco. Siempre fuisteis muy buenos vecinos.

Por supuesto, nunca volvió. Ni a devolver aquel dinero ni a pedir más. Mi padre averiguó que era mentira que le fueran a pagar nada, que estaba suspendido de empleo y sueldo por diferentes asuntos relacionados con dinero y con su comportamiento. También le contaron que la esposa se prostituía para poder sacar algo con lo que mantener a la familia.

Aquella visita y lo que contó mi padre nos dejaron muy tocados a todos. Fue un golpe ver a un hombre como él, que siempre estaba lleno de energía y amabilidad, derrotado, hundido, mintiendo, mendigando. Dolía y extrañaba pensar en su familia desangrada, saber que una madre de familia numerosa estaba haciendo la calle para alimentar a su prole.

—El juego es muy malo —dijo mi abuela cuando se lo contamos—. He visto arruinarse a muchas familias en los casinos antes de la guerra. Esa fue una de las pocas cosas buenas que hizo el Caudillo.

—¿Cuál, abuela?

—Prohibir el juego. Cuando la gente se arruina, llega la desesperación. Muchos hombres se tiraron al río después de jugarse en los casinos hasta las entretelas. Evaristo acabará mal, muy mal, ya lo veréis.

38

Pero no lo vimos. Según le contaron un día a mi padre, se fueron de vuelta al pueblo del que habían emigrado en los años 60. No tenían dónde caerse muertos, y algún pariente los acogió. Él trabajaba en el huerto y ella volvió a coser. Nada quedó de su vida en la ciudad.

—Que tenga un buen día —me dice el famoso actor cuando pasa a mi lado para irse.

—¿Por qué anuncia casas de apuestas? —le pregunto y me asombro de mi propio atrevimiento.

—¿Perdón? —A él también le ha extrañado mi comentario.

—¿Que por qué anuncia lo que lleva a la ruina a cientos de familias en este país?

—Hay una cosa que se llama libertad, ¿sabe usted? Cada uno puede hacer lo que le da la gana. La gente es libre de jugar o de no jugar. Y yo tengo que ganarme el pan.

—Que tenga un buen día y que le aproveche su pan —le digo para zanjar la breve conversación, que no tengo intención de seguir.

—Igualmente.

Se va y le sigue una cohorte de mujeres que le piden hacerse una foto con él. Accede siempre con la mejor de sus sonrisas, que es la misma que me había dedicado a mí durante el tiempo que han durado las frases que nos hemos intercambiado. Es seductor y lo sabe. Seduce dentro y fuera de la pantalla. Por eso me parece aún más imperdonable que haga publicidad del peligro en el que caen miles de incautos que creen que van a multiplicar sus exiguos ahorros porque él les dice que va a ser así. Me arrepiento del dinero que me gasté hace años para verlo actuar en el cine, y me juro que nunca más veré una película o una serie en la que aparezca. Me prometo además que hablaré de él en mi próxima columna en el periódico, aunque me juegue una denuncia. De joven me daba miedo todo, pero desde que murió mi madre, he perdido ya muchos miedos, también el miedo a expresar mis opiniones.

Pienso en mi hijo y agradezco que esté lejos de esa publicidad de mierda. Pero inmediatamente me río de mi inocencia. Nadie está lejos de la publicidad. Con abrir el móvil ya se accede a todo, y desde todos los rincones del mundo. Tal vez a esta hora Roberto esté jugando a través del teléfono y gastándose el dinero que todos los meses le ingresamos su padre y yo en la cuenta para que su vida en Italia esté llena de experiencias interesantes, como viajar, ver museos, ir al teatro, a conciertos, a la ópera, salir con los amigos a locales y a restaurantes *cool.* ¿Quién sabe si él entiende lo mismo por «experiencias interesantes», o si por el contrario gasta el dinero en apuestas, quieto en su habitación, sentado encima de la cama, solo? Me da un escalofrío al pensarlo. Quiero estar convencida de que he hecho y sigo haciendo bien mis deberes con él, pero su mundo es mucho más ancho que yo y que su padre. Miro el reloj y le pongo un wasap.

—Buenos días, guapetón. —Le gusta que se lo diga.

Tarda un rato en contestar, aunque veo que está conectado. ¿Con quién estará hablando? ¿O quizá no habla con nadie y está jugando? Enseguida veo que está escribiendo y pronto leo sus palabras.

—Hola, mamá. Cuánto madrugas.

—No más que tú. Estoy desayunando en el hotel.

—¿Estás en un hotel? ¿Por qué no te has quedado en casa de los abuelos?

—No quiero dormir allí. Demasiados recuerdos. ¿Cómo estás?

—Bien. Todo genial. ¿Y cómo va la tarea? ¿Muy dura?

—Bastante. Con cada cosa que tiro es como si tirara una parte de mí misma.

—Intenta no pensar en ello. ¿Y papá?

—Supongo que bien. Ayer lo llamé, pero no contestó. Le voy a poner un wasap también ahora.

—Después podrías venir unos días aquí.

—Tengo viaje de trabajo toda la semana que viene. Tal vez cuando vuelva, antes de Navidad.

—Será estupendo. Ahora te tengo que dejar, que es hora de marchar a clase.

—Que tengas buen día.

—Igualmente, mamá.

Me he despedido de él con las mismas palabras que me ha dedicado el actor. Me sonrío y me levanto tranquila. Estoy segura de que mi hijo nunca traspasará las barreras del lado oscuro. Vuelvo a sonreír ante mi candidez materna, y pienso que esa es la idea que tienen todas las madres sobre sus vástagos, hasta las madres de los más cabrones.

39

Vuelvo a la casa. Ya en el barrio veo rostros que no me son ajenos. Rostros que pertenecen a personas que conocí, pero tan cambiados que apenas queda rastro de lo que guarda mi memoria de ellos. Sentado en un banco, veo al tipo del que se dijo que por su culpa había muerto su joven mujer, a la que maltrataba. Eso decían en la calle, pero nadie llamó nunca a la policía para denunciarlo. Entonces no se hacía. Simplemente se aceptaba que si una mujer había tenido la mala suerte de casarse con un tipejo se tenía que aguantar, sin más.

—Pues yo no consentiría que mi marido me pusiera la mano encima —decía mi madre—. Hasta ahí podíamos llegar.

—Hay cosas que una mujer no debe aguantar —ratificaba mi abuela.

—Entonces, ¿por qué esa chica no se fue antes de que la matara su marido? ¿Y por qué la madre de Cari no se separa de su marido?

Esa era otra historia, igualmente terrible. Cari había sido compañera de clase en mi primer colegio, y de vez en cuando nos la encontrábamos todavía con su madre en la calle. Ella con su cara permanentemente inexpresiva. La madre con los ojos siempre húmedos y el gesto triste y huidizo.

—¿Y dónde va a ir? —contestaba mi madre—. No puede hacer otra cosa más que aguantarse.

—Pues se debería ir de casa y dejar a ese hombre malo —replicaba yo más de una vez en aquellos primeros años de la década de los setenta.

—No se puede. Si se va la meterían en la cárcel —respondía mi abuela.

Así eran las leyes. Si una mujer se iba de casa aunque el marido la apaleara todos los días, podía ser acusada y condenada por abandono del hogar, y podía acabar con su cuerpo en una prisión. Yo no entendía nada. Resulta que el padre de Cari era alcohólico, aunque entonces nadie utilizaba esa palabra. Era un borracho, sin más. Pero no un borracho de los que se ponen graciosos y se van a la cama a dormir la mona. No. El padre de Cari era de los que le pegaban con el cinturón a su mujer y a sus hijos cuando llegaba a casa apestando a vino barato y a orujo. Todas y cada una de las tardes de la semana, del mes, del año, de la vida.

El tipo se gastaba una parte de su sueldo en el bar, entre cartas y chatos. Su piel se enrojecía y sus párpados se hinchaban. Llegaba a casa tambaleándose. La madre de Cari rezaba para que un día se cayera por la escalera y se matara. Pero él se agarraba bien a la barandilla y llegaba a la vivienda. Puedo imaginar a los niños y a su madre al otro lado de la puerta, temblando porque el monstruo estaba a punto de entrar y de encender el interruptor de la pesadilla de cada día.

—¿Y por qué no lo matan entre todos? Le dan un golpe, lo tiran por la escalera y luego dicen que se ha caído. No es tan difícil —decía yo, que ya por aquel entonces había leído un montón de novelas policiacas. Cuando hacía semejante sugerencia, no me acordaba de que en todas las novelas al final siempre atrapaban al asesino, aunque claro, en un caso así, la policía no podría resolver el caso como hacía el detective Poirot en el Oriente Exprés.

—¡Pero qué cosas dices! —exclamaba mi madre.

—Pues yo lo haría —continuaba yo con mi disparatada idea.

Me daban tanta pena aquella mujer, de aspecto tan frágil, y sus cuatro hijos, en los que no vi nunca ninguna sonrisa, que en aquellos momentos me parecía que yo misma sería capaz de ayudarlos a empujarlo por la escalera. Solo una vez vimos una sonrisa en sus rostros. Fue varios años después, una mañana en que nos encontramos a la mujer por la calle. Se había cortado el pelo, ya no lo recogía en un sobrio moño como antes, y su gesto era distinto.

—¡Cuánto tiempo sin verla! —le dijo mi madre.

—Se murió mi marido —le contestó ella, sin esperar a más fórmulas lingüísticas de cortesía. Fue entonces cuando vimos por primera vez el alivio en su rostro. A su lado iban los dos hijos pequeños, que jugaban entre ellos y reían de sus ocurrencias.

—¡Se cayó por la escalera! —exclamé yo, feliz de pensar que tal vez se lo habían cargado como yo había pensado.

—No, no. Se murió de cirrosis —nos aclaró ella—. Bebía tanto que su hígado no pudo más.

—Pues ya la ha dejado tranquila —le soltó mi madre, mientras apretaba su mano con la suya—. A usted y a sus hijos. Bastante han sufrido todos estos años.

Y era verdad, pero ella no lo iba a reconocer. Una cosa era quejarse en el momento del sufrimiento agudo, y otra muy diferente era admitir que había vivido veinte de sus cuarenta años dentro de un infierno. Todos queremos dar la mejor versión posible de nuestras vidas, y ella no era una excepción.

—Mujer…, no era tan malo.

Y casi, casi, vimos asomar una lágrima en su ojo derecho. Mi madre le dio dos besos y nos marchamos.

—Ahora resulta que no era tan malo —repitió mamá en cuanto cruzamos la calle—. Parece que cuando uno se muere, no solo lo perdona Dios, sino el resto del mundo. Pues si era un tipejo, era un tipejo, no hay que hacerlo santo ahora.

40

Eso mismo pienso yo cuando paso al lado del otro hombre, el que vivía al lado de mi casa y del que todo el mundo dijo que había matado a su mujer. La calle no siempre tiene la verdad en la mano, pero yo me creí su versión porque algo había en aquel tipo que daba miedo y asco: decían que la pobre mujer se había muerto a causa del empujón y de los golpes que él le había dado cuando estaba a punto de dar a luz. No puedo ni quiero evitar la mirada de repulsión y antipatía que le dirijo. Está fumando un puro y huele mal varios metros a su alrededor.

Desconozco si los demás vecinos del barrio saben o recuerdan aquella historia. Tal vez no, pero yo tengo muy buena memoria y aquel episodio me impresionó tanto que se me quedó grabado a fuego. Pasó hace muchos años, antes incluso de que a mí me cambiaran de colegio. En aquellos tiempos a nadie le importaban las muertes domésticas de las mujeres. Cuando estoy a su lado, veo que está leyendo el periódico. En la portada y a todo color, el féretro del dictador a hombros de sus descendientes. Dentro debe de estar la noticia de otra mujer muerta a manos de un marido despechado. Me entran ganas de hablar con él, de preguntarle por aquella joven, casi una niña que por alguna razón que se me escapa se casó con él. Salía a la puerta de casa a barrer, con una batita de un azul desleído, y llevaba los mocos colgando. No sé si tenía rinitis, catarro crónico o eran sus lágrimas, que se le salían por la nariz. Siempre me saludaba cuando pasaba junto a ella al lado de mi madre. Y un día se murió. No tendría ni veinte años y se murió de la noche a la mañana.

—Era una niña —pienso en voz alta cuando paso a su lado, pero él no me oye, absorto en la lectura del periódico.

En el mismo banco está sentada una señora que conozco de toda la vida del barrio. Estoy tentada de pararme y empezar una conversación que le remueva las tripas al tipo del puro. Noto que mi corazón se acelera. Pero no me paro. Ya no hay nada que hacer. Aunque se abriera una instrucción, y aun en el caso de que la joven hubiera sido asesinada, el delito estaría ya prescrito. Paso de largo y no saludo a la mujer que está a su lado y con la que me gustaría charlar un rato. Pero me vence la repulsión y no me acerco. Pienso que al menos el hombre tendrá que vivir siempre con sus recuerdos, que espero que le hayan amargado toda su vida. De hecho, no recuerdo haberlo visto sonreír jamás.

—¡Qué asco, qué asco, qué asco! —me repito mientras doblo la esquina de mi calle.

41

Subo de nuevo las escaleras. Cuando paso por el primer piso, vuelvo a acordarme de Evaristo y del bingo. Pienso que la vida debería ser mucho más fácil de lo que es. Tendríamos que ser como las plantas: nacer, vivir una temporada sin tener que movernos de un lado a otro, y morir. Aceptar como ellas los vaivenes que les prodigan el viento y la humedad que les cae encima de vez en cuando. Sin más. Sin querer y sin que nos quieran demasiado. Todo sería mucho mejor. Eso pienso mientras subo los escalones que me llevan a seguir vaciando la que fue mi casa. En estos momentos, preferiría no tener tan buena memoria, no haber vivido tantas cosas y no haber sentido tanto. Querría ser más aséptica, como la cristalmina, que es como la mercromina, pero transparente. Querría ser como el árbol o la piedra dura del poema de Rubén Darío. Entrar, tirar y marcharme. Como lo de Julio César, pero con otros verbos que en el fondo tienen el mismo significado.

Entro directamente en la casa. Es demasiado pronto para llamar a la vecina, que aún estará durmiendo. Miro el móvil a ver si me ha contestado mi marido. Nada. Ni siquiera se ha conectado todavía.

—Me podría morir y él ni siquiera se enteraría —murmuro entre dientes.

Vuelvo al armario del dormitorio de mis padres. En una caja encuentro viejos objetos que mi padre guardó, entre ellos el reloj de su propio padre, lo único que se quedó de él cuando murió. No se llevaban bien, mi abuelo se había gastado en sí mismo toda su herencia familiar, que era cuantiosa: tierras fértiles que malvendió a su hermano, quien se aprovechó de las debilidades de mi abuelo para enriquecerse. Apenas trabajaba y llegó incluso a vender la bicicleta de mi padre y la máquina de coser de mi tía para gastarse el dinero en putas y en juego. Aunque de ambos pormenores apenas se hablaba en casa, con el tiempo fui atando cabos. Tal vez por lo ocurrido con mi abuelo, mi padre, mi madre y yo hemos tenido siempre aversión a los juegos de azar. Podíamos haber sido ricos si él no hubiera sido un cabeza hueca antes y después de la guerra, cuando el juego se llevaba a cabo en casas privadas y de manera clandestina. Cojo el reloj, que marca la hora exacta en que murió mi abuelo, las cuatro y media de la mañana. Nadie le volvió a dar cuerda. Lo echo a la bolsa negra que irá a parar al contenedor. Como mi padre, yo tampoco quiero nada de él, ni siquiera el reloj con el recuerdo del instante de su marcha definitiva.

En esa misma caja solía haber una pitillera de piel con una chapita de oro que llevaba grabado el nombre de mi otro abuelo. Era un objeto con el que me encantaba jugar de pequeña. No había conocido al que fuera su poseedor y tocar la piel que él había tocado era como estar a su lado. Hace años que ya no está allí: mis padres tuvieron a bien regalársela a Martín en la primera Navidad que pasamos juntos.

—Pero, mamá, ¿por qué le has regalado a Martín la pitillera del abuelo? Es un regalo muy personal.

—Nadie más le va a hacer regalos. Está bien que la tenga el que va a ser tu marido —respondió ella, que estaba convencida de que lo de Martín sería para toda la vida.

Aquella Navidad él tuvo más regalos que yo. Era la primera vez que compartía el cariño y los regalos de mi familia con otra persona y me sentó fatal. Martín no tenía padres y mi madre lo acogió como a un hijo. Debía haber sido consciente desde un principio de que aquello no funcionaría bien, pero no lo hice. O si lo hice, no quise darme cuenta de que me había dado cuenta. El caso fue que yo tenía quince años y un novio que estaba en mi casa más que yo.

Pienso en la pitillera, que echo de menos en la caja de viejos recuerdos de papá. Supongo que fue mamá quien lo convenció para regalársela a Martín, en aquella Navidad, pocos meses después de habérselo presentado y de haber sido adoptado por mi familia. Cuando abrió el paquete envuelto en papel dorado, y vi que le habían regalado prácticamente el único recuerdo que había de mi abuelo en casa, monté en cólera, pero nadie lo notó. Fui al cuarto de baño y me eché a llorar de celos. No había tenido hermanos, y por primera vez me sentí con el síndrome de princesa destronada. Solo que quien se llevaba mi corona era mi novio, el líder juvenil del Partido Comunista, y quien se la había puesto era nada menos que mi propia madre. Todavía hoy, después de tantos años, me molesta que tenga la pitillera, y me entran ganas de contactar con él a través de la página de la que tanto habla Sara para pedírsela. No tiene ningún derecho a seguir teniéndola.

Aunque en su día contuviera los cigarrillos que mataron a mi abuelo, era suya y no debería haber salido nunca de la familia.

42

Suena el teléfono. Lo tengo en el salón. Recorro el pasillo. Lo saco del bolso. Es mi marido. Por fin da señales de vida. Se lo digo.

—He visto hace un momento tus llamadas y tu wasap. Olvidé el teléfono en el hotel y volví ya tarde.

—¿Qué tal te va? —No me apetece oír sus excusas.

—Bien. Todo bien. Esta gente es siempre muy educada y muy sociable. Me llevaron a un restaurante estupendo a las afueras, cerca de ese museo que te gusta tanto.

—El Louisiana —digo.

—Sí. Ese.

—¿No fuiste al museo?

—No, no, ya era tarde. Fuimos a cenar.

—¿Y cenasteis bien? —Sigo esperando que me pregunte cómo estoy, cómo llevo lo de la casa.

—Divinamente. Una cazuela de marisco espectacular. Estábamos al lado del mar.

—Ya.

—¿Y tú cómo vas? —Por fin emite una entonación interrogativa. Él es más aseverativo, pregunta poco, tal vez porque le importa poco todo lo que no gira a su alrededor.

—Bueno, he tenido momentos mejores.

—Me imagino. ¿Has hablado con Roberto? —Su segunda pregunta es sobre su hijo. Yo y mi tarea en la casa no merecen más palabras de su boca ni de su cerebro. No se le ocurre pensar que me gustaría mayor apoyo, aunque fuera verbal.

—Sí. Está bien. Quiere que vaya un fin de semana a verlo.

—Me parece una idea estupenda. Italia siempre te sienta bien.

—Podríamos ir juntos —le digo.

—No creo que pueda. Esta temporada tengo mucho trabajo. Bueno, te dejo, que me recoge un coche dentro de cinco minutos. No te canses mucho. Y no te emociones demasiado.

—No.

Colgamos. Una conversación de medio minuto en tres días es más que suficiente.

Me quedo un rato en el sofá. Por una décima de segundo me pregunto cómo habría sido mi vida con Martín. Quizá haya sido menos de una décima de segundo.

Miro la librería y la televisión. Por el mismo hueco han pasado por lo menos nueve televisiones en más de cincuenta años. La primera fue la que más duró, la principal, la que no se olvida nunca. Lo mismo que dicen del primer amor, que es el que jamás se olvida y el que más huella deja. Qué gran mentira. De los años que pasé con Martín no me queda nada más que la sensación de que debía haberlo dejado mucho antes, y la amargura de haber pensado durante bastante tiempo que mi madre lo quería a él más que a mí. Y eso que andaba metido en política y eso a mamá no le gustaba nada.

Nos besamos muchas veces en este cuarto. No en el mismo sofá: aquel era el de terciopelo rojo que fue sustituido por el de damasco verde. Y yo me siento ahora en el azul turquesa con estampado de flores amarillas que compró papá cuando se quedó solo y quiso cambiar parte del mobiliario.

Me niego a dedicarle un minuto más al recuerdo de Martín y vuelvo al dormitorio a continuar con mi tarea.

43

Vacío dos cajones del armario sin mirar demasiado. Ropa, pequeñas figuritas que compraba mi madre para hacer regalos que ya no tuvo tiempo de hacer y que mi padre conservó porque quiso guardar casi todo lo que era de ella. Objetos que no servían para nada y que irán a parar al contenedor. Tal vez al carrito del mismo hombre que encontró el crucifijo del ataúd.

Más y más toallas que nunca se usaron y que no me voy a llevar a mi casa de Madrid. Preparo una bolsa con cosas que le pueden servir a la vecina y la llamo.

—A lo mejor te quieres quedar con esto —le digo.

—¿Qué es? —me pregunta a la vez que abre la bolsa.

—Toallas y juegos de cama

—¿Y para qué quiero yo todo eso? No, hija, no. Llévalo a la parroquia, que siempre cogen todo lo que se les lleva. Hay mucha gente a la que le vendrán muy bien estas cosas. Yo ya no las necesito.

—No digas eso.

—Es la pura verdad. Me queda poco ya en esta vida. Ya he tenido bastante. Cada vez que te oigo por ahí —señala la puerta abierta de mi casa— me parece que aún está tu padre dentro.

—Tienes buen oído.

—Siempre lo tuve.

—Me acuerdo de los años en los que decían aquello de que «las paredes oyen».

—Espero que no lo dijeran por mí. Nunca he sido cotilla.

—No lo decían por ti. Era el miedo a que cualquiera pudiera escuchar las críticas que se hacían al régimen.

—El régimen. —Suspira levemente—. No estuvo tan mal.

—Estuvo muy mal —le corrijo.

—Éramos jóvenes y teníamos la ilusión de que un día todo cambiaría. Ahora ya no nos queda nada de aquella ilusión. Lo único que se acabará es nuestra vida. Las de tus padres y la de mi marido ya se han cumplido. A la mía le falta poco. Las nuevas generaciones nos desprecian sin saber nada de lo que pasamos. Muchos levantan el brazo como entonces sin tener ni idea de lo que fue aquello. Tengo miedo de lo que pueda venir y espero morirme sin verlo.

—Hablas como mi abuela cuando empezó a cambiar todo.

—Ella tenía miedo de que viniera otro 36. Y tu madre temía no poder adaptarse a los nuevos tiempos. Era muy recta y todo aquello en lo que le habían hecho creer en el colegio se tambaleaba. Como me pasaba a mí. Nos dijeron: «Hay que llegar virgen al matrimonio», y no dejamos que nos tocara el novio hasta la noche de bodas. Nos aseguraban que la que no respetaba aquella verdad absoluta era una perdida, digna de ser lapidada. Y nosotras nos lo creímos y juzgamos a todas aquellas que se salían de la norma. Fue difícil adaptarse a las novedades. Llegaba el amor libre y a nosotras nos cogió encadenadas, no solo a nuestros maridos, sino a nuestros principios. No entendíamos que todo pudiera cambiar así, de pronto. Lo que había sido pecado, se convirtió en normal.

—No debió de ser fácil —reconozco.

—No lo fue. Era como admitir que todo aquel mundo en el que habíamos vivido era falso. Y no es que hubiéramos vivido tres o cinco años de aquella manera, no. ¡Llevábamos así la vida entera!

Y resultaba que la vida entera era una mentira. Y nos enterábamos cuando ya no podíamos cambiar nada, ni nuestra vida ni apenas nuestros pensamientos.

—Nadie se preocupó de vosotras. Se hablaba de reforma, de ruptura, de democracia, de libertad, pero no de las mujeres que habíais sido silenciadas durante todos aquellos años y ni siquiera os habíais dado cuenta hasta entonces.

—Nos hicieron creer que solo había una verdad, y de repente aparecieron decenas de verdades. De pronto, podíamos votar a todos, a los de siempre y a los que habían estado trabajando en el exilio para que pudiera llegar todo lo nuevo. Teníamos mucho vértigo.

—¿Miedo?

—Miedo, sí, pero sobre todo vértigo. Era como caminar por una cuerda floja y no saber si nos íbamos a caer por un lado, por otro, o si íbamos a llegar hasta el final.

Veo que los ojos de mi vecina se humedecen. No quiero que siga hablando y recordando sus vacíos.

—Al menos a ti te tocaron ya otras cosas. Fue un consuelo.

—¿También para mi madre?

—Claro. ¿Por qué me preguntas eso?

—No sé. Me estoy acordando de cuando dejé a mi primer novio y ella se puso de su parte. Le importaba más su papel de madre adoptiva abnegada y sacrificada que mi «felicidad».

—Quería creerse aquel papel, la habían educado para eso. No debes juzgarla.

—No lo hago. Solo recuerdo lo mal que me lo hizo pasar.

Nos quedamos un rato en silencio.

—Bueno, te dejo, que voy a recoger unas cosas antes de ir a comer. He quedado con amigas.

—Haces bien en juntarte con gente joven. Los viejos solo contagiamos miseria y olor a rancio.

—No digas eso.

—Es la verdad. Por mucho que me lavo y que ventilo, no consigo sacarme ese olor que se me mete por la nariz y no deja mi cuerpo en todo el día. Debe de ser el aroma que acompaña a la muerte, que se va acercando lenta y silenciosa.

—Que no digas eso —repito y le doy un abrazo.

—Hala, vete, no te vayas a contagiar de mi amargura.

44

Entro en el piso y me voy enseguida. Guardo un par de cosas en una de las cajas que me voy a llevar y que mandaré a mi casa a través de una agencia de transportes. Busco en la agenda el número de uno de esos servicios de mensajería que he utilizado ya en otros momentos. Llamo y concierto una cita para mañana por la tarde. Tengo billete para el último tren del día y voy a intentar no demorarme. Los de la inmobiliaria vendrán por la mañana para ver el piso y para que les dé uno de los juegos de llaves. Vértigo. Ella ha dicho que sentían vértigo a causa de los cambios que vinieron. A mí me da vértigo vender el piso y pensar en quién respirará entre estas paredes que todavía guardan el aire de todos los que vivimos aquí, y de quienes nos visitaban.

Salgo corriendo y me resbalo en la entrada. Me caigo sobre las rodillas, como tantas veces.

Me sangra una pequeña herida.

Me alegro al menos de no llevar ni pantalón ni medias porque se habrían roto.

Vuelvo al cuarto de baño y busco alcohol, mercromina, una tirita. Mi padre era ordenado y tenía de todo.

Me hago una cura urgente.

Ya casi es la hora a la que hemos quedado para comer.

Me duele la rodilla, se me ha inflamado y me parece que no solo es por el hematoma.

Me cuesta trabajo bajar las escaleras, que desciendo de una en una, como hacía mi abuela en los últimos tiempos.

—Ay, si no fuera por las escaleras —decía cuando subía y bajaba a la calle con ciento tres años.

Ella no se caía nunca, tenía los pies igual de fuertes que la cabeza.

Mi madre tampoco se caía.

Yo sí.

No conozco a nadie que sea tan torpe como yo.

Y eso que voy con deportivas.

Decido que no les voy a decir nada a las chicas de mi caída.

Es mejor así.

No quiero que me compadezcan como cuando se acabó la historia de Martín. O como cuando me dejó Ramón. O como cuando aborté en mi primer embarazo. A ellas les gusta compadecerme, así se sienten mejor. Más o menos como cuando mamá adoptó a Martín porque era huérfano y le daba pena su soledad. En realidad, Martín tenía entonces veinte años y no le daba pena a nadie más que a ella. A ella, con toda la suma de sus soledades a cuestas.

45

Doy un paseo para llegar al restaurante. Voy despacio a pesar de que ya es casi la hora. Aunque me duele la rodilla, me apetece atravesar el parque. Hay un grupo de adolescentes sentados en un banco. Paso junto a ellos. No me miran. No se hablan. Están absortos mirando la pantalla de su móvil y jugando. Probablemente juegan entre ellos. Mueven compulsivamente los dedos para eliminar personajes virtuales cargados de armamento. Los chicos tendrán más de dieciocho años y practican lo que ahora se llama e-Sport, o sea, deporte electrónico, que consiste en estar sentado ante una pantalla y jugar a un videojuego. Recuerdo cuando tenía su edad y queríamos cambiar no solo el país, sino el mundo entero. Entonces no nos estábamos quietos en casa, o en el banco del parque jugando a la nada. Estábamos permanentemente en asamblea. Sabíamos que teníamos que luchar, que trabajar, que estudiar, que gritar, aunque fuera quedo, para salir del reino de las sombras. Si ya se hubieran inventado los chismes que tienen ahora esos muchachos en sus manos, nos habría ruborizado reconocer que pasábamos un minuto de nuestras vidas jugando a matar muñequitos. Habríamos sido el hazmerreír y la vergüenza de nuestros compañeros, incluso de nosotros mismos. No estaba el tiempo para ser tirado a la papelera.

Ahora se hacen competiciones internacionales que mueven casi tanto dinero como el fútbol; y los jugadores, más bien concursantes, son tenidos por héroes en sus países. Les dan masajes en el cuello y en la espalda diariamente para que sus tendones y sus músculos no se resientan de la actividad a la que los somete el movimiento incesante de los dedos. Me pregunto si masajearán también el cerebro para que sea capaz de hacer algo más que vivir dentro de una pantalla en la que no existe nada más que los fuegos fatuos de las imágenes creadas por alguien que gana por cada creación más dinero del que yo ganaré en toda mi vida por muchos libros que consiga vender.

«Los jugadores se creen dioses y no son más que juguetes», pienso cuando paso a su lado. «Estamos haciendo una generación de imbéciles».

Creo que esos muchachos son fichas que son jugadas por alguien que tiene el poder suficiente como para crear una generación de gente no pensante, acrítica, esclava de sus adicciones y de su pobreza mental. Hace dos días que he oído en la radio que la mayoría de los jugadores son hombres. El experto dice que es porque a los niños les siguen regalando videojuegos mientras que a las niñas les regalan muñecas.

«Benditas muñecas», pienso. «Mientras sigan existiendo el mundo estará a salvo».

El experto de la radio está convencido de que esto se irá corrigiendo y de que pronto habrá muchas mujeres participando en las competiciones. Cuando lo escucho pienso que es idiota; que la razón que esgrime no es la verdadera: las mujeres somos en general bastante más prácticas, reflexivas, y sabemos lo que es útil y lo que no. Por eso las chicas pierden menos el culo para jugar a las batallitas virtuales. No necesitamos demostrar quién la tiene más grande, que es lo que hay, en el fondo, en la trastienda de este tipo de juegos.

Mientras dejo atrás al grupo, me siento afortunada de no ser adolescente en estos tiempos, especialmente no adolescente varón, y pienso en mi madre, que creía lo mismo en los suyos. Tal vez sea cierto que todos consideramos que cualquier tiempo de nuestro pasado fue mejor. Probablemente no lo fuera, pero fue el nuestro, el único que tuvimos. Me irritan mis propios pensamientos y me siento como un abuelo cascarrabias que piensa que sus batallitas son mejores que las que contarán sus hijos o sus nietos. Pienso en Roberto y hago una advocación a todos mis muertos para que lo protejan de la estupidez que rige el mundo. Nunca los jóvenes estuvieron tan desvalidos como ahora, a pesar, y tal vez por eso mismo, de que se crean lo contrario. Pienso a menudo en esa chica sueca a la que están manipulando para que vaya de cumbre a cumbre a luchar contra el cambio climático. La están convirtiendo en un fenómeno de masas, en una ilusionista decimonónica cuyas lágrimas y gritos contra el poder todo el mundo quiere ver para congraciarse con ella y sentirse mejor. Mientras otros juegan a tonterías, a ella la hacen jugar con pantallas peligrosas. Todos conocen su rostro y su voz. Ella quiere cuidar del planeta, tiene razón en lo que dice, ha dado voz e imagen a un problema terrible. Pero parece que nadie cuida de ella. No creo que la salvación del planeta esté en las manos de los adolescentes.

Es como cuando las monjas nos echaban a las espaldas la responsabilidad por la salvación eterna de los chinitos y de los negritos.

¡Tantas mentiras!

46

Por fin llego a la calle del restaurante. No tengo ganas de comer con ellas. Las veo de lejos. Sara, Carlota y Angelina están ya en la puerta, pero no me han visto. Todavía me puedo marchar y poner una excusa. Me sigue doliendo la rodilla; de hecho, creo que he venido caminando para que empeore y tenga que ir al hospital a que me hagan una radiografía, pero mis reflexiones me han hecho casi olvidar la molestia. El movimiento ha mantenido calientes los músculos. Dentro de un rato estaré peor y podré dejarlas, calculo que a la hora de los postres. Cambio de opinión y exagero mi cojera cuando llego hasta ellas.

—Bueno, bueno, ¡qué alegría de verte después de tanto tiempo! Pero ¿qué te pasa? —Carlota me da un abrazo sin acercar demasiado su cara a la mía.

—Estás guapísima como siempre. Por ti no pasa el tiempo. —La conversación de Angelina siempre ha estado llena de tópicos. No da para más.

—Ayer no cojeabas. ¿Qué has hecho? ¿No te habrás subido a una escalera para llegar a los altillos? —Sara siempre ha sido muy protectora con todos.

—Hola, chicas. Yo también me alegro mucho de veros —les

miento y les sigo mintiendo—. Me he resbalado con un plástico que alguien ha tirado en la calle. Por eso he tardado. He entrado en una farmacia a que me curaran y me pusieran una tirita.

—Pues deberías haber ido a Urgencias para que te hubieran hecho una radiografía —interviene Sara.

—No, no, tranquilas. Luego iré si me sigue doliendo. No es nada importante. ¿Qué tal si entramos? Estaremos mejor sentadas.

Mientras nos acomodan, pienso que el tiempo ha pasado por ellas y ha dejado más huellas aparentes que en mí. Esta reflexión me lleva a un día de la vida de mi abuela, al momento exacto en que se dio cuenta del paso del tiempo. Y no me refiero a su altura con respecto al interruptor. Una tarde, en la televisión entrevistaban a un hombre. Yo no lo había visto jamás. Un anciano gordo, de cara ancha y calvo, hablaba de su oficio como matador de toros en el pasado. Un titular en el extremo inferior izquierdo rezaba *Marcial Lalanda, torero.* A los ojos de mi abuela empezaron a asomarse tímidas lágrimas.

—No puede ser —dijo.

—¿El qué, abuela?

—No puede ser él —repitió—. Con lo guapo que era y lo viejo que está.

—¿Lo conociste? —le pregunté yo.

—Lo vi torear muchas veces. Era el más guapo y el más grande, como se cantaba en el pasodoble que lleva su nombre. —Entonces me acordé de aquella letra de «Marcial, eres el más grande», que canturreaba ella de vez en cuando—. Pues igual estaré yo.

—¿Cómo que igual estaré yo? —repetí, sin entender lo que quería decir mi abuela.

—Que así de vieja debo de estar yo también.

Ese fue el momento en el que mi abuela, con más de ochenta años, y varias guerras y posguerras vividas, una dictadura y en medio de una transición democrática, se dio cuenta de que el tiempo probablemente había pasado, no solo para el país, sino también para ella.

47

La encargada nos acomoda en la misma mesa de ayer. Mis tres amigas me miran expectantes. Parece que quieren que las entretenga hablando de mi aparentemente apasionante trabajo, o que les cuente lo triste que es vaciar la casa de mis padres para compadecerme. No sé qué es peor.

—Bueno, bueno —empieza Carlota—. Aquí estamos como si no hubieran pasado los años. Tenemos tantas cosas de que hablar…

En realidad no tenemos nada que contarnos. Si hemos estado años sin vernos ni hablarnos, bien podíamos seguir igual. Ni yo las he echado de menos, ni ellas a mí.

—Es verdad —dice Angelina—. Y mucho que recordar de los viejos tiempos.

—En realidad, los viejos tiempos fueron los más nuevos por los que hemos pasado todos los de nuestra generación. Lo demás ha tenido siempre aquello como referencia —intervengo.

—Tú siempre jugando con las palabras. Por Belcebú que no lo puedes evitar. —Esta vez Sara ha hecho un juramento que aparece varias veces en el *Tenorio*, una de las obras a las que más versos y expresiones ha robado a lo largo de su vida.

—Es deformación profesional —asiento con una sonrisa.

—¿Ya te ha contado Sara que Martín está en una página de contactos? —pregunta Carlota, maliciosa como casi siempre.

—Sí, me lo ha contado. Podrías quedar con él. Sería divertido. —No lo digo con tan mala intención como parece.

—Si no lo hice de joven, no lo voy a hacer ahora, que está viejo y feo. Además, el sexo me interesa poco.

—Pues antes no era así, si no recuerdo mal —le insinuo, con mala intención. Carlota tuvo un par de historias extramatrimoniales poco después de casarse con Juan. Una de ellas durante unos días que pasamos las cuatro en Lanzarote. Se lio con un alemán guapísimo y a todas nos dio mucha envidia. Se lo recuerdo.

—Eso fue hace tiempo. Había bebido mucho y pasó lo que pasó.

—Me acuerdo de aquel chico tan guapo —interviene Angelina—. Y alto. Lo mismo medía dos metros. Y musculoso. Y te lo llevaste tú, que era la que se acababa de casar. Nosotras tres nos quedamos con las ganas. Siempre he pensado que aquello fue una injusticia.

—No os perdisteis mucho. Acordaos de lo que dicen.

Y Carlota hace el gesto con la mano que solíamos hacer cuando éramos jóvenes: pulgar en alto, índice de frente. Índice en alto, pulgar de frente. O sea, hombre alto, polla pequeña. Hombre bajo, polla grande. Nos reímos las cuatro a carcajadas. No me acordaba de aquel gesto ni de su significado. Hacía más de treinta años que no lo veía. Las risas nos relajan a las cuatro y de pronto casi volvemos a ser las mismas de entonces. Las que cantábamos a Labordeta y a Carbonell, las que hacíamos toples en la playa, las que nos creíamos fregonas y reinas a la vez. Las que estábamos a punto de salir del barrio a golpe de horas y horas de estudio y de trabajo. Las que moríamos por el chico más guapo. Las que fumábamos a escondidas. Las que escuchábamos las canciones prohibidas. Las que íbamos a los mítines del Partido Comunista a escuchar a aquel cura obrero que hablaba mejor que los demás y además nos bendecía a todos los asistentes.

—O sea, que aquel alemán, nada de nada —acierta a decir Angelina, entre risas.

—Bueno, tampoco hay que exagerar. Estuvo bien, pero sin más. No fue el polvo del siglo. Los he tenido mejores.

Me temo que la conversación se convierta en la terapia dialéctica sexual de cuatro cincuentonas, o en un trasunto de *Sexo en Nueva York*, pero en Zaragoza y sin «Manolos». Lo temo y lo deseo. Sigue habiendo en nosotras un nosequé de candidez infantil que nos lleva a ruborizarnos cuando decimos caca, culo y pis. Y aún más si decimos coño, polla y teta. Una ingenuidad que nos inculcaron nuestras madres para quienes todo eso era pecado, indecencia y desvergüenza. Hablar de sexo es rebelarnos contra nuestras madres, y contra aquellas monjas castas pero no puras, que pretendieron contagiar sus frustraciones a generaciones enteras de mujeres. Lo pretendieron y en muchos casos lo consiguieron. Decir «coño», «polla» y «teta» sigue siendo una rebelión contra todas ellas, aunque sea a destiempo y estén ya todas muertas.

48

—¿Cómo llevas lo de la casa? —me pregunta Angelina—. Es una tarea fea.

—Yo no la llamaría fea —le digo—. Es triste, pero no fea.

—Viene a ser lo mismo —me corrige—. Lo triste siempre es feo.

—No estoy de acuerdo. —Y es verdad, no lo estoy—. Hay obras de arte muy tristes, pero no son feas. *Romeo y Julieta* acaba fatal, tiene un final tristísimo, pero todo en ella es bellísimo.

—Sí, pero es literatura —interviene Sara—. Los escritores queréis crear belleza de todo. La vida no es así.

—Somos nosotros quienes decidimos cuándo algo es hermoso o no lo es —les digo y utilizo el argumento que he esgrimido en varias conferencias que he impartido sobre este tema—. La muerte es triste, pero podemos hacer de ella un momento hermoso, si intentamos dar amor en esos últimos instantes a quien está muriendo.

—Tú lo has dicho, «a quien está muriendo». Nosotros, los vivos, podemos quedarnos a gusto si creemos que ayudamos a bien morir a quien queremos. Pero el que se está muriendo no se entera y, además, no puede disfrutar de la belleza que, según tú, puede tener su último suspiro —opina Sara.

—Te tomaste muy en serio la clase en que se habló del suicidio de Larra ante un espejo —recuerda Angelina.

—Quiso ver su último instante —digo.

—Hace falta ser rarito —dice Carlota—. Y hablas de Romeo y de Julieta, que se mueren, el uno envenenado, la otra apuñalada. ¿Qué hay de bello en la mueca grotesca que deja de verdad la muerte por envenenamiento, y en el charco de sangre tras el dolor brutal de la herida del puñal? Nada, ya te lo digo yo, que he visto mucho de ambas cosas, no hay nada de hermoso en morir así. La gente no se muere como en las óperas que tanto te gustan. No nos morimos en «La bemol».

Carlota es enfermera en el hospital, y mira a la muerte cara a cara cada día.

—Bueno, bueno, que no hemos quedado las cuatro después de siglos sin vernos todas para hablar de cosas tristes —pretende cortar Sara.

—Tienes razón, a ver, a ver, cuéntanos cosas de esa vida tuya tan interesante. Me he leído todos tus libros.

—Muchas gracias.

—Todas nos los hemos leído. Estamos muy orgullosas de tener una amiga famosa.

—Ser escritora no es sinónimo de ser famosa —les digo—. Además, yo no quiero ser famosa.

—Bueno —replica Sara—. Eres lo más famoso que tenemos a mano.

—Además, tu vida es muy interesante —insiste Angelina.

—Pues te equivocas, Angelina querida. Ser escritora no es mejor que otras profesiones.

—Qué mentira. No tienes que madrugar, viajas muchísimo, conoces a gente fascinante, no tienes un horario fijo. Matas a quien quieres y salvas a los personajes que te da la gana. Ojalá pudiera hacer eso mismo yo con mis pacientes. Es el mejor de los trabajos. De hecho, yo ni siquiera lo consideraría un trabajo.

—Madrugo y muchas veces en diferentes camas.

—Oh, eso es muy excitante.

Pero no, no lo es en absoluto.

—En camas de hotel en las que duermo yo sola, nada excitante, te lo aseguro. Viajo mucho, sí, y cuando termino mis obligaciones estoy tan cansada que no me apetece ni dar un paseo ni bajar a cenar al restaurante del hotel. Conozco a muchas personas, cierto, pero muy pocas me resultan interesantes y, menos aún, fascinantes. Me tratan bien porque les conviene, para la mayoría de la gente que conozco no soy más que una parte de su trabajo. Como lo son ellos para mí. No tengo un horario fijo, lo que quiere decir que me cuesta encontrar tiempo para escribir y para organizar mi casa, para estar con la familia, con los amigos. Queda muy bien que te presenten como escritora, pero no es tan cómodo. Tengo que estar estupenda todo el tiempo, y cuidar mucho de todo lo que digo. Incluso de lo que oigo. ¿Os acordáis de lo que nos decían de pequeñas, aquello de que «las paredes oyen»? Pues a un escritor las paredes le oyen lo que dice y lo que escucha. No puedo estar relajada nunca.

—Pues si no te gusta, cambia de trabajo. Podrías hacer muchas otras cosas —me dice Angelina, y tiene razón.

—No me apetece cambiar. Me gusta lo que hago, aunque no sea tan excitante como parece. Ningún trabajo es perfecto, y yo disfruto escribiendo, inventando personajes que luego hacen lo que les da la gana a ellos y no a mí. Son como los hijos, que por mucho que queramos llevarlos por un camino, cogen ellos la senda que les da la gana.

En ese momento veo una leve sombra que se desliza por la mirada de Angelina. Las otras dos la miran y callan. Callamos las tres. Algo pasa. Algo de lo que ninguna quiere hablar. No pregunto.

49

—Cuéntanos de tus viajes —me pide Sara—. ¿De dónde vienes y adónde vas?

—Esa pregunta contiene las grandes incógnitas de toda la humanidad entera—le contesto.

—Me has entendido perfectamente. ¿Cuál ha sido tu último viaje y cuál será el próximo?

—Antes de venir aquí estuve en París para dar un par de conferencias. Y el sábado tengo que ir a México para impartir un curso sobre novela española contemporánea.

—Qué envidia —exclama Angelina, que sigue absorta en sus pensamientos, y sale de ellos para recoger a vuelapluma algunas de mis palabras.

—¿Y ya tienes el curso preparado?

—Casi, lo terminaré en el tren y luego en el avión. Tengo mucho material de otras veces.

—Siempre has sido muy trabajadora —reconoce Carlota.

—Soy más hormiguita que lista. Pero no hablemos más de mí. —Estoy harta de hablar de mí en todas las reuniones—. Contadme cosas de vosotras.

He visto que las tres se han hecho operaciones en la cara, pero no he dicho nada. Con los retoques estéticos me pasa como con los videojuegos: si hace más de treinta años nos hubieran dicho que nos íbamos a operar los párpados, las tetas caídas y los labios, nos habríamos sentido muy ofendidas. Estábamos en la vida para cosas más importantes, y nuestro físico era puramente accidental. Queríamos que los chicos se enamoraran de nosotras por nuestra inteligencia y por nuestro deseo de cambiar el mundo, no por nuestra cara ni por nuestro culo. No nos depilábamos ni las piernas ni las axilas, pero nos hacíamos la toga para tener el pelo liso como las *hippies* de las películas americanas que protestaban contra la guerra del Vietnam. Como en aquella *Hair*, de nuestros diecisiete años, cuya estética queríamos emular para sentirnos tan solidarias y tan pacifistas como las protagonistas.

—Por cierto —cortó Angelina—, ¿habéis visto lo de ayer?

—¿Lo de ayer? ¿Qué es «lo de ayer»?

—La exhumación y la inhumación de Franco.

—Yo no vi nada. Lo fui siguiendo a través de las páginas web de los periódicos —dije.

—Menudo espectáculo —exclamó Sara—. Casi tanta cobertura informativa como cuando lo enterraron por primera vez. ¿Os acordáis?

—Y tanto —respondió Carlota—. Solo que esta vez tenemos un montón de cadenas privadas y todas y cada una se dedicaron a lo mismo. Entonces era propaganda del régimen en la televisión controlada, y esta vez..., ¿qué ha sido esta vez? ¿Más propaganda? ¿Espectáculo para ganar más audiencia, que es lo único que les importa? ¿Periodistas vendidos? ¿Exaltación familiar? Los Franco son como los Kennedy, una familia soberana pero sin corona y sin tanta desgracia.

—Bueno, el uno perdió hermano y padre —comenta Angelina, que siempre tiene una explicación emocional para todo.

—¡Voto a tal, por Satanás, Angelina querida! Todos hemos perdido a seres queridos, y no por esos nos creemos reyes de Francia y depositarios de la moral nacional y católica de este país —responde

Sara—. Os he preguntado antes si recordabais el otro entierro, y casi no habéis contestado.

—Claro que nos acordamos —insiste Carlota—. Estábamos todos pegados al televisor, que ya era en color. En mi casa mis hermanos y yo llorábamos a moco tendido. Era como si se hubiera muerto nuestro abuelo.

—Pues en mi casa, papá abrió una botella que tenía preparada para la ocasión. Aunque estaba ya muy enfermo, dio gracias a Dios por haber sobrevivido al dictador y por poder brindar por todos sus muertos.

El padre de Angelina había nacido en Poitiers poco después del comienzo de la guerra. Su madre había escapado a Francia mientras que su padre luchaba en el frente del Ebro. Nunca volvió. Les dijeron que lo habían fusilado y que nunca encontrarían sus restos. Y así fue. Ni siquiera saben en qué zona del valle lo mataron. Cuando la madre de Angelina se fue a Francia lo hizo sola: los milicianos habían matado a sus padres, y los nacionales a sus suegros. Estaba más sola que la una, y su vida peligraba en un bando y en el otro. Así que, embarazada, cruzó las montañas y llegó hasta Francia, donde se volvió a casar. Luego llegó la otra guerra y su segundo marido acabó en un campo de concentración en Polonia, y ella se volvió a quedar sola. Fue entonces cuando recibió noticias de un primo lejano suyo que seguía en España y que tenía un cargo de cierta responsabilidad en el Movimiento. La abuela de Angelina se lo pensó varios días y decidió regresar. Se instaló en la ciudad y consiguió trabajar de modista. Su estancia en Francia la había aprovechado para hacer un curso en un *atelier* de alta costura, y gracias a él pudo criar a su hijo sin pedir favores. El hijo creció escuchando las historias de odio y de sinrazón que le contaba su madre. Cuando tuvo edad de comprar y unos dinerillos ahorrados de su trabajo como fresador, fue a la tienda de vinos del barrio y pidió el mejor champán que tuvieran. Francés. Y le vendieron una botella de Dom Pérignon, que tuvo guardada veinte años hasta que la abrió para brindar por la muerte de Franco.

50

—En mi casa no brindamos porque no teníamos nada para hacerlo. Ni tele teníamos. Solo había una, en el bar del pueblo. Y allí fuimos todos a ver el entierro —cuenta Sara—. Como en el pueblo había gente de todos los colores políticos, ¡vive Dios, que nadie decía nada! No he visto el bar de mi pueblo tan silencioso como entonces. Las mujeres lloraban en silencio. Los hombres callaban y miraban. Unos mascaban el palillo que se habían puesto en la boca después de comer unas olivas. Otros tenían permanentemente la mano metida en el bolsillo de la chaqueta; un bolsillo que abultaba más de lo normal.

—Eso es porque llevarían pistola —interviene Angelina.

—Claro que llevaban pistola, y la llevaban preparada por si acaso. Recuerdo a cuatro hombres que estaban sentados a una mesa, jugando a las cartas. El dueño del bar los obligó a dejar de hacerlo antes de que vinieran los de la pistola en el bolsillo. Siguieron en sus puestos, pero sin hablar, sin jugar y sin dejar de mirar la televisión. Los niños estábamos en el suelo, nos habían dado unas manzanas y nuestros mordiscos eran los únicos sonidos que se escuchaban y que acompañaban a la voz compungida del locutor.

—¿Y en tu casa cómo lo vivisteis? —me pregunta Carlota.

—Pegados a la tele, como todo el mundo. Mi abuela estaba aterrorizada, pensaba que vendría otro 36, otra guerra. Volvía a ver aviones bombardeando, casas destruidas, y a anarquistas pegando tiros. Mi madre sentía un extraño vacío: enterraban a quien había dictado todas las normas por las que se había regido su vida hasta entonces. Aquel hombre salía en la tele todos los días. Mi madre lo tenía adoptado como parte de su vida. Era difícil pensar en él de otro modo. Lo mismo me pasaba a mí entonces. Como no me dejaban ver a mi único abuelo vivo, yo también lo tenía en mi imaginario como una especie de abuelo universal. —Por supuesto no les cuento a mis amigas que, durante toda mi infancia, yo brindaba por la salud de Franco, para irritación de toda mi familia, especialmente de mi padre.

—¿Y tu padre? —me pregunta Angelina.

—Él estaba callado. Observaba en silencio. Me miraba a mí y de vez en cuando me apretaba la mano. Llevaba años esperando ese momento, pero no le gustaba que la solución hubiera venido en forma de muerte en cama por ancianidad y tampoco que la sustitución fuera una monarquía. No creía en los reyes, no le gustaban ni los de la baraja —digo con una sonrisa—. Decía que hasta esos los quitaría.

—Pero aquella fue la única solución posible y que puso de acuerdo a todo el mundo. Hasta mi padre, que era tan republicano como el tuyo, lo reconocía —explica Angelina.

—En mi casa todo el mundo estaba asombrado de lo que vino después.

—¿El qué? —le preguntamos a Carlota.

—Que todos los partidos y los dirigentes se pusieran de acuerdo a pesar de todas sus diferencias.

—Todavía hoy es un misterio, al que deberían advocar nuestros políticos actuales, ¡vive Dios! Si Fraga y Carrillo fueron capaces de negociar, no entiendo cómo no hacen ahora lo mismo los que rigen nuestros destinos.

—¡Y qué engañados estábamos todos entonces! —exclama Angelina, mientras mueve la cabeza a uno y a otro lado.

—¿A qué te refieres? —le preguntamos.

—Íbamos a los mítines del Partido Comunista, escuchábamos extasiadas y aplaudíamos con vehemencia. No sabíamos nada de lo que había pasado en Paracuellos gracias, según contaban después, al mismo Carrillo al que aplaudíamos. Y tampoco lo que había hecho Stalin en la Unión Soviética. Si lo hubiéramos sabido no habríamos ido a esos mítines.

—Íbamos a ver a Martín y a sus amigos, que eran bien guapos, con sus barbas y el puño levantado —dice Carlota.

—Ahora son los otros los que llevan barba, ¿os habéis fijado? Hasta eso ha cambiado —intervengo.

—Primero nos engañaron unos y luego los otros —dice Carlota—. Y nuestra generación y la de nuestros padres en medio de tantas mentiras, y sin saber qué pensar. Hemos sido como don Quijote luchando contra gigantes que no lo eran, y contra molinos de viento que tampoco eran lo que parecían.

—Bueno, chicas, que tampoco hemos quedado aquí para hablar de política. —A Sara no le gusta hablar de estas cosas. Prefiere hablar de lo que ella considera «personal». Como si no fuera personal hablar de lo que fuimos. De lo que los demás hicieron que fuéramos.

—Yo creo que hoy todo el mundo está hablando de lo mismo que nosotras —digo—. Lo de ayer nos ha removido muchos recuerdos. Sobre todo muchas reflexiones acerca de lo que podía haber sido y no fue. Pienso en mi madre, mujer de esa generación castrada y educada en que hasta sus más íntimos pensamientos podían ser pecado y llevarla irremisiblemente al infierno. Y en mi padre, que no pudo estudiar porque entonces no había becas y los pobres debían seguir siendo pobres.

—Pero eso no pasó ya con nosotras. Nosotras sí que pudimos estudiar gracias a aquellas becas —dice Sara—. De no haber sido por las becas de la Universidad Laboral, yo nunca habría podido hacer la carrera. No estaría ahora aquí con vosotras. Me habría quedado en el pueblo y me habría casado con un maromo que me habría tenido quieta entre la casa y el huerto. Eso es lo que les ha pasado a todas mis primas. Cuando voy, y las veo, me parece que tienen veinte años más que yo, y pienso en la suerte que tuve.

—Eso será porque no se han operado como tú —le digo.

—No. En serio. Ellas han tenido y tienen una existencia que nada tiene que ver con la mía. Aquella beca cambió mi vida.

51

Las cuatro estudiamos el BUP y el COU en la Universidad Laboral, un ente fundado en el franquismo para crear una generación agradecida con el régimen y que estuviera preparada para dominar el país. Una generación de chicos y chicas de media y baja extracción social, especialmente de pequeños pueblos, y con altas capacidades intelectuales que no habrían tenido ninguna posibilidad de desarrollar. Eligieron a los mejores estudiantes, y les otorgaron becas completas: viajes, residencia, manutención, libros, uniformes, formación..., todo estaba incluido. Se daba una formación integral a base de decenas de actividades organizadas por las tutoras, que pertenecían casi todas a la Sección Femenina de la Falange. Lo que el ente no sabía es que el Partido Comunista había introducido a profesores y a tutoras a modo de submarinos para influir en los alumnos y compensar el predominio de la ideología del régimen.

A profesores, tutoras, pero también a alumnos, porque eso fue lo que pretendió Martín cuando nos conoció, convertirnos en sus submarinos.

—Fuimos afortunadas —insiste Sara—. Además, cuando llegamos nosotras ya había cambiado todo mucho. Acordaos de que estábamos en asamblea permanentemente.

Llegamos en el 76, en plena Transición, y durante nuestro primer curso se legalizó el Partido Comunista. Fue un Sábado Santo, para desesperación de muchos católicos que vieron en ese hecho una victoria del maligno.

Carlota, Angelina y yo veníamos de colegios religiosos, aunque yo no podía decir que mi escuela fuera represiva como sí lo había sido la primera. Sara había estudiado los primeros años en el colegio del pueblo. A pesar de que yo provenía de un centro bastante progresista, sobre todo gracias a algunos profesores, cuando llegué a la Universidad Laboral aquello me pareció el paraíso de la libertad y de la cultura. Chicas de todos los rincones del país, cada una con su lengua, su dialecto y su habla local. Profesoras que fumaban en clase, que se sentaban en la mesa, profesores que vestían falda escocesa en clase de inglés. Un enorme salón de actos en el que nos reuníamos para ver cine, para hacer teatro o para tener asambleas en los momentos de huelga y cuando alguien consideraba que tocaba. Unas instalaciones deportivas que me animaron incluso a mí a hacer atletismo y luego gimnasia rítmica. A mí, que había sido la peor alumna de Educación Física en el colegio, a pesar de haber jugado al *hockey* todos los sábados por la mañana. Laboratorios de idiomas, de química, montones de conferencias y de conciertos.

El día en el que estudiamos la Edad de Plata y la increíble efervescencia de la Residencia de Estudiantes de Madrid, me sentí como se debieron de sentir Dalí, Lorca, Pepín Bello y Buñuel cuando coincidieron en aquel mítico lugar. Nada quedaba del sabor rancio de la dictadura entre las casi infinitas paredes de aquel centro en el que las cuatro nos hicimos mayores. Nos dimos cuenta de lo grande que era el mundo, de las diferencias que había entre las distintas regiones, aún no se llamaban Comunidades Autónomas, del país, de las que eran originarias la mayoría de las alumnas internas. Un crisol de lenguas, dialectos y variantes se daban cita en cada aula y en los campos deportivos. Nadie era más que nadie por su origen ni por sus notas: los sobresalientes los veíamos de lejos.

Casi todas las tutoras habían formado parte de la Sección Femenina, pero de eso no se hablaba. También casi todas las niñas lo habíamos sido de un modo u otro, a través de los Círculos Medina con los que hacíamos deporte o teatro. Como ya nos pillaron los últimos años de la dictadura, las últimas bocanadas, todo aquello había tenido un color diferente al que tiñó la generación de nuestras madres, a muchas de ellas les había tocado hacer el famoso Servicio Social, indispensable para conseguir sitio en el pasaporte conyugal y para casarse con un militar. Nosotras ya no hicimos el Servicio Social, que mi abuela confundía siempre con el Auxilio Social.

—También tuvimos suerte de no estar allí durante el franquismo —apostilla Carlota—. Supongo que entonces tendría cierto predicamento por parte de las tutoras.

—He podido reencontrarme con varias durante todos estos años —explico—, y su percepción de aquel tiempo es muy diferente. Yo no sé si todas las mujeres que se adhirieron a la Sección Femenina estaban de acuerdo con los postulados de la Falange. Para muchas fue la manera de poder llevar a cabo actividades artísticas y deportivas lejos de la tutela de los hombres y de las monjas.

—Mejor no haber estado allí en los años anteriores —comenta Carlota de nuevo.

—Nosotras llegamos en el 76, un año después de los últimos fusilamientos y de la muerte de Franco. En un año la gente no cambia tanto. Y lo que nos encontramos fue una organización que potenciaba la formación integral de los alumnos. No solo era importante la enseñanza académica, también se hacía hincapié en el deporte, en la música, en el teatro —digo.

—Es verdad —reconoce Sara—. Me perdonaréis la comparación, pero, salvando las distancias, lo que nosotras nos encontramos se parecía a lo que había propugnado en el siglo XIX la Institución Libre de Enseñanza. Y aquellas mujeres, las tutoras, fueron esenciales en nuestro desarrollo como personas libres, críticas y seguras de nosotras mismas. Si alguna vez formaron parte de las huestes de Pilar

Primo de Rivera, supieron adaptarse a los nuevos tiempos en menos de un año.

—No sé si te vamos a perdonar la comparación —interviene Angelina antes de apurar su copa de vino.

—Y sí que es verdad que nos educaron en la libertad —admite Carlota.

—Nunca les estaré lo suficientemente agradecida, y estoy contenta de habérselo podido decir privada y públicamente —reitero.

—Pero también es cierto que aquellos profesores que había introducido el Partido Comunista tuvieron mucho que ver con nuestra construcción —interviene Carlota.

—Por supuesto —le contesto—. Fue la unión de todos la que nos salvó en aquellos momentos de cambio extremo. ¿Acaso sabíamos quiénes pertenecían al Partido Comunista y quiénes habían sido de la Sección Femenina? No teníamos ni idea. No lo sabíamos. No se distinguían ni en su comportamiento ni en sus enseñanzas. Al menos, nosotras no veíamos ninguna diferencia.

—De algunas sí que se distinguían claramente sus tendencias izquierdistas —dice Sara—. Unas tendencias que se nos contagiaron a todas.

—A todas no nos contagiaron porque no nos hacía falta —le corrijo—. Muchas ya veníamos de casa con el puño en alto.

—El caso es que todas recordamos aquellos años con cariño porque de pronto nos hicimos mayores y todo el mundo empezó a tratarnos como adultas —comenta Angelina, mientras se sirve otra copa.

—¡Y qué manía teníamos con que todo el mundo nos tratara como si fuéramos adultas! ¡Y éramos unas pipiolas! —exclama Sara—. No obstante, nuestra generación se perdió la adolescencia pava. Nunca tuvimos la edad del pavo.

52

Nos reímos ante la ocurrencia de Sara. Y quizá sea cierto: llegamos a la adolescencia en plena efervescencia política. Nuestras hormonas tuvieron un papel secundario en nuestras vidas, tan comprometidas con la causa de la libertad. La nuestra y la de los chicos con quienes nos relacionábamos, más preocupados por el próximo mitin que por el próximo polvo.

—Entonces resulta que a lo mejor no fuimos tan afortunadas como creemos —reconoce Angelina.

—Bueno, tuvimos más suerte que nuestras madres, que se pasaron la adolescencia vírgenes y con una mantilla en la cabeza para entrar en misa—Carlota saca un pañuelo del bolso y se suena la nariz—. Ya perdonaréis, pero ayer estuve de guardia en la planta de O.R.L. y me tosieron todos los pacientes.

—¿O.R.L.? —pregunto.

—Sí. Otorrinolaringología.

—¡Ah! Pensaba que ibas a llorar por los polvos que no echó tu madre —le dice Sara.

—¡Qué bruta eres! —la reprende Angelina.

—Ay, hija, y tú qué melindrosa. Cómo se nota de dónde te viene el nombre. Aunque te falta la gracia.

—Muy ocurrente —le contesta a Sara.

—Creo que me he perdido algo —digo.

—Es que a lo mejor tú no sabes por qué Angelina se llama como se llama.

—Pues no lo sé, no.

—Venga, cuéntaselo —le pide Carlota.

—Pero si es una tontería.

—Tiene mucha gracia, que es la que deberías haber heredado tú y que se te debió de quedar por el camino.

Entonces nos cuenta Angelina que sus abuelos se habían conocido en Madrid, en el teatro donde ella era taquillera y él un actor de cuarta categoría que participaba de apuntador en las representaciones de la nueva y exitosa comedia de Enrique Jardiel Poncela, *Angelina o el honor de un brigadier*. El actor invitó a la taquillera a ver la función en su día libre. Entre risa y risa, la joven le juró amor eterno, y esa misma noche de 1934 perdió la virginidad que la convirtió en madre justo nueve meses después, cinco después de la boda con el joven actor, que dejó la compañía para tener un trabajo estable con el que poder mantener a su pequeña familia. Llegó la guerra, se alistó, lo mataron y su historia de amor con la taquillera se acabó casi como había empezado: por culpa de un brigadier que dio la orden de fusilarlo.

Por fin nos sirven el primer plato, berenjenas gratinadas en besamel al curri para todas, y por fin nos callamos y empezamos a comer. Me duele la rodilla más y más, pero no quiero decirlo. Aunque tengo mis resquemores con respecto a nuestra reunión, me gusta estar con ellas, entre otras razones para demostrarme a mí misma que mi visión de la vida no es la peor posible, y que no está tan mal ser quien soy y ser como soy.

—No sé si ellas influyeron tanto en nosotras —dice Carlota—. Pero desde luego fuimos la primera generación que se sintió libre después del franquismo.

—No te equivoques —interviene Sara—. Hay una generación intermedia entre nosotras y nuestras madres.

—Y tampoco es del todo cierto que nuestras madres fueran tan infelices. Tuvieron algo muy fácil: no tuvieron que decidir nada. Les dijeron: esto es así, y lo aceptaron, no se les permitió decir que no, bajo pena de ostracismo social. Como ninguna quería ser tachada de perdida o de perdedora, fue muy fácil aceptar. El objetivo de casi todas fue casarse, porque así lo dictaminaba la Iglesia, la Sección Femenina y la tradición. Y se casaron. Dejaron de trabajar para contraer sagrado matrimonio, y muy pocas se arrepintieron. Mi madre —sigo contando— se casó para no trabajar más. Y no es que no quisiera a mi padre, que lo adoraba, sino que era lo normal: te casas y dejas de trabajar. Si sigues trabajando, no te casas. Porque si quieres hacer las dos cosas, la sociedad va a pensar que tu marido no es lo suficientemente hombre para mantenerte. Esa era la mentalidad de muchos hombres y de la mayoría de las mujeres. Y así pensaban porque no les quedaba otro remedio. Y obraron según aquellos pensamientos reglados. No tuvieron ninguna duda. Siguieron el camino trazado. Y eso, según como se mire, fue muy fácil.

—¡Cómo puedes decir que fue fácil! —me reprocha Sara—. No tuvieron otra opción, ¿te habría gustado que te hubiera pasado a ti? Piensa que si hubieras nacido veinte años antes probablemente no estarías donde estás. Ninguna de nosotras habríamos hecho todo lo que hemos hecho.

—Tendríamos casi ochenta años, y como mucho nos estaríamos tomando un chocolate bien calentito en una cafetería cutre —responde Carlota, que pretende que nos riamos de su ocurrencia.

No lo hacemos. Solo nos quedan veintitrés años para convertirnos en unas ancianitas. La evidencia me provoca un escalofrío. Tal vez a las demás también. Pero nadie dice nada.

53

—Yo pienso a veces —interviene Angelina— que me hubiera gustado haber sido una mantenida.

—¡Vaya disparate! ¡Pardiez que dices sandeces, Angelina! —exclama Sara.

—Pues no es ningún disparate. Mucha liberación femenina y feminista, ¿y qué hemos conseguido? Trabajar en casa y fuera. Tu madre tenía razón, al casarse se quedó con un trabajo nada más. Si hubiera seguido en la oficina, habría tenido dos. Pensad en las mantenidas del siglo XIX, como Margarita Gautier: un amante, o más, que te pone piso, te mantiene, viene de vez en cuando a visitarte y a echarte un polvo. Y luego se va. Ni ensucia con las zapatillas llenas de barro después de correr por el parque, ni tienes que planchar sus camisas a la una de la mañana, ni pasas noches insomne a causa de sus ronquidos para después levantarte a las siete, casi sin dormir y media hora antes que él, que sigue roncando mientras tú preparas el desayuno antes de irte a trabajar. A eso le llamábamos «la liberación femenina». Pues vaya liberación de mierda. Si los hombres no cambian de mentalidad y las mujeres se aprestan a cocinar, limpiar y planchar para tenerlos contentos, estamos listas. Y, ya me perdonaréis, este esquema se sigue repitiendo en un porcentaje muy elevado de jóvenes familias, de nuestra generación y de las siguientes. Así que, menos lobos, caperucitas.

—Repetimos los mismos esquemas que nuestras madres —reconoce Carlota—. Yo me separé por esa razón, ya lo sabéis. Juan era un desastre en la casa. No hacía nada. En la cama funcionaba bien, menos mal. Pero era lo único en lo que cumplía. Y claro, chicas, estaréis de acuerdo conmigo en que eso llega a aburrir. Siempre los mismos movimientos, las mismas posiciones, una detrás de la otra: entremés, primer plato, segundo plato, postre y café. Sota, caballo y rey. Los primeros meses me parecía estupendo. Pero luego me aburría muchísimo. Así que cuando me empecé a aburrir en la cama, necesité tener algo diferente en lo que apoyarme, algo que estuviera en su persona, en su manera de tratarme y de estar en la casa. Yo venía cansada del hospital y me tocaba planchar y hacer la cena, mientras él estaba viendo la tele o pegado al ordenador. A veces me «ayudaba». Y se suponía que yo me tenía que poner muy contenta con su «ayuda». No compartía, «ayudaba». Pero, en cambio, los gastos sí que los compartíamos al cincuenta por ciento. Llegó un momento en el que pensé: «A la mierda con él». Se lo dije. Me costó trabajo que se fuera. No entendía que me aburriera con su compañía y que no disfrutara de planchar sus camisas y de limpiar los restos de sus excrementos en la taza del váter. O sea, su mierda. Pedí el divorcio y ahora plancho mis camisas, no las suyas. Y si quiero echar un polvo, lo que no pasa muy a menudo, lo echo sin nadie que se me apoltrone en casa. A lo mejor Angelina tiene razón y el estado ideal es el de mantenidas: echas los polvos a gastos pagados.

—No digáis disparates. Las mantenidas, lo mismo que nuestras madres, no tenían ningún tipo de libertad. Si eran putas, no tenían mucho donde elegir, y luego se morían solas, como la pobre Margarita Gautier. No recuerdo haber llorado tanto con un libro como con el final de *La dama de las camelias*, cuando ella se muere esperando a que Armand vaya a visitarla. Pero Armand no llega a tiempo. ¿Os acordáis? ¿No llorasteis mucho?

Negamos las tres con la cabeza y Sara sigue hablando.

—Pues yo no podía parar de llorar. Y si las mantenidas estaban casadas con sus mantenedores, la cosa no era mucho mejor. Si el marido era un capullo tenían que aguantarse. No podían separarse porque no tenían independencia económica. Se quedaban en casa aunque su casa fuera un infierno —afirma Sara.

Me acuerdo de la madre de aquella antigua compañera del colegio, Cari, y de todo lo que tuvo que soportar. Si ella hubiera tenido un trabajo tampoco podría haberse ido. Era ilegal.

—Y no solo por no tener independencia económica. Las leyes estaban en contra de ellas. Si dejaban al marido, y este las denunciaba por abandono del hogar, podían acabar en la cárcel. Así fueron las leyes hasta finales de los años setenta. Una vez casadas, no tenían opción. No se las dejaba elegir entre un camino y otro. La senda estaba trazada hasta el día de la muerte, de la suya o de la de él.

—Pero, según lo que has dicho antes, esa falta de posibilidad de elección era mejor que el abanico de posibilidades que tenemos ahora —me dice Carlota.

—No, no es eso. Por supuesto que no es eso. No era mejor. Por supuesto que no era mejor, pero era más fácil.

Me doy cuenta de que me he metido en un jardín de proporciones equiparables al jardín de la Villa d'Este, o al mismísimo Bois de Boulogne. La copa de vino me hace decir tonterías. ¿De verdad pienso que era más fácil no tener que elegir?

No quiero seguir hablando de este asunto, que me carga y me aburre.

—Creo que he entendido lo que quieres decir —me dice Angelina, y yo lo dudo porque ni siquiera yo acabo de entenderme—. No fue mejor, pero fue más fácil porque no tuvieron que tomar decisiones. Al igual que muy poca gente de su generación tampoco se rebeló durante la dictadura porque era más fácil no hacerlo. Comían todos los días, tenían trabajo. No tenían libertades, pero como tampoco las habían conocido porque nacieron ya con la guerra y con la dictadura, y no sabían lo que pasaba en el resto del mundo, pues no las echaban de menos. Por eso aguantaron cuarenta años sin saber que estaban oprimidos, porque no sentían un peso grave sobre sus cuerpos ni sobre sus conciencias.

—Estamos de acuerdo —le digo—. A mi padre, ya a finales de los setenta, yo le reprochaba que no hubieran hecho algo para acabar con aquello. ¿Sabéis lo que me contestaba? Que no se podía. Sin más. Y mi abuela respondía que, tal y como estaba el país después de la guerra, nadie tenía ganas de hacer la revolución.

—Pero tuvimos una posguerra que duró cuarenta años. Ninguna posguerra ha durado tanto tiempo a lo largo de la historia de la humanidad. Nunca —apostilla Sara.

—Eso mismo decía Martín, ¿os acordáis?

54

Conocimos a Martín en un mitin-concierto del Partido Comunista en 1977. O por mejor decir, en el concierto fue la primera vez que hablamos. Yo lo conocía de la piscina, donde ejerció de socorrista varios años, pero ni él se había fijado en mí ni yo me había atrevido jamás a hablarle. El evento en el que acontecieron ambas cosas fue al otro lado del río, en un barrio en el que no había estado jamás. Me había comprado un blusón azul bastante escotado para estrenarlo en el mitin. En aquellos tiempos, yo creía que asistir a un mitin político comunista era el equivalente a las fiestas de puesta de largo que las señoritas de buena familia hacían en La Lonja una vez al año. Así que consideré que mi blusón azul y mi asistencia al mitin eran mi particular puesta de largo, mi salida al mundo desde la urna de la inocencia en la que me había intentado conservar mi madre. Fuimos las chicas acompañadas por mi padre y por el de Angelina. Al fin y al cabo solo teníamos quince años y nunca habíamos estado en ese lado de la ciudad.

El acto se prometía interesante, iban a acudir los pesos pesados del Partido para conmemorar que por fin había sido legalizado, así como varias tanquetas de la policía. Mi madre temía que pudiera haber disturbios, así que se enfadó con mi padre por su peligrosa ocurrencia de asistir a un mitin del Partido Comunista y encima llevarse a la niña. Pero no hubo ningún altercado y todo discurrió de muy buen rollo. Cantaron varios cantautores y entonamos canciones de Labordeta, de La Bullonera y de Víctor Jara. Nos regalaron pegatinas muy rojas y muy redondas con el logotipo del PCE, la hoz y el martillo.

Cuando llegué a casa y se las enseñé a mi madre, se le demudó la color.

—¡Madre mía! Una insignia del Partido Comunista. Tírala a la basura.

—De eso nada, mamá, es preciosa. Y no es una insignia. Solo es una pegatina.

—Quítate eso del blusón, que no te la vea nadie. Pero cómo dejas a la chica ir por el barrio con eso ahí —le reprochó a mi padre.

—Que está legalizado ya el Partido Comunista, Pilar. Entérate ya, que nada es como era.

—Eso nos traerá algún disgusto. Quítatelo de ahí.

—Mamá, pero si hemos traído una pegatina también para ti.

Y claro, mamá me dirigió una mirada llena de rayos que casi me fulminaron en aquel momento.

—Está bien, me la quitaré, pero no las voy a tirar. Son el recuerdo de algo muy especial.

Y lo más especial no era la legalización del Partido Comunista, sino el hecho de que las pegatinas me las había dado Martín quien, por fin, me había dedicado unas palabras y una sonrisa.

—¿Queréis unas pegatinas, chicas?

—Pero si nosotras no podremos votar hasta dentro de mucho tiempo —le había dicho Angelina.

—No pasa nada. Es para que las llevéis puestas, y así todo el mundo sepa a quién votaréis cuando os toque. Y, sobre todo, con ella estáis diciendo que queréis un mundo en el que haya igualdad de oportunidades para todos y libertad —nos dijo Martín, al que le gustaba adoctrinar más que otra cosa en el mundo.

Sonaba *Te recuerdo, Amanda* por los altavoces, así que esa canción quedó guardada definitivamente en mi memoria junto a las primeras palabras que me dedicó Martín. Palabras compartidas con mis amigas, eso sí, pero fue un comienzo.

—Claro que queremos la libertad —repliqué yo—. Por eso hemos venido. Nos sabemos todas esas canciones que están sonando. Y desde hace años.

«La calle mojada, corriendo a la fábrica donde trabajaba Manuel». Yo la había cantado en el local de la parroquia donde el tutor nos había enseñado canciones folclóricas junto a nuevas canciones que protestaban contra las injusticias del mundo.

—¿Conocéis a Víctor Jara? —nos preguntó.

—Claro —le contesté—. Me sé casi todas sus canciones.

—Qué aplicada. Sigue así, niña.

Me molestó tanto que me llamara niña que casi me eché a llorar cuando se fue para repartir más pegatinas. Mis amigas y yo teníamos quince años y estábamos viviendo un momento histórico. El mundo empezaba a tener color, como las nuevas televisiones, como mi blusón azul en el que las pegatinas rojas parecían dos amapolas sobre mi pecho izquierdo.

El mundo cambiaba, pero para Martín yo seguía siendo una niña.

55

«La sonrisa ancha, la lluvia en el pelo, no importaba nada, ibas a encontrarte con él, con él, con él...». Su sonrisa, la de Martín, también era ancha, como la de Amanda. No tenía la lluvia en el pelo, pero sí unos rizos rubios que le daban cierto aire de querubín barbado. Porque Martín tenía barba como casi todos los miembros del Partido Comunista. Una barba rubicunda con algunos reflejos rojizos. No era así cuando era socorrista en la piscina: ahí tenía que tener el pelo muy corto y afeitarse cada día. Años después me confesó que esa había sido la razón por la que había dejado la piscina: le obligaban a ir tan pulcro que su imagen de socorrista contrastaba con la de revolucionario.

—Qué suerte, maja. A ti te ha dado dos pegatinas —observó Carlota.

—Ah, pues sí. ¿A vosotras no?

—Solo una. Se ve que eres su preferida.

—Es que a lo mejor me ha reconocido de la piscina —mentí. En absoluto creía que me hubiera dado un trato de favor.

—O a lo mejor le has gustado —dijo Angelina.

—Es demasiado viejo. Y tiene barba. No me gustaría que me besara un hombre con barba. Seguro que pincha, como el bigote de mi tío Manuel. No. Nada de barbas ni de bigotes —dijo Sara con un gesto de asco.

—Será que se han pegado las dos pegatinas, no podía separarlas, y por eso me ha tenido que dar las dos.

El caso de ser la única a la que Martín había dado dos insignias de papel adhesivo me puso tan contenta que me coloqué al lado del altavoz desde el que seguía cantando el asesinado Víctor Jara y me puse a bailar la melodía de *Amanda*. En ese momento noté a Martín a mi lado.

—Estas canciones no se bailan —me reprendió—. Son canciones revolucionarias, y la revolución no está hecha para bailar. El baile es cosa de burgueses. Los obreros solo bailan en las fiestas de los pueblos.

—Ah, vaya, lo siento —le dije avergonzada. Me debí de poner muy roja porque noté que me subía mucho calor a la cara.

Esas fueron sus primeras palabras dirigidas directamente a mí, y fueron una corrección. En ese momento me enamoré de él aún más que antes. Porque antes todo era platónico; él solo era un cuerpo sin palabras. Luego sus palabras habían sido para todas. Y ahora, por fin, sus palabras eran solo para mí. No me importaba el contenido, solo que por fin me había hablado sin testigos.

—No te preocupes. Pero no lo vuelvas a hacer. Recuerda que los revolucionarios no bailamos, y que estas canciones hay que escucharlas en silencio y con mucho respeto.

—Ya. ¿Y tampoco me está permitido cantarlas?

—Solo con la guitarra, en voz baja y para homenajear a la revolución, no para lucir lo bien que seguramente cantas.

No era consciente de las tonterías que estaba escuchando. Me importaba exclusivamente ser, por primera vez, la única destinataria de sus palabras.

—Creo que será mejor que me vaya con mis amigas. —No le dije que habíamos venido con dos padres.

—Sí, anda, no te vayas a perder con tanta gente.

¿Perderme? No. Pero me moría de la vergüenza de hablar con él, y tampoco quería que nos viera mi padre. Gracias a la barba y al pelo largo no lo había reconocido, y así me había evitado el apuro de que Martín me hubiera relacionado con la chica del flotador amarillo que tanto suspiraba, aunque él nunca hubiera sospechado que los suspiros tenían su nombre.

56

—Martín decía muchas tonterías —dice Sara—. Nos hizo creer que teníamos que hacer la revolución, como si hubiera sido tan fácil.

Él trabajaba para el Partido, pero seguía estudiando Derecho. Pretendía medrar en política y no tenía otra ocupación que repartir pegatinas, organizar reuniones para analizar la situación, y así una y otra vez. Suspendía casi todo porque estaba demasiado ocupado con sus actividades en el Partido.

—Casi no me acuerdo de cómo empezamos a relacionarnos con él. Fue después de aquel mitin en el que nos dio las pegatinas con la hoz y el martillo —comenta Carlota—. Pero ¿luego? ¿Cuándo lo volvimos a encontrar?

—Fue poco después. En la bolera —dice Angelina.

—¿Un revolucionario como él iba a la bolera, que era donde iban los soldados americanos de la Base? Allí íbamos nosotras a ligar.

—Más que nosotras, las chicas de la generación intermedia, que intentaban casarse con americanos para dejar España y vivir en los Estados Unidos que salían en las películas —interviene Sara.

—Nosotras también. Yo estuve a punto, a punto, de casarme con uno de aquellos americanos —dice Carlota.

—¿Ah, sí? Eso no nos lo habías contado nunca —le reprocha Angelina.

—Cuenta, cuenta —la animo yo.

—Era un chico guapísimo y estaba coladito por mí.

—Vaya novedad. Eras la reina de corazones —le digo.

—Era altísimo, con un cuerpo musculado, amable. Hablaba español porque su madre era cubana, así que nos entendíamos bien. Yo entonces hablaba un poco de inglés, el que nos había enseñado el *teacher*. Pero no pudo ser.

—¿Y eso por qué? —le preguntamos al unísono.

—Por dos razones. Primera, yo era muy joven, tenía quince años y él veinticinco. Debía volver a América y mis padres nunca me habrían dado permiso para casarme con él a esa edad.

—Pues en clase hubo chicas que se casaron con catorce años después de haberse quedado embarazadas —apostilla Sara.

—Sí, pero yo no estaba embarazada.

—Deberías haberte quedado, así a tu padre no le habría quedado más remedio que darte permiso para casarte. Mejor casada con quince años que madre soltera en casa. Todavía entonces era una vergüenza.

—Es que mi padre nos hubiera matado si me llego a quedar embarazada de él. Mis padres no lo llegaron a conocer. No querían verlo ni en pintura.

—¿Y eso por qué? —pregunto yo—. Un americano en casa era un chollo.

—Pero es que no os he contado lo principal.

—¿El qué? ¿Estaba casado y tenía cinco niños rubitos y tiernos en Montana?

—No.

—Pues, entonces, ¿qué tenía de especial que hacía imposible que te casaras con él, aparte de que eras una cría y aún no habías visto más mundo que el de una garza enjaulada, cual si hubieras sido doña Inés del alma mía? —le pregunta Sara.

—Es que era negro —dice por fin Carlota.

—¡Ah! —exclamamos las cuatro.

—Y mis padres, que no es que fueran racistas ni nada de eso, pero no iban a tolerar que su hijita pequeña se casara con un negro.

—Ah, ¡que no eran racistas! Pues yo a eso lo llamo... —dice Sara indignada.

—Era así entonces. No hay que juzgarlos con los ojos de ahora. Ahora las cosas serían distintas —reconoce Carlota con ironía—. Ahora ningún padre pondría reparos en que una hija se casara con un negro... Siempre que el negro fuera rico, jugador de fútbol, de baloncesto o diplomático. Si el candidato fuera un inmigrante de Gambia, del Senegal y no tuviera donde caerse muerto, la cosa sería bien diferente. Ahora no es cuestión de racismo, sino de economía.

—Y de cultura. La mayoría de los negros que vienen no son americanos, son africanos y vienen de culturas muy diferentes. A unas madres como nosotras nos daría un ataque de pánico si viniera nuestra hija a presentarnos a un novio africano. ¿O no? —pregunta Sara.

—Pues a mí no me importaría —dice Angelina.

—Mentira. Te darían los siete males si tu hija te presenta un novio que reza cinco veces al día mirando a La Meca y que no come jamón —le responde Sara.

57

Yo me quedo callada. Prefiero asistir como invitada de piedra a esta parte de la conversación en la que mujeres que en los años 70 y 80 creían que estaban haciendo la revolución, dudan ahora de si aceptarían en su casa a alguien en virtud de su color de piel o de su religión.

—No es por el color de la piel —asiente Sara como si hubiera estado leyendo mis pensamientos—. No es racismo ni mucho menos. Es un asunto cultural, religioso. Yo no quiero que entre en mi familia alguien que por definición considera que las mujeres son seres inferiores. Sin más. Me da igual de qué color sea. Podría ser rubio y con los ojos verdes; si consideraba que a una mujer hay que lapidarla por ser adúltera, no entraría en mi casa. Y ya está.

—En fin, vamos a cambiar de tema —sugiere Angelina, que no soporta que discutamos por temas que pueden derivar en comentarios políticamente incorrectos. Ella ha sido siempre correcta en sus apreciaciones y tolerante hasta un grado superlativo.

—Vamos, Angelina. Estamos hablando de algo real.

—Estamos llenos de prejuicios —digo—. A Carlota ya le pasó con el soldado americano. Parece que no hayamos aprendido nada en todos estos años. Estamos involucionando en vez en evolucionar.

—No digas palabras tan raras —me reprocha Sara—. No se trata de ir hacia atrás. Estamos viviendo un periodo lleno de contradicciones. Nosotras mismas somos una pura contradicción. Nos pasa a muchas personas de nuestra generación, y no solo a las mujeres. Observamos las luchas que hicieron los demás y nos pareció que los derechos que nos llegaban lo hacían de un modo natural, para todos y para siempre. Creímos que esto sería así por los siglos de los siglos y en cualquier circunstancia. Pero llegaron los nuevos tiempos y nos dimos cuenta de que aquellos derechos solo reinaban en sus cómodos tronos, bien acomodados en islas sociales y de pensamiento como la nuestra. No todas las mujeres disfrutaban de lo mismo que nosotras, pero nos callamos y miramos hacia otro lado. Participamos en manifestaciones feministas por nuestros derechos de clan, pero nos olvidamos de las mujeres que ni siquiera tenían la opción de manifestarse contra su manifiesta desigualdad. Veíamos con agrado que en algún país lejano por fin pudieran las chicas asistir a un partido de fútbol, y lo festejábamos con una sonrisa hipócrita desde nuestras cómodas posiciones feministas occidentales. Lo comentábamos y pasábamos a otra noticia, o a otro cotilleo, porque para nosotras aquello no pasaba de ser un cotilleo más.

—Creo que estás generalizando de una manera bastante vulgar, querida Sara —le digo—. Tus comentarios empiezan a parecerse a los de la barra de un bar.

—Oh, vamos. Sabes que tengo razón, pero tú vives de lo que es políticamente correcto y no vas a apearte de ahí. Te parece que mi discurso es involucionista e intolerante. Y no lo es, por Belcebú. Me estoy limitando a describir unos hechos que nadie se atreve a describir por miedo a ser tachado de retrógrado o de fascista. Y yo no soy ni una cosa ni otra. Lo sabéis muy bien.

—Ya he dicho que será mejor que hablemos de otra cosa —repite Angelina.

—Sí, será mejor —dice Carlota, que lleva callada casi desde que nos ha confesado su frustrada historia de amor—. Yo solo os estaba contando algo que esperaba que os resultara simpático, y casi organizo un cisma. Mi soldado era guapísimo. Se marchó y no volví a verlo.

—¿Y por qué no lo buscas en Internet? —pregunta Angelina—. Seguro que está en Facebook y le puedes pedir amistad.

—¿Y para qué? No creo en las segundas oportunidades. Se fue, salió de mi vida, sin más. Seguro que está feo como Martín.

—¿Así que tú también has visto su foto en la página de contactos? —le pregunto, contenta de que el tema haya virado hacia algo más frívolo, que es lo que en el fondo necesito para salir del vacío de mi casa vacía, y para mitigar el dolor de mi rodilla, que se está agudizando por momentos.

—Claro. Nos la enseñó Sara y estuvimos chateando con él, haciéndole creer que éramos solo una chica. ¡Hay que ver lo fácil que es mentir a través de una pantalla!

—Mentimos siempre —le digo.

—¿A qué te refieres?

—A que mostramos solo una parte de nosotros, la que nos interesa en cada momento —contesto, mientras mi mirada se queda fija en un cuadro que hay en la pared del restaurante, un grabado de Antoni Tàpies que muestra una mancha negra sobre fondo marrón con unos garabatos dorados en la parte inferior.

58

No entiendo lo que quiere decir el cuadro. A lo mejor no significa nada, pero no puedo dejar de mirarlo. Me atrapa y pienso que me gustaría vivir dentro de esa mancha que no se pregunta nada, pero que hace que yo me pregunte muchas cosas. Hace tiempo que no tengo orgasmos con obras de arte moderno. Tampoco ese cuadro me produce una satisfacción ni física ni intelectual, pero me atrae como esos hombres que no tienen atractivo aparente, pero que te fascinan sin que sepas por qué.

—¿Qué miras con tanto afán? —me pregunta Carlota. Parece que te has quedado absorta.

—Ese cuadro. Es de Tàpies.

—¿El de las cruces, las manchas y los pies cortados? —Angelina no ha pasado de Fra Angelico y de Leonardo.

—Sí, ese mismo.

—A mí no me dice nada.

—No se trata de que te diga nada, sino de que tú te preguntes algo al mirarlo. El arte tiene que despertar a las almas dormidas —digo.

—Ahora te ha salido casi un verso de Jorge Manrique —apostilla Sara.

—«Recuerde el alma dormida» —digo.

—Eso.

—Ay, qué serias estáis hoy. Parece que tu visita a la casa de tus padres nos ha contagiado a todas de cierta gravedad —interviene Carlota.

—Es lo que hay. Siento que nuestra reunión no se parezca más a *Sexo en Nueva York,* pero nos faltan los «Manolos».

—¿Qué «Manolos»? —pregunta Carlota—. Ninguno de nuestros novios se llamó jamás así.

—Me refiero a los zapatos —digo.

—Ah, claro, perdonad mi incultura acerca del mundo de la moda más glamurosa —responde irónica.

—Y hablando de zapatos, ¿cómo va tu rodilla? —pregunta Sara.

—Va mejor —miento. La verdad es que me duele cada vez más.

Debería haber ido al hospital en vez de estar hablando con ellas. Vamos de tema en tema de conversación porque en realidad no tenemos nada que decirnos. Ha pasado demasiado tiempo y no queremos compartir nuestros presentes, solo nuestros pasados y una sarta de ideas más o menos triviales, más o menos manidas, más o menos profundas, lo que en el fondo viene a ser lo mismo. Vuelvo a descansar mis ojos en el cuadro negro y marrón, que me hace preguntarme más sobre mí misma que la compañía de mis viejas amigas.

Oigo sus voces en el fondo, mientras pienso en lo poco que me importa lo que están diciendo.

—O sea, que no te gustaría volver a ver a tu soldado americano.

—No. En todo caso, preferiría probar suerte con alguien nuevo.

—«Más vale malo conocido que bueno por conocer», dice el refrán. —Sara no es de refranes, pero esta vez hace una excepción.

—¡Vaya mentira! —exclamo.

—¿No dices que todo es mentira? Pues esta sería una más —contesta irónica Carlota.

—Los refranes pertenecen a la sabiduría popular —digo—. Y el pueblo no es sabio. ¿O tú preferirías quedarte con un tipejo maltratador a encontrar a un tipo estupendo que te tratara fenomenal? Esa es la esencia del refrán.

—Eso es sacar las cosas de quicio —protesta Sara.

—Tú sabes bien que no es así —le recrimina Carlota.

Intuyo por sus miradas y por el tono de sus voces que hay algo que se me escapa, algo que desconozco.

—¿Me he perdido algo? —pregunto.

59

Se hace un silencio de voces, pero no de miradas. Carlota y Angelina miran a Sara de una manera que nunca antes había visto en ellas. Sara siempre fue la más segura de las cuatro, a pesar de haber venido de un pueblo pequeño en el que eran pobres hasta las arañas de los desvanes.

—Nunca te lo dije, hay cosas que no te conté, y que me costó mucho trabajo verbalizar.

—¿De qué estás hablando?

—Andrés no era tan amable con Sara como todas creímos durante mucho tiempo —explica Angelina.

—¿Te trataba mal?

—Sí. Pero no quiero hablar de eso.

—Sara se quedó con la idea del refrán —dice Carlota—. Y con el «malo conocido».

—No era malo.

—Era un cabrón. Reconócelo de una vez. Nunca quiso denunciarlo. —Angelina se muestra nerviosa cuando habla de Andrés—. Se quedó con él hasta el final. Solo la trató decentemente cuando enfermó y se dio cuenta de que la necesitaba. Y los dos primeros años de su matrimonio, claro. Luego vinieron sus infidelidades y el maltrato. La insultaba y le pegaba. Esos labios restaurados lo están porque él le partió un labio de un bofetón.

—Vamos, Angelina, déjalo ya. No quiero que nuestra amiga crea que he sido una estúpida durante casi toda mi vida.

Me quedo atónita con la confesión de Sara. Nunca habría pensado que ella y Andrés no formaban el mejor avenido de los matrimonios. Se casaron poco después de terminar sus respectivas carreras, ella Filosofía y Letras como yo. Andrés, Derecho. Era el mejor amigo de Martín a pesar de la diferencia de edad: Martín tenía cinco años más que todos nosotros. Andrés se miraba en él para todo lo que hacía. Se habían conocido en el 77, cuando se legalizó el Partido Comunista. Andrés era hijo de un dirigente sindical que se había pasado más de veinte años en la cárcel y que salió cuando la Ley de la Amnistía. Era uno de los héroes de Martín. Se reunían en un piso bajo del barrio, y allí Andrés empezó a oír los discursos siempre convincentes de Martín.

El día del mitin-concierto ni siquiera nos fijamos en él porque era muy joven y nosotras nos interesábamos por los chicos más mayores y comprometidos, como Martín. Fue dos años después cuando volvimos a coincidir en otro concierto que acabó con una carga policial. Andrés nos ayudó a escapar de la policía y a llegar a casa. No nos conocía y fue nuestro salvador. Inmediatamente Sara se enamoró de él y se empezaron a ver regularmente desde entonces y durante los cinco años de la universidad. Se casaron en el 86, por la iglesia y de blanco radiante, a pesar de que las cuatro nos habíamos jurado que jamás nos casaríamos y menos aún en una iglesia, lugar lleno de los símbolos que habían castrado a nuestros padres. El padre de Andrés había muerto poco después de haber salido de la cárcel, y la madre le dijo que si se casaba por lo civil lo desheredaría de por vida, que bastante había tenido con haberse pasado media vida sin marido, señalada por todos los vecinos y por todos los parientes. Que su hijo, o se casaba como Dios mandaba, o no lo quería como hijo nunca más. Así que Andrés y Sara fueron bendecidos por un canónigo amigo de la familia, a pesar de haber lucido rojas insignias en sus solapas.

—No era malo. Tenía prontos, pero me quería.

—Vamos, Sara. «Tenía prontos, pero me quería». Pues yo no quiero que me quiera nadie de esa manera. Prefiero que me quieran menos, pero que me traten mejor de lo que te trataba Andrés a ti —le dice Carlota.

Me acuerdo de aquella canción de Cecilia que tanto nos gustaba, la de *Un ramito de violetas.* También el marido «tenía un poco de mal genio», y a veces «era el mismo demonio», pero quedaba redimido por mandarle «cada nueve de noviembre, como siempre sin tarjeta, un ramito de violetas». Valiente gilipollas ella, y menudo cabrón él. Y estúpidas todas nosotras que cantábamos aquello con una emoción sin contener, desmedida, esperando de todo corazón recibir un ramito de violetas del primer imbécil que nos declarara su amor.

—¿También te regalaba ramitos de violeta, como en la canción? —le pregunto.

—No, a Sara le regalaba enormes ramos de rosas rojas —contesta Angelina—. Y no los nueve de noviembre, sino todos los primeros domingos de mes. Lo suyo era una especie de novena. Y ella recibía las flores más feliz que una perdiz.

Sara mueve la cabeza de un lado a otro.

—Me hacía regalos —dice con la voz entrecortada.

—¿Y eso te contentaba?

—No hablemos mal de los muertos. Andrés está muerto, y ya está. No destrocéis la que ha sido mi vida. Las amigas no hacen esas cosas.

—Es verdad. Ya está, ya se acabó. «A rey muerto, rey puesto» —dijo Carlota, cogiendo así el testigo de los refranes de Sara.

—No tengo ganas de más reyes. Ni siquiera de los de la baraja, como decía tu padre. Ahora solo quiero citas para un rato, sin más.

—Dentro de un tiempo pensarás de otra manera, ya verás.

—Carlota la rodea con el brazo izquierdo y le da un beso en la mejilla—. Lo importante ahora es que nosotras seguimos a tu lado, te queremos y te vamos a apoyar en todo lo que quieras y necesites.

Pienso en lo fácil que es decir esas palabras y en lo poco ciertas que son. Las ausencias se pasan en soledad por muy acompañados que estemos.

—Y prometemos solemnemente que nunca más cantaremos aquella canción de Cecilia, aunque siga siendo una de nuestras favoritas.

—Ni la de Loquillo, que tanto nos gustaba.

—Pero esa salió ya mucho más tarde —recuerda Angelina.

—Claro, a finales de los ochenta —afirma Sara—. A Andrés le gustaba mucho Loquillo. A mí no tanto. ¿Cómo era aquella letra?

60

Me viene a la memoria la letra de aquella canción, que se había quedado escondida en algún rincón de mi cerebro. Se me ponen los pelos de punta al recordarla.

—«Solo quiero matarla a punta de navaja, besándola una vez más». Eso decía —tararea Carlota—. ¿Cómo puede ser que nos gustara aquello?

—Pues igual que a las jóvenes de ahora les encantan canciones de rap y de reguetón que dicen cosas aún peores —dice Sara—. Nos parecía que el amor era aquello. Mi hija está todo el día oyendo ese tipo de música. La nueva generación es tan estúpida como la nuestra. Creíamos que hacíamos la revolución porque cantábamos las que nos parecían canciones protesta y eran las canciones más reaccionarias de la historia. Más aún que las que cantaban Carmen Sevilla y Raphael.

—Tampoco te pases —interviene Carlota—. Que ellos cantaban en las fiestas del Caudillo, y nosotras lo hacíamos en las del Partido Comunista.

—Nos parecía normal. En plena época de renovación social, de tantas novedades que a nuestras madres se les ponían los pelos como escarpias, nosotras cantábamos aquello como signos de liberación.

Pero qué barbaridad. —Angelina bebe un trago de vino blanco antes de continuar—. Cada vez que me acuerdo no me reconozco. ¡Tanto hemos cambiado que no nos reconocemos en quienes fuimos!

—Es que no somos las de entonces —digo.

—Ay, hija, ahora hablas como un poema de Pablo Neruda —me reprocha Carlota.

—Hay versos que los llevamos clavados a fuego desde hace tiempo: «Nosotros, los de entonces, ya no somos los mismos». Esos dos heptasílabos contienen una de las mayores verdades de la historia de cada ser humano.

—¡Y menos mal! —exclama Carlota—. ¿Os imagináis que siguiéramos pensando lo mismo de entonces? ¿Que siguiéramos amando a los mismos hombres? ¿Que tú continuaras enamorada de Martín?

—¡Menuda pesadilla sería esa! —exclamo y todas se ríen conmigo—. De hecho, tuve pesadillas durante los últimos meses que pasé con él, antes de tomar la decisión definitiva de dejarlo. Soñaba que habíamos cortado y que estaba liberada de él. Pero me despertaba y recordaba que seguíamos juntos. Cuando lo dejé, la pesadilla cambió de dirección: soñaba que continuaba nuestra relación, y despertar suponía el mayúsculo placer de saber que no estaba ya con él. Esos momentos de liberación fueron mayores que los que sentíamos al cantar las canciones de Labordeta mechero encendido en mano.

Las cuatro reímos a gusto casi por primera vez desde que habíamos empezado a comer.

—Menos mal que no tenemos siempre los quince años —afirma Angelina.

—Ni los dieciocho —digo yo.

—Ni los veinticuatro —continua Sara.

—Ni conservamos todos los amantes que hemos tenido.

Por fin nuestra conversación empieza a parecerse a *Sexo en Nueva York*. Como cuando éramos jóvenes y Nueva York no existía más que en las películas de gánsteres y en las de Woody Allen. Fuimos nosotras las que inventamos *Sexo en Nueva York*. La generación de nuestras madres jamás se atrevía a hablar de sexo. Las amigas hablaban de tapetes de ganchillo, de repujados de estaño, de la nueva máquina de coser, de las canciones de Manolo Escobar y del teatro de Alfonso Paso. Nunca, jamás, se habrían atrevido a hablar de lo que ocurría allende las puertas de sus dormitorios. De eso no se hablaba. Y mucho menos a las hijas. A las hijas solo se nos ordenaba que no nos dejáramos tocar por ningún hombre, por muy novio nuestro que fuera y por muy bueno que pareciera, porque los hombres siempre probaban y luego te dejaban plantada.

La generación intermedia, la que tuvo entre veinte y treinta años en la Transición tampoco hablaba de sexo. El sexo se hacía libremente y fuera del matrimonio, pero no se hablaba de él. Las palabras se guardaban para la política, para la lucha obrera, para el foro público. Las palabras tenían por fin el peso que habían perdido durante cuarenta años, y había que utilizarlas para lo que de verdad importaba, que era el bien común, la búsqueda de la igualdad, la amnistía a los presos políticos y un larguísimo etcétera.

—¿Os acordáis de la «canción prohibida»? —pregunta Sara.

—Ostras, sí. Hacía años que no había pensado en ella —digo—. No me acuerdo del título.

—*Je t'aime, moi non plus* —responde Angelina.

—Alguien tenía una grabación en una cinta de casete y la oíamos a escondidas. —De repente me vienen a la memoria momentos estelares de nuestra adolescencia clandestina.

—Era Clarita la que la tenía —dice Sara y de pronto todo se oscurece.

61

Es la primera vez que la hemos nombrado desde que nos hemos encontrado. Parece que todas hemos intentado esquivar el tema de Clarita. Una sombra ha pasado por nuestras miradas, que se han quedado calladas por unos instantes. Las cuatro hemos seguido comiendo unos minutos sin hablar y sin atrevernos a mirarnos.

—Pobre Clarita —Carlota rompe por fin el hielo.

—Me enteré de su muerte por casualidad, dos meses después —digo.

—Era una muerte anunciada —reconoce Carlota—. Llevaba varios años muy mal. Se intentó desenganchar varias veces. La última vez todos pensábamos que lo había conseguido. Estuvo en un centro de rehabilitación y salió muy mejorada. Lo celebramos con una fiesta en casa de Sara. ¡Parecía tan contenta y tan convencida de que lo había logrado…!

—Murió dos meses después. Fue un golpe muy duro.

Me quedo callada. Cuando me enteré pensé en ella durante una semana, luego se me olvidó y apenas la había recordado en todos estos años. Me siento mal por ello, pero no lo reconozco delante de las demás.

—Pienso muy a menudo en ella —miento—. Era tan bonita.

—La más guapa de las cinco. Con diferencia. Con aquel pelo suyo largo, liso, tan negro. —Angelina está a punto de llorar—. Era mi mejor amiga. La quise mucho. Aún sueño muchas noches con ella.

—Hemos dicho que no nos queríamos poner tristes —recuerda Sara—. Y si hablamos de Clarita esto va a parecer un funeral.

Clarita era una de nosotras. Estudiamos juntas y salíamos también juntas casi siempre. Era preciosa y les gustaba a todos los chicos. No tenía padre, así que veía en ellos la figura paterna que no tuvo. Buscaba la protección que no sentía en su madre. Se echó novio muy pronto, otro de los chicos del Partido, otro de los acólitos de Martín, Pedro, que se metió en el Partido Comunista porque creyó que en el local donde nos reuníamos sería más fácil fumar porros. Fue él quien introdujo a Clarita primero en la marihuana y luego en la heroína.

Al principio todo pareció un juego de niños. Todas fumábamos alguna calada de los cigarrillos de los chicos, así creíamos que éramos mayores y más dignas de que nos tomaran en serio dentro de las asociaciones. Clarita siempre quiso parecer mayor. Así que fumó más que ninguna. En su casa siempre tenía la hierba que le daba su novio. Fue él quien también le había conseguido una copia de la canción prohibida, la que estaba censurada no solo en la España de Franco, también en otros países que eran mucho más liberales que el nuestro, como Suecia.

Cuando íbamos a su casa nos sentábamos en la alfombra de su habitación con la ventana abierta. Ni sus dos hermanas pequeñas ni su madre debían enterarse de que fumábamos aunque solo fuera tabaco. Siempre el mismo ritual. Clarita enchufaba el radiocasete y abría uno de los cajones de su armario. El de las bragas. Era ahí donde guardaba todo lo prohibido: los paquetes de Fortuna y la cinta con la canción que Jane Birkin susurraba más que cantaba. Encendía un cigarrillo y luego nos lo íbamos pasando. Mientras, ponía aquella música en la que se simulaba un orgasmo, y que había puesto en jaque a la sociedad biempensante de toda Europa. Aquí se había prohibido antes que en ningún otro lugar. Pero Pedro había conseguido una copia de un primo suyo que la había traído de Francia. Aquel logro había sido lo único positivo que conseguiría Pedro en toda su vida.

62

—Allí sentadas, en la alfombra de su habitación, fumando y oyendo *Je t'aime, moi non plus* nos parecía que estábamos haciendo la revolución —recuerdo en voz alta.

—El otro día leí algo que me pareció muy interesante sobre esa canción. Nunca había entendido el título y por fin lo hice —dice Angelina.

—Es que es un título que no tiene mucho sentido: «Yo te quiero. Yo tampoco». Parece una frase sacada del teatro del absurdo —dice Carlota.

—Pues tiene un punto surrealista la explicación. Veréis. Resulta que Gainsbourg, el autor y luego marido de la Birkin, frecuentaba los mismos círculos que Salvador Dalí. Y se ve que este en algún momento en el que le preguntaron por Picasso, dijo algo así como: «Picasso es español. Yo también. Picasso es un genio. Yo también. Picasso es comunista. Yo tampoco». A Gainsbourg le hizo gracia el juego de palabras y lo introdujo en el título de una canción que ni era cubista ni surrealista. Era muy, pero que muy realista.

—¡Vaya, no tenía ni idea! —digo.

—Ni yo —confirma Carlota.

—Yo también —dice Sara.

Y volvemos a reír a pesar de que la canción nos ha recordado el triste final de Clarita.

—¿Y qué fue de Pedro? Ese cabrón tuvo la culpa de todo —digo.

—Murió de una sobredosis antes de que Clarita saliera del primer centro de desintoxicación. Pero no lo llames cabrón. Fue un desgraciado más —lo defiende Angelina—. Era un buen chico.

—No era un buen chico. Metió a Clara en las drogas cuando ya se sabía que el camino iba directo al desastre. No lo disculpes. No me dio ninguna pena su muerte. Lo que le hizo a Clara se lo hizo a muchos más. Acordaos de que también lo intentó con nosotras —dice Sara.

Era verdad. En una de las reuniones intentó pasarnos unas hebras de marihuana a Sara y a mí, que estábamos al lado de Clarita. Martín se dio cuenta y lo echó. Le dijo que allí no se iba a fumar porros, que la cosa era seria y que, si queríamos alcanzar el poder algún día, nadie nos perdonaría que nos hubiéramos dedicado a consumir drogas compradas de contrabando. En aquel tiempo, Martín creía que un día él estaría en un Consejo de Ministros, o por lo menos en el Parlamento. No quería dejar ninguna huella manchada que le pudiera salpicar en un futuro. No era idealista. Era ambicioso y calculaba cada palabra, cada movimiento, cada actitud.

Las chicas nos íbamos antes de acabar las reuniones porque teníamos que estar en casa a las nueve para cenar. Pero esa noche Pedro quiso acompañarnos con la excusa de que a lo mejor había algún altercado por las calles debido al referéndum por la Constitución que iba a celebrarse unas semanas después.

—No necesitamos compañía —le dijo Clarita—. Nos bastamos nosotras solitas.

—Os acompaño por si acaso.

—Más seguras estaremos si no vamos con un maromo como tú —le espetó Sara—. Con las chicas no se meten los grupos que están en contra de ir a votar.

—Bueno, la verdad es que me apetece estar con vosotras. Antes, a Martín no le ha hecho ninguna gracia que os haya ofrecido un poco de hierba. Os la regalo. Si os gusta, ya os venderé más, pero esta corre de mi cuenta.

—Oye, tío —le dijo Sara—, si te crees que nos vas a engatusar como has hecho con Clarita, lo tienes claro.

—Oye, que yo no me he dejado engatusar, que está muy bueno. Con un poco que fumes, es alucinante como se siente una. Os gustaría. Y también otras cosas que tiene Pedro guardadas por ahí y que ya he probado.

—Tú eres imbécil, ¿o qué? Que una cosa es la hierba y otra cosa es lo que te está dando este tío. Si sigues así no podrás salir —Sara estaba muy enfadada—. Si sigues con este gilipollas, olvídate de nosotras.

—No seas así, Sara. Si solo me he metido una dosis el fin de semana pasado. Y estuvo muy bien, ¿a que sí?

—Y por eso te salió tan mal el examen de Matemáticas, ¿verdad? Como suspendas te echarán de la Laboral.

—¿Y a mí qué más me da? Yo no quiero ir a la universidad. Me pondré a trabajar en la tienda de mi madre y en paz.

Y así fue. Clarita dejó de estudiar porque perdió la beca y se puso a trabajar en la tienda de ropa de su madre hasta que la echó porque le robaba el dinero de la caja para comprar primero marihuana y luego heroína. Le perdimos la pista cuando entramos en la universidad y nos dedicamos a estudiar para intentar salir del barrio en el que habíamos nacido, y para intentar convertirnos en mujeres independientes de verdad, con un trabajo que nos permitiera mandar a hacer puñetas a nuestros futuros consortes si era necesario. Clarita no se permitió nada parecido. Estaba tan enganchada que no pudo salir de un mundo en el que se había metido como Alicia en la madriguera. Ella no siguió a un conejo con prisas, siguió a un traficante de tres al cuarto que la condujo a un túnel oscuro, a una cueva que no tenía salida, a una caverna llena de sombras que la fueron destruyendo minuto a minuto, pinchazo a pinchazo.

63

Llegamos a los postres y la rodilla me va doliendo cada vez más. Nos sirven miel sobre hojuelas. Nunca había comido un postre que es una frase hecha. Me gusta que las palabras se conviertan en comida. Hacen el proceso contrario al que hicieron en el pasado, cuando un postre manchego se convirtió en un refrán. La hojuela tiene forma de flor y ha sido rociada con miel suave, muy clara y poco dulce. Está crujiente y quiero creer que no tiene demasiadas calorías.

—¡Qué buena está! —exclamo.

—Es una de las especialidades de la casa. Siempre que venimos pedimos lo mismo. Así compensamos la poca sustancia que hemos metido en el cuerpo con los dos primeros platos —dice Carlota—. Hay que cuidarse, que empezamos a tener una edad.

—Hace años que empezamos a tener edad. ¿Os acordáis de cuando nos vino la regla por primera vez? —recuerda Angelina—. Nos decían que ya éramos mujeres, como si no lo hubiéramos sido hasta ese momento.

—Y nuestras madres se emocionaban cuando se lo contaban con rubor a las vecinas o a los parientes, «la chica ya es mujer». Es una de esas frases que no se olvidan nunca porque no entiendes nada de lo que te está pasando. Al menos yo no lo entendía —reconozco—. A mí me vino con diez años.

—¿Qué? ¡Tan pronto!

—¡Qué desgracia!

—Pues sí que fue un horror, sobre todo porque todavía nadie me había contado nada acerca de la menstruación. Estábamos en cuarto de EGB. Yo estaba «muy desarrollada para mi edad», y hala, me vino. Me di un susto tan grande que se me quedó la obsesión por la sangre metida en el cuerpo. Me daba asco a mí misma. Pero en la familia todos estaban muy orgullosos de mí, como si hubiera logrado una hazaña. ¡Menuda hazaña de mierda!

—Jo, pues a mí me vino muy tarde, con quince años. Ya estábamos en la Laboral, y ya habían pasado muchas cosas. Todas erais ya «mujeres» menos yo. Me habían llevado al médico que había dicho que no nos preocupáramos, que ya me vendría. Y justo me llegó en un momento muy inoportuno. —Sara mueve la cabeza—. Joder, casi se me había olvidado. Fue el mismo día que conocimos a Martín, cuando el mitin con el concierto.

—El día que estrené el blusón azul.

—Y yo estrenaba unos pantalones blancos.

—Oh, Dios mío —exclama Angelina—. Ya me acuerdo.

—¡Qué vergüenza pasé! Se me manchó el pantalón y tuve que ir toda la mañana con la chaqueta anudada en la cintura.

—Tuvisteis suerte de que os viniera tan tarde —digo—. Al menos, ya se habían inventado las compresas.

Y es que si alguien me preguntara por el mejor invento que se ha hecho en la historia para la mujer diría, sin dudarlo, que la compresa y el tampón. Cuando me vino la regla, allá por el año 1972, todavía no se habían comercializado. Usábamos paños que eran del mismo tejido que las toallas. Cuando se llenaban de sangre había que lavarlos a mano y ponerse uno nuevo. Recuerdo el lavabo lleno de sangre, de mi sangre. Era mi abuela la encargada de lavar aquello. Yo era tan pequeña que no me dejaban hacerlo. Era asqueroso ver mi sangre cayendo por el desagüe. Cuando iba al colegio, tenía que tener mucho cuidado de que la sangre no traspasara del paño a la ropa, cambiarme en el cuarto de baño y meter el paño sucio en una bolsa de plástico opaca para que nadie viera lo que llevaba dentro. Todo lo referente a la menstruación estaba rodeado de misterio, de vergüenza y de suciedad. Así que cuando alguien, cuyo nombre no está en el olimpo de los grandes, inventó la compresa todas respiramos aliviadas. Podíamos salir sin miedo a ser el hazmerreír del grupo. Fue una liberación mayor que el amor libre y que los derechos laborales.

—Habría que hacer un monumento a quien la inventó —propone Angelina.

—Pero no sabemos ni siquiera su nombre. Es injusto. Como su invento solo ha sido para mujeres, ha sido olvidado. U olvidada. Fuera quien fuera, su aportación fue fundamental para la liberación femenina —digo.

—Ya, pero tantos millones de compresas y de tampones al día suponen toneladas de basura. Al fin y al cabo, los paños eran reciclables. Se lavaban, se secaban y se volvían a usar —comenta Sara—. A lo mejor no es mala idea esa moda nueva de las copas vaginales.

—Ay, qué asco. No, no. Y llevar durante horas una cosa de plástico ahí metida. —Carlota pone cara de asco.

—No creo que se extienda su uso. Es una idea que intenta ser muy ecológica y progre, pero no veo yo a mi hija poniéndose eso. Donde esté un tampón, que se quite todo lo demás —dice Sara.

—¿Sabéis lo que hizo Hipatia de Alejandría con uno de sus discípulos? —pregunta Carlota.

—No.

—Le lanzó un paño manchado de su sangre menstrual a la cara. Estaba harta de que se le insinuara constantemente. Ella no quería tratos con hombres, se dedicaba a la ciencia y a la filosofía y no le interesaba el sexo.

—Pues ese sería el único «acto sexual» que conseguiría el muchacho con la sabia Hipatia —comenta Sara.

—Pero ¡qué asco! —exclama Angelina.

—Fue un acto de liberación femenina. Hipatia era una mujer y en aquel mundo de hombres no tenía fácil hacerse respetar.

—Tirar un paño manchado de sangre no es ningún acto de liberación. Es una guarrada —asevera Angelina.

—Llamó la atención, y de su gesto se habla incluso actualmente. Fue rompedora. La única mujer entre muchos hombres. Brindo por Hipatia. —Carlota levanta su copa y todas hacemos lo mismo.

A Hipatia la mató la intransigencia y la intolerancia. La misma que quemó la biblioteca de Alejandría y que quiso acabar con el saber.

64

Cuando le preguntábamos a mi abuela cuál había sido el mejor invento del siglo XX, ella, que había vivido sus cien años enteros, respondía sin dudar: «la lavadora».

Y eso que fue muy reacia a que entrara en casa lo que ella llamaba «ese chisme infernal».

—Imposible que lave tan bien como unas manos que pueden frotar para quitar las manchas. No puede ser que la ropa se quede limpia y desinfectada dentro de esa máquina. Además, hay que meter todo junto. No me gusta. Las ropas hay que lavarlas una por una. Y son muy grandes. ¿Dónde la meteríamos? La cocina está llena de armarios y en el cuarto de baño no cabe.

Mi madre protestaba y quería una lavadora.

—Pues la Carmen tiene una de esas pequeñas. Y dice que le va muy bien.

—Eso ni es lavadora ni es nada —protestaba mi abuela—. Hay que darle vueltas a mano. Es un sucedáneo de lavadora.

Y era verdad. Inventaron un artilugio que era una especie de lavadora para pobres. No gastaba electricidad porque era completamente mecánica, manual. Llevaba una manivela que hacía girar el tambor con la ropa. Se cargaba por arriba y por el mismo agujero entraba la ropa, el detergente y el agua. Era algo parecido al celofán de colores de las televisiones.

—Un quiero y no puedo. Eso es. Mientras yo viva, no entrará en casa una lavadora.

Eso dijo mi abuela varias veces, pero no logró su objetivo. Veinticinco años antes de su muerte entró en casa la primera lavadora. Recuerdo el momento en el que la instaló mi padre, que era muy manitas y podía hacer cualquier cosa. La puso en lo que había sido la vieja galería y que ahora formaba parte de la cocina.

—Pues la pones tú si quieres, pero yo seguiré lavando mis cosas a mano —le dijo a mi madre, que probó la máquina con unas sábanas, que salieron limpias y perfumadas media hora después.

—¿Ves? Y sin frotar una hora en el lavadero, sin restregar, y sin aclarar.

—Así gastará menos agua, abuela, que le gusta abrir el grifo que es una barbaridad. Ahora ahorraremos en agua —dijo mi padre.

—Anda, calla, calla. Si tú hubieras tenido que ir al río y al lavadero a por agua y a lavar tanto como yo, también te daría gozo ver cómo sale el agua de un grifo en tu propia casa.

Y es que mi abuela abría el grifo bien fuerte y a lo mejor se quedaba quieta contemplando el chorro de agua limpia, clorada, que caía a pocos centímetros de ella. Aquel también había sido un buen invento, el de llevar agua a las casas, pero como no era ningún artilugio, quedaba fuera del premio a los mejores inventos.

Siguió en sus trece durante varios meses, hasta que un día accedió a meter su bata, sus enaguas y sus bragas junto a un vestido de mi madre, dos camisas de papá y dos pantalones míos. Se quedó sentada en una silla contemplando cómo giraba el tambor al otro lado del cristal. El movimiento circular debió de hechizarla porque cuando la lavadora se paró, mi abuela era otra mujer. Abrió el ojo de buey y extrajo en silencio todas las prendas, que colgó con el primor de siempre. No se atrevía a hablar. Olía el perfume que emanaba de cada pieza y la estiraba antes de ponerla en el tendedero aprisionada por las pinzas de madera. Cuando hubo terminado, se volvió a sentar. Vio que había estado observándola. Sonrió levemente y me dijo:

—Qué tonta he sido.

—¿Por qué, abuela?

—Mientras yo estaba aquí sentada, se ha lavado toda la ropa, y yo no he movido un dedo, no me he mojado las manos, no he hecho ningún esfuerzo. Y todo está tan limpio o más que cuando lo lavo yo.

—Pues ahora ya no tendrás que hacerlo nunca más.

—Nunca más. Eso suena demasiado definitivo, ¿no te parece?

Mi abuela siguió lavando a mano nuestras bragas y los calzoncillos de mi padre. Decía que así duraban más, que la lavadora no cuidaba las prendas delicadas. Le gustaba el jabón del corderito. Y en el fondo yo creo que también le gustaba mojarse las manos con el agua. Seguro que le venían recuerdos de su juventud, de cuando iba al río y lavaba con piedras, de rodillas, rodeada de otras mujeres con las que hablaría de los mozos del pueblo, o de los maquinistas de los trenes que pasaban a su lado y que veían el mundo.

Porque ellas creían que el mundo estaba en el lugar en el que acababan las vías de hierro, que eran como ríos pero sin agua.

65

En cambio, para mi madre, el mejor invento había sido el bolígrafo. En el colegio no era muy hábil con el plumín y el tintero, y cada borrón le había costado un tortazo por parte de sor Presentación, o de sor Severiana, o de sor Alicia o de sor Raquel, la de las manos grandes. Llegó la estilográfica y el mundo cambió, sobre todo porque le encantaba escribir; estudió mecanografía y taquigrafía y se hizo secretaria. Tenía que tomar notas rápidas y a mano para transcribir con la Olivetti las cartas que le dictaba su jefe. Era muy rápida con la máquina, pero lo que más le gustaba era escribir con su cuidada caligrafía de colegio de monjas. Tenía una letra inclinada, cursiva, inglesa, preciosa. Ni una letra más alta que otra, salvo las que tenían que serlo, y aun estas siempre eran trazadas a la misma altura. La letra «Z» la adornaba por arriba y por abajo con unos trazos que le salían completamente naturales, y que yo era incapaz de imitar.

Tenía unas manos muy hábiles, ejercitadas en el ganchillo y en los bordados. Por eso sus muñecas ayudaban a trazar las letras de una manera que no he visto en nadie más.

—Tienes que escribir mejor —me decía—. ¡Con el bolígrafo es tan fácil! Ni un borrón. Todo igual. Es una maravilla. No sabes la suerte que tienes. Si hubieras ido a la escuela en mis tiempos… Teníamos el tintero en un agujero del pupitre, y al lado los plumines que había que mojar para escribir. ¡Era tan fácil tirar la tinta, manchar la madera, hacer un borrón en el papel! Y entonces, zas, bofetón de la monja.

—Pues no sé por qué me llevaste a ese colegio, sabiendo que las monjas tenían las manos tan largas —le dije en más de una ocasión.

—Era el mejor colegio del barrio. Y no te quejes, que buena educación te dieron.

—Menos mal que se hundió el colegio, y me cambiasteis de cole. Si no, estaría todas las semanas en la consulta de un psiquiatra.

Y aunque nunca había ido a un especialista, el médico de cabecera me recetaba Valium y cosas parecidas porque todas las tardes de mi pubertad y de mi adolescencia tuve dolores de estómago, que siempre achacaron a mis nervios. Aquel médico decidió atajar mis molestias con Valium, Tranxilium y otras zarandajas parecidas, ya antes de haber cumplido los catorce años. Así que, sin darme cuenta, me habían convertido en una drogadicta casi al mismo nivel que Clarita. La diferencia fue que a mí se me pasó todo aquello muchos años después, cuando dejé a Martín y me di cuenta de que el mundo, mi mundo, sí que estaba más allá de las vías de cualquier tren.

El caso era que a mamá le encantaba escribir y se carteaba con mucha gente de todo el mundo. De soltera, se inscribió en una revista de señoritas en la que se ofrecía para intercambiar cartas con chicas que quisieran practicar la lengua española. Le escribieron jóvenes de diferentes países, y mantuvo correspondencia durante muchos años con dos de ellas. Una se convirtió en mi madrina, y a la otra nunca la conocimos porque era de las islas Filipinas, de una ciudad que se llamaba Cebú. No recuerdo el nombre de la chica, sí que se fugó de su casa con un novio, según nos contó en una carta su padre, que sustituyó a la hija en la correspondencia con mamá. Cada una de sus cartas era una especie de crónica de la vida de la alta sociedad de la ciudad, que se daba cita en el Casino Español, donde él tocaba el piano. Era un hombre culto, refinado, exquisito en sus palabras y muy crítico con el régimen político de su país. Hablaba habitualmente tagalo, pero le gustaba recordar la lengua española en la que lo habían educado, y por eso esperaba con avidez las cartas de mi madre, que le contaban cómo estaban las cosas por aquí. Eso sí, sin dar demasiados detalles, porque a finales de los sesenta, si las paredes oían, los sobres de las cartas que volaban a Filipinas eran casi transparentes y también escuchaban las palabras escritas.

Durante años recibíamos una vez al mes las cartas mecanografiadas de aquel señor que no volvió a hablarse con su hija fugada, pero sí con mi madre, a quien no conoció nunca salvo a través de las palabras escritas en la Pluma 22.

No obstante las máquinas de escribir, a mamá el mejor invento del siglo le parecía el bolígrafo, porque podía escribir sin temor a emborronar la hoja de papel, siempre tan pulcra en sus cartas. Y porque, a pesar de que era una experta mecanógrafa, prefería la caligrafía lenta, delicada y elegante que salía de sus dedos. Tal vez le traía recuerdos del colegio, donde aprendió a escribir. Ni su padre ni su madre pudieron enseñarle, ya que apenas sabían leer y solo firmaban con la huella dactilar del pulgar manchado en tinta.

Tinta, siempre tinta para dejar constancia de la existencia, del paso por el mundo.

66

Me duele la rodilla cada vez más e intuyo que debo ir al hospital en cuanto acabemos de comer. Tenía que haberlo hecho antes. Me habría librado de una conversación que ha resultado dolorosa en muchos aspectos. Si el objetivo de juntarnos después de tanto tiempo era pasar un buen rato, entretenido y frívolo, desde luego que no lo hemos conseguido. Han aflorado recuerdos y presencias que nos han hecho pensar en que, aunque el tiempo ha pasado, la memoria del dolor tiene raíces profundas, escondidas, pero agarradas en cada una de nuestras neuronas. Y en nuestras tripas.

—¿Y cuándo volveremos a verte, Margarita?

—Supongo que cuando venga a firmar la venta del piso. Estará en una inmobiliaria desde mañana.

—Son malos tiempos para vender. Deberías esperar un poco —me aconseja Carlota—. Te van a dar cuatro perras.

—No me importa. Lo que quiero es desligarme del piso, dejarlo, no tener que preocuparme por nada.

—¿Y no será que lo que quieres es deshacerte de tus fantasmas? —me pregunta Sara.

—Mis fantasmas vienen conmigo a donde quiera que vaya.

—«Donde quiera que fui, la razón atropellé, a las mujeres vendí…» —comienza Sara la retahíla de hazañas de don Juan en el drama de Zorrilla.

—«… y en todas partes dejé memoria amarga de mí» —continúo los versos del *Tenorio*—. Espero no dejar tan amarga memoria de mí allá donde voy.

—Nosotras te queremos y te recordamos siempre con cariño —dice Carlota, y yo sé que es mentira. Especialmente ella siempre me tuvo envidia, sobre todo desde que empecé mi relación con Martín.

—Bueno, no será tanto. Tú no me perdonaste que fuera yo quien se llevara a Martín —le digo.

—Lo peor fue que lo dejaste. Fuiste como el perro del hortelano, que ni comió ni dejó.

—Lo aguanté lo suficiente —me justifico—. Tú tampoco habrías estado con él más tiempo que yo.

—Eso nunca lo sabremos.

—Búscalo en la página de contactos —insisto.

—Ya es tarde —dice Carlota.

—Sí. Es tarde para muchas cosas —reconoce Angelina—. Pero aquí estamos, juntas de nuevo, como si el tiempo no hubiera pasado.

—Angelina, el tiempo ha pasado por las cuatro y por nuestra relación. Nada es como fue. No nos parecemos en nada a quienes fuimos cuando estudiábamos en la Laboral. Ni siquiera el mundo es como era. Entonces creíamos que todo iba a cambiar para mejor. Y ahora sabemos que todo cambiará para peor.

—¿Por qué dices eso, Margarita?

—Ya no seremos jóvenes nunca más. ¿No os dais cuenta? Por mucho bótox, o ácido hialurónico que os pongáis en la cara, no conseguiréis volver a aquellos años, ni siquiera lograréis detener el tiempo. Empezamos a ser viejas, somos mayores de lo que eran nuestras madres cuando todo empezaba a cambiar. Nuestros hijos ya no son adolescentes, y nuestro próximo estatus será el de abuelas. Si es que lo somos alguna vez. Ya no entendemos a nuestros hijos como nuestras madres tampoco nos entendían a nosotras.

—Antes no eras tan pesimista —me recuerda Sara.

—Antes no tenía cincuenta y siete años. Y no creo que sea pesimista. Soy realista. Intento no engañarme. No creo que me esperen grandes éxitos ya en la vida.

—Tienes un marido que te quiere. Eso está bien. Nosotras dos los hemos perdido y aún tenemos algo que desear.

—Tengo un marido, vamos a dejarlo ahí. ¿Me quiere? Sí, a su manera. Como lo quiero yo a él a la mía.

—Pero tú ya lo tienes todo hecho —me dice Angelina.

La miro extrañada. ¿Qué es tenerlo todo hecho?

—En ese caso, ya me podría morir. ¿Es eso? Si tengo todo, ya no necesito hacer nada más en la vida. Pues no. No lo tengo todo. Tengo una vida que no es ni mejor ni peor que las vuestras. Y creo que aún quiero hacer más cosas. No quiero quedarme en una butaca a ver pasar los días. Y no soy pesimista.

67

Me molesta que digan que soy pesimista porque no lo soy. Intento agarrar con uñas y dientes todo lo que me da la vida. Disfruto de cada pequeña migaja que encuentro en mi camino. Veo belleza en cada brizna de hierba, en el aire que respiro aunque esté contaminado, en el agua que bebo, aunque sepa a cloro, en quien tengo a mi lado, aunque esté dormido y callado. En las palabras que escribo, aunque a veces estén motivadas por el dolor. Soy epicúrea y estoica al mismo tiempo. Soy niña y mujer. Soy divertida y seria. Intento disfrutar incluso del dolor de vaciar la que fue mi casa porque los recuerdos me traen momentos de belleza que se fueron, pero que se quedaron en la memoria. Soy todo a la vez porque soy humana. Veo el cielo rojo del atardecer, y el fuego que tiñe el azul me parece digno de un cuadro de Turner más que del infierno de Dante.

Soy optimista porque creo que los optimistas somos pesimistas que ya han dado la vuelta y ven todo con un cristal lleno de filtros voluntariamente colocados para que el blanco y negro de la vida, así como sus grisuras, se vean a todo color. Como las pantallas falsas de celofán de aquellas televisiones del quiero y no puedo.

68

Afortunadamente terminamos los postres y llega ya el último último acto, los tés y los cafés. Me pido un Earl Grey. Está tan caliente que casi me quemo los labios al llevarme la taza a la boca.

—Demasiado caliente.

—Antes te gustaba hirviendo —me recuerda Carlota.

—Antes nos gustaban las emociones fuertes —digo.

—¿Como estar con Martín? ¿Cómo era? Siempre me lo pregunté.

—Podías habértelo ligado cuando lo dejé. —Estoy harta de hablar de Martín.

—Entonces ya estaba con Juan. Y era feliz con él.

—Nunca fuiste feliz con ese imbécil —le dice Sara.

—¿Por qué lo llamas así?

—Porque lo era. Un petimetre. Un dandi siempre más preocupado de su aspecto que del trabajo y del Partido.

—Es que no era del Partido.

—¿Cómo que no era del Partido? Estaba siempre en primera línea en los mítines, y en las reuniones era el que más hablaba después de Martín. Apretaba el puño más que nadie y lo subía más alto que los demás.

—Todo era mentira —reconoce Carlota. Se bebe de un trago

todo el vino que quedaba en su copa. Respira profundamente—. Era un infiltrado de la policía política.

Nos miramos sin dar crédito a lo que oímos. La policía política era una especie de policía secreta que había fundado el franquismo para controlar a los subversivos en cualquier rama de la sociedad, también en la universidad. A pesar de que en el 77 no existía como tal, siguió habiendo grupúsculos que trabajaban para los nostálgicos que confiaban en que la democracia no llegara a dictar una constitución, y en que se volviera al régimen anterior.

—Juan era uno de ellos. Lo supe mucho después de casarme con él. Un día me confesó todo. Fue cuando ya no le interesaba tenerme engañada porque había dejado de quererme, si es que algún día me quiso.

—Claro que te querría, tonta —le dice Angelina—. ¿Cómo no te iba a querer?

—Me quería para adentrarse en el grupo y conocer a todos los más comprometidos. Por si acaso las cosas volvían a ser como antes, él tenía sus listas preparadas. Acordaos de que lo conocimos aquel día del concierto de Quintín Cabrera y La Bullonera, el que terminó con la carga policial.

—Fue uno de los que nos ayudaron a salir de allí. Con Andrés —recuerda Sara.

—Él sabía bien por dónde ir para que no nos cogieran los grises. Nos tenía fichadas de otros conciertos, de otros mítines. Nos reconoció y quiso hacerse el héroe para ganarse nuestra confianza.

—Lo consiguió —digo.

—Sobre todo la mía. Nos enrollamos dos días después.

—Aquello fue en el 78, ¿verdad?

—No recuerdo bien. Creo que sí. Pasaron muchas cosas aquel año. —Algo ensombrece la mirada de Carlota. Algo le araña las entrañas en ese momento.

—No hace falta que recuerdes cosas que te duelan —le dice Angelina.

—Lo he guardado todo demasiado tiempo. Ya es hora de contarlo. Me hará bien.

—¿Estás segura? —le pregunta Angelina, que sabe algo que las demás desconocemos.

—Sí. Me quedé embarazada de Juan aquel año.

Aquello no nos lo esperábamos ni Sara ni yo. En el 78 nosotras teníamos dieciséis años y Juan tenía veinticuatro.

—¿Te dejó embarazada ese tipo cuando eras casi una niña?

—Sí.

—¿Y qué hiciste?

—Pues aborté.

—¿Y no fuiste capaz de contárnoslo? Éramos tus mejores amigas.

—No quería que lo supierais. Os habríais avergonzado de mí. Solo se lo dije a Angelina. Bueno, tampoco se lo dije. Lo averiguó ella sola.

—Nos tocaba la regla a la vez, y compartíamos el paquete de compresas en la Laboral. Lo guardaba yo. Y ese mes no me pidió ninguna. Le pregunté qué pasaba, y cuando se echó a llorar lo entendí perfectamente.

—¿Y cómo lo hiciste?

—Me llevó a Londres y aborté. Y ya está.

—¿Te llevó a ti, una menor?

—Tenía contactos con la policía. Me dijo que un primo suyo que trabajaba en una comisaría me ayudaría con el pasaporte. No me contó que era uno de ellos. Yo entonces me creía todo lo que me contaba. Le hicieron un documento especial. Y a mí me dieron un pasaporte falso que tuve que devolverle en cuanto volvimos. No se enteró nadie de mi familia. Solo Angelina sabía lo que pasó. No lo había contado hasta ahora. A mi familia le dije que iba a pasar el fin de semana a casa de Angelina, y ella me cubrió. Siempre te estaré agradecida. —Carlota levanta su copa vacía y mira a su amiga, que hace lo mismo con la suya.

69

Así eran las cosas entonces. Si tenías pasta y contactos, no había ningún problema en quedarte embarazada, te ibas a Londres o a Leyden en Holanda, y ya estaba. Si eras pobre, tenías que arriesgarte a visitar a algún médico o curandero que te quitaba el crío sin garantía alguna e ilegalmente. Arriesgabas tu vida, tu libertad y tu fama. Te podías morir desangrada al día siguiente o quedarte directamente en la camilla sucia del carnicero. La otra opción era ocultar tu embarazo y dar el bebé en adopción. Había monjas que atendían a niñas en apuros. En el parto les daban anestesia general para que no sintieran ni el dolor ni la sensación de maternidad. No les dejaban ver al bebé y no sabían si había sido niño o niña. Antes del parto, les hacían firmar todos los papeles del mundo en los que las obligaban a renunciar desde ese momento a su hijo y para siempre. De ese modo, no les daban opción a arrepentirse si finalmente cambiaban de opinión y querían quedarse con el bebé.

—Fue muy triste y sórdido. Viajamos a Madrid por la noche en un autobús. En Barajas nos montamos en un avión lleno de chicas jóvenes acompañadas la mayoría por sus madres. Todas íbamos a lo mismo. Luego un taxi nos llevó a una clínica en las afueras de Londres. Todo era muy blanco y olía a lejía. Cada vez que noto ese olor es como si viajara de nuevo a aquel Londres del que no vi ni el Big Ben. Solo la habitación aquella con una camilla, un médico tapado hasta las cejas, dos enfermeras muy rubias y con pecas, y el olor a lejía. Me tuvieron una noche ingresada por si había alguna complicación. No la hubo. Solo que no paré de llorar mientras estaba allí en un cuarto compartido con una chica de Madrid, que me consolaba porque temía echarse ella también a llorar. Me decía que no había que pensar en ello, que era como si nos hubieran quitado un quiste que había crecido en la tripa. Un quiste que no queríamos y que nos podía destrozar la vida. Aquella noche sentí el significado de la palabra «soledad» más que nunca. Cuando me recogió Juan por la mañana, algo se había roto entre nosotros. Fue todo horrible. Yo no quería abortar. Me habría gustado tener al niño. Pero era imposible. Mis padres nunca me lo hubieran perdonado.

—Y eso que tus padres eran bastante modernos, ¿no? —Recordaba que en su casa se leían periódicos prohibidos.

—Sí, muy modernos —contesta Carlota con ironía—. Tanto que si les llego a decir que estaba embarazada me habrían echado de casa, que fue lo que hizo el hermano de mi madre con su propia hija. Y mis «modernos» padres aplaudieron el destierro de mi pobre prima, que se tuvo que ir a vivir con la familia de su novio. Tuve tanto miedo aquellas semanas: por si mis padres se enteraban, por el viaje en avión, por la operación, por si vosotras sospechabais algo. Fue el peor momento de mi vida. Peor que mi divorcio de Juan y peor que la muerte de mis padres. Incluso peor que cuando me dijeron que no podría tener hijos. Probablemente algo se hizo mal al practicar el aborto y ya no pude quedarme embarazada nunca más. Y, por supuesto, mucho peor que cuando me despedí de mi soldado americano.

—Nosotras te habríamos apoyado, y lo sabes —le dice Sara mientras le da un abrazo.

—No, no lo sabía. Estaba sola, a pesar de teneros a vosotras, a Juan, al que quería, a mis padres, que no sabían nada y me seguían tratando como siempre. Me desprecié durante meses y no quería que vosotras me despreciarais también a mí. Necesitaba vuestro cariño y que no me mirarais como a un bicho raro.

70

Nunca había visto llorar a Carlota hasta ahora. Abrazada a Sara me parece una mujer vulnerable, frágil, muy diferente de la Carlota a la que yo no aguantaba por prepotente y soberbia.

—Cada vez que me toca hacer las guardias en Pediatría o en Neonatos lo paso fatal. Pienso en la carita que habría tenido aquel bebé que no pude tener. Ni siquiera supe si era niño o niña. No nos lo decían para que todo fuera más aséptico emocionalmente.

—¿Y por qué te casaste con Juan a pesar de todo? —le pregunta Sara.

—Supongo que porque estaba enamorada de él. Entonces nos enamorábamos apasionadamente y no podíamos pensar en nuestra vida sin ellos. ¿No os acordáis? Era así. El amor libre era parte de la causa. Éramos la Amanda de la canción. Íbamos a los lugares donde nos esperaban ellos, como Manuel, «con la sonrisa ancha, la lluvia en el pelo, no importaba nada, ibas a encontrarte con él, con él, con él…». Éramos imbéciles. Nos creíamos que la vida era una canción. Yo, y vosotras también. Reconocedlo. Perdíais el culo por aquellos novios. Tú más que ninguna con tu Martín —me dice.

—No te perdiste nada con Martín —le digo.

—Era el más guapo y el más listo y el más ambicioso, el más

preocupado por la política. Y no era un infiltrado como el cabrón de mi Juan.

—Discrepo, querida. Martín no era para tanto en ningún sentido.

—¿A qué te refieres?

—Pues eso, que mucha fachada, pero nada más. En cuanto lo sacabas de las reuniones del Partido y de los discursos marxistas era más aburrido que un caracol —confieso, mientras apuro la taza de Earl Grey, que estaba demasiado caliente y me ha durado varios minutos.

—Fuiste la envidia de todas —dice Angelina.

—Menos de mí misma. Me arrepentí de salir con él a los pocos meses.

—¿Y eso por qué?

—Porque no me quería. Le gustaba, pero no estaba enamorado de mí. Me lo dijo él, no me lo estoy inventando. Él estaba enamorado de su causa y nada más. —Había algo más, pero no se lo voy a contar a ellas.

—¿Y en la cama? ¿Era bueno? —pregunta Carlota.

—Probablemente no tanto como en tus sueños, querida —le digo.

—Confieso que me fastidió que te lo llevaras tú, que parecías tan fuera de juego siempre, tan asexuada, tan poco coqueta. Me pregunté muchas veces qué había visto en ti.

—Yo también me lo preguntaba. Al principio no me sentía digna de estar con él. En aquel tiempo estaba muy acomplejada por mis gafas, estaba «demasiado desarrollada para mi edad», en fin… —Tampoco les voy a contar lo que Martín había visto en mí.

La rodilla me sigue doliendo y creo que ha llegado el momento de acabar la conversación.

—Ha sido estupendo volver a veros y recordar viejos tiempos. —Es mentira. No ha sido nada agradable y espero que no nos encontremos cuando regrese para firmar la venta del piso—. Seguro que nos vemos pronto. Llamaré a Sara y podremos quedar de nuevo.

No sé por qué digo lo que no siento. Me sorprendo pronunciando las palabras que me acabo de prometer que no voy a decir. Siempre es igual. Todavía me puede la necesidad de agradar a los demás, de decir y hacer lo que los demás esperan de mí.

—Nos encantará charlar otro rato contigo. Y a lo mejor hasta nos cuentas lo de Martín —dice Carlota, y pienso que es tan mentirosa como yo.

Me levanto y la rodilla me duele mucho, demasiado. Es como si sobre ella hubiera recaído todo el peso de las sílabas que hemos articulado para formar las palabras que nos han hecho revivir una parte de nuestro pasado. Aquella en la que convivimos y en la que parecía que el mundo, nuestro mundo, estaba cambiando.

—¿Cojeas? —me pregunta Angelina cuando ve la dificultad que tengo para caminar.

—Sí. Pensé que se me pasaría el dolor, pero se ha acrecentado.

—Demasiado tiempo quieta. Te habría ido bien caminar. —La enfermera da su consejo.

—Voy al hospital. Cojo un taxi y que me vean en Urgencias.

—Te acompaño. Conozco a todo el mundo.

—No, gracias, Carlota. Voy sola. No me gusta ir acompañada al médico.

—Pero si te inmovilizan la pierna, sería mejor que fueras con alguien. Yo también puedo ir, hasta las seis no tengo ninguna cita en el despacho.

—No, Sara, de verdad.

—Yo puedo estar contigo un rato más. Abro la biblioteca a las cinco y media —dice Angelina.

—No, chicas, os lo agradezco mucho, pero prefiero ir sola. Si me veo fatal, os llamo, pero supongo que me pondrán una venda y como mucho me mandarán que lleve una muleta.

—Pues ya nos dirás. Y esta noche, ya te dije ayer, te puedes quedar en casa. Los chicos quieren verte.

Pero yo no tengo ningún interés en ver a los hijos de Sara. Y sé que ellos tampoco. Les importo una mierda, como a casi todo el mundo. Nadie le importa a nadie. Y menos a unos jóvenes que con casi treinta años aún no han sido capaces de independizarse.

—Ya te diré. Según cómo esté la pierna, y cómo vaya con el trabajo en la casa esta tarde, te llamo.

—Haz lo que quieras.

Eso espero, hacer lo que me parezca mejor.

71

Nos despedimos y paro un taxi que pasa a nuestro lado. Me cuesta trabajo entrar. Me siento torpe y apenas puedo doblar la pierna. Miro la rodilla y observo que se ha inflamado mucho. Le digo al taxista que me lleve a Urgencias del hospital donde no trabaja Carlota. No quiero encontrármela por allí si por casualidad la cosa es más grave de lo que pienso y me dejan ingresada. Llegamos enseguida. En cuanto ve que apenas puedo bajar del taxi, un celador me ayuda a sentarme en una silla de ruedas. Entro en la recepción, luego en el triaje y por fin en el box del especialista, que resulta ser un jovencito que me recuerda a Martín cuando era joven. La misma barba, los mismos rizos, la misma expresión. Me parece que al cruzar el umbral del hospital acabo de entrar en una máquina del tiempo que me ha llevado al concierto, a las pegatinas del Partido Comunista, a los primeros besos, a las primeras decepciones, al primer adiós.

—¿Le duele?

—Bastante.

—Ahora voy a doblarle la rodilla. Dígame cuándo empieza a dolerle más.

Sujeta mi pierna con sus dos manos. Son suaves y peludas. Pienso que los médicos no deberían tener pelos en las manos, pero no se lo digo. Continúo mirando su rostro y sus rizos. Se parece dolorosamente al primer Martín.

—¿No le duele en esta posición?

—Poco más que antes. Mi umbral del dolor es muy alto. Aguanto mucho.

—Ahora voy a moverla hacia los lados. Pero dígame en cuanto empiece a dolerle fuerte.

No siento más molestias que cuando he llegado. Los movimientos no me suponen más dolor. A lo mejor no es tan grave como pensaba.

—Creo que solo ha sido el hematoma, la hinchazón del músculo y la inflamación de los tendones. Voy a pedir una radiografía por si acaso, pero me parece que va a ser una tendinitis. Es dolorosa, pero no hay más tratamiento que el reposo y medicación.

—Entonces, ¿no me van a tener que operar?

—Vamos a esperar a la radiografía, pero creo que no.

El médico es correcto, sin más. No despliega la amabilidad que los pacientes necesitamos cuando estamos con ellos. No queremos que nos lleven al huerto, pero sí que nos sonrían aunque nos estén diciendo algo terrible. También en eso se parece a Martín, que era correcto, pero sin más. En todas sus actividades no pasaba del aprobado. Todo lo hacía suficientemente bien, pero no se esforzaba en sacar buena nota. Y así era en todo salvo en el Partido, que era el único ámbito en el que ponía pasión.

—Se parece usted a alguien a quien conocí hace tiempo.

—¿Ah, sí?

—Pues sí —insisto.

—Me lo dice mucha gente. Debo de tener una cara muy vulgar.

Pero no es verdad, Martín era vulgar en general, pero no lo aparentaba. Era alto, la espalda ancha de haber nadado tanto. Sus ojos claros le daban un aire de familia aristocrática que no se correspondía con la realidad. Su padre había sido minero y había muerto víctima de la inhalación de los gases del carbón. Su madre se había dado a la bebida cuando se quedó viuda y había muerto de cirrosis cuando Martín tenía diez años. Pero había heredado rostro, cuerpo y maneras de cierto alemán que había llegado para cazar en las tierras en las que vivían sus tatarabuelos en algún lugar del sur del país. La hija del que colocaba los ciervos cerca de los cazadores se había quedado prendada de aquel muchacho cuyos ojos tenían un color que jamás había visto. La mirada azul del alemán la hechizó de tal manera que la chica perdió lo que había guardado para mejor ocasión. Se quedó preñada, y se quedó para siempre en el cortijo donde parió a una niña que le recordaba cada día la noche de sus pecados con aquel malnacido que la había dejado plantada y que jamás supo que había tenido una hija en el mismo sitio del que se había llevado la cornamenta de un ciervo.

72

Me deja en el box hasta que llega una celadora que recoge un papel de la mesa y que me traslada hasta los sótanos donde están las salas de las radiaciones. Los dibujos en las puertas señalan que estamos en una zona nuclear. No me gusta estar ahí. Me colocan sobre una camilla y me hacen varias radiografías de la pierna. La celadora me sienta de nuevo en la silla y me lleva por los gélidos pasillos hasta la zona de Urgencias. Los pasillos me recuerdan los tiempos en los que llegaron las enfermedades a mi casa. Me había prometido no volver a ese hospital, a esas Urgencias, a esas salas, a esos pasillos. Pero me aguanto porque he sido yo quien ha preferido ese hospital al de Carlota. Cualquier cosa antes que ser atendida por ella, antes que sentir su compasión. Aunque me parece que hoy la he conocido mejor que en todos los años que fuimos amigas, prefiero mantener distancia con ella. Con ella y con todas. Está bien volver a algunos momentos del pasado, pero no a todos.

—Es lo que yo imaginaba. No hay nada roto. Es una tendinitis, bastante fuerte, eso sí. Le voy a poner una venda elástica para inmovilizarla. Tendrá que comprarse una rodillera, de las que llevan velcro y un agujero para la rótula. Le irá bien. Y sobre todo nada de escaleras durante unos días, la pierna en alto y reposo.

—¿Es usted hijo de Martín Casanova? —le pregunto sin hacer apenas caso a sus recomendaciones.

El médico deja de escribir en el ordenador su diagnóstico para mirarme casi por primera vez desde que he entrado con la silla de ruedas.

—¿Perdón?

—Le pregunto si es usted hijo de Martín Casanova —repito.

Vuelve a llover cuando salgo del hospital. El hijo de Martín me ha dado una muleta con la que me apoyo e intento no volverme a caer. El suelo está resbaladizo y tomo el único taxi que queda en la parada. El taxista me abre la puerta y me ayuda a subir. No sé adónde ir, si volver a la casa para continuar mi trabajo o si regresar al hotel y descansar, que es lo que me ha mandado el médico. No debo subir escaleras y en la vieja casa de mis padres no hay ascensor.

—Al Gran Hotel —le digo y me entran ganas de llorar por primera vez desde que regresé.

Me vienen a la mente los versos de Mario Benedetti que cantó Nacha Guevara mejor que nadie, «si el llanto fuera lluvia…». Llueve y por un momento pienso que las gotas de lluvia son lágrimas que lloran por mí. «Un diluvio interminable…». Veo el reflejo del rostro del taxista en el retrovisor. Me está mirando. Imagino que se estará preguntando por qué estoy llorando. Imaginará tal vez un mal diagnóstico, o un dolor insoportable en la pierna que llevo casi inmovilizada. Esquivo su mirada y saco un pañuelo del bolso. Enjugo mis lágrimas y pienso en toda la tarea que aún me queda. Me falta vaciar el viejo armario de mi abuela y parte de mi habitación. Dudo que pueda terminar mañana. Llamo a la agencia de viajes desde el taxi y pido que me cambien el billete para el día siguiente. Me había dejado un día de descanso en Madrid antes de viajar a esa feria del libro a la que me han invitado. No tendré día de descanso. Descansaré en el avión. El viaje es largo.

«Si el llanto fuera lluvia cuando mueren los puros», dice la canción que golpea mi memoria durante todo el trayecto hasta el hotel.

Llueve fuera. El cielo está tan gris como mis pensamientos, como las imágenes de la vieja televisión, aquella Telefunken que llegó a casa un día muy lejano de mi infancia, poco antes que el tocadiscos con aquellos vinilos que compró mi padre y que guardo en el trastero de mi casa de Madrid.

Siempre que llueve me acuerdo de esa canción. Y de aquel concierto que ofreció Nacha Guevara en el Teatro Principal. Fui con Martín a pesar de sus reticencias a asistir al concierto de alguien que cantaba con cierta nostalgia a la mujer de un dictador. El musical *Evita* se había estrenado hacía poco, y Nacha cantaba *No llores por mí, Argentina* mejor que nadie, y todos nos poníamos en el papel de aquella primera dama que había muerto tan joven, que había humillado a doña Carmen Polo en su visita a España porque era más guapa, más amable y más culta que ella. A todos nos emocionaba la historia de aquella Evita cuya momia había estado durante varios años, según se rumoreaba, en el sótano de la casa madrileña en la que vivía su viudo con su nueva mujer, que convivía con el fantasma y con el cuerpo embalsamado de la muerta. A todos menos a él, que no era capaz de empatizar con aquella jovencita que se había casado con Juan Domingo Perón.

—No sé cómo os puede gustar esa canción —me decía.

—Pues es preciosa.

—Es reaccionaria —afirmaba, como si defender a Stalin como hacía él no estuviera por lo menos al mismo nivel.

—No solo cantará Nacha Guevara esa canción. También va a cantar poemas de Benedetti.

—¿De quién?

—De Mario Benedetti. Y de George Brassens.

—¿Y quiénes son esos?

73

A Martín, si lo sacabas de *La Internacional*, de Víctor Jara, del *Canto a la libertad* de Labordeta, y de poco más, todo lo demás le parecía reaccionario, burgués y capitalista. Empezaba a estar harta de él. Me aburrían su discurso y su presencia. Por eso y por otras cosas.

—Doce euros —dice el taxista—. ¿Le hago un recibo?

—Sí, por favor —le contesto cuando llegamos a la puerta del Gran Hotel.

Veo con pavor los cinco escalones que me separan de la entrada. En una mano llevo la muleta, y en la otra el paraguas. Me da miedo resbalarme. Por primera vez agradezco la alfombra roja que llega hasta la calle, jalonada por adornos dorados. La suelo evitar cuando entro. No me gustan las alfombras en general, y las rojas en particular. El portero me ve y se apresta a ayudarme, me coge el paraguas y me abre la puerta.

Ya en la habitación, me tumbo en la cama sin quitarme nada más que el chaquetón y las botas. Abro el otro libro que he traído. Voy casi por la mitad, pero lo leo a pequeños sorbos, para que no se me acabe enseguida. Por eso lo intentaba combinar con la novela que he abandonado por la mala traducción. Acaricio la cubierta. Es hermosa la ilustración y su textura, que me lleva a otros tiempos, míos y ajenos.

Estoy tan cerca del teatro que pienso que tal vez ella, Nacha Guevara, se alojaría aquí cuando vino a dar aquel concierto. Recuerdo la que era mi canción favorita de ella entonces. *Si te quiero es porque sos.* Se la cantaba a Martín, que la escuchaba y pensaba que una canción de amor no era más que la prueba de que yo era una niña tonta. Y tenía razón, fui imbécil durante los años en los que estuve con él, primero enamorada como una colegiala por quien yo veía como a un héroe que luchaba por los obreros. Y luego, como garante de su estabilidad emocional, cuando las cosas no fueron como él pensaba. El Partido no consiguió todo lo que esperaba, no llegó el estalinismo ni la dictadura del proletariado y se deprimió. Y allí estuve yo, sosteniendo sus lágrimas de decepción por una reforma que no había supuesto la ruptura que él y los suyos vaticinaban. Cuando entramos en la OTAN, ya hacía dos años que había dejado de quererlo, pero seguía con él porque siempre me ha costado mucho trabajo decir que no. Y mucho más aún mandar a alguien a la mierda. Pero había otra razón, una razón mucho más poderosa.

Suena el teléfono. Es Sara.

—¿Qué te han dicho?

—Tendinitis. Nada grave. Necesito reposo. Estoy en el hotel. No me iré mañana. He cambiado el billete.

—¿Quieres que te recoja y te vienes a casa? Ya sabes que habíamos pensado que cenaras aquí.

Por nada del mundo.

—Me encantaría, Sara, pero es mejor que me quede aquí quieta, con la pierna en alto. Pediré que me traigan algo de cena a la habitación, leeré un poco y me dormiré. Estoy leyendo un libro que me tiene muy enganchada.

—¿Cuál? ¿Alguna novela policiaca nórdica?

Odio las novelas policiacas en general y las nórdicas en particular.

—Es un ensayo sobre el origen de los libros en Grecia y en Roma. Un libro precioso.

—¿Título?

—*El infinito en un junco.*

—¿Autor?

—Autora —le rectifico—. Vallejo, Irene Vallejo. Acaba de salir. Te lo recomiendo.

—Tomo nota —contesta Sara—. ¿Quieres que vaya a hacerte compañía un rato?

No, por favor, no, que no venga. Lo último que quiero es hablar con nadie. No quiero ni que hagamos una glosa de nuestra conversación en el restaurante, ni mucho menos contarle que el médico que me ha atendido es el hijo de Martín y que es igual que él cuando era joven y guapo.

—Te lo agradezco mucho, Sara querida, de verdad. Pero prefiero estar sola. Tengo demasiadas cosas en la cabeza. Estos días se me está removiendo casi todo mi pasado. Y no todos los recuerdos son agradables.

—Espero que haberte mencionado a Martín no te haya revuelto las tripas.

Y sí, claro que me las ha revuelto, pero no por lo que ella pudiera creer. Mi historia con Martín está más que cerrada desde hace casi cuarenta años. Lo que me revuelve las tripas son los efectos colaterales que tuvo mi ruptura con él, y que ninguna de mis amigas de entonces sabe.

—No, en absoluto. Martín y lo que sea de él me importan un rábano desde hace mucho tiempo.

—Pero fue tu primer amor y eso no se olvida jamás.

Me quedo callada ante la afirmación de Sara. Me parece mentira que a su edad siga pensando esa estupidez que nos decían y que nos creíamos cuando éramos jóvenes. Por supuesto que no se olvida, pero al mismo nivel que tampoco se olvida la primera consulta en el dentista, o el primer día que te viene la regla. Son cosas que pasan, pero no dejan una huella digna de ser recordada. Después de cinco años con Martín, no tengo más recuerdos suyos que del desconocido que se sienta a mi lado cuando viajo en cualquier tren.

—¿De veras sigues creyendo que el primer amor es el más importante?, Sara, ese es un supuesto de mala novela, o de tragedia shakesperiana.

—¿*Romeo y Julieta*?

—Un par de imbéciles —le digo.

—Estaban enamorados.

—No les había dado ni tiempo de enamorarse, por Dios, Sara. Un par de gilipollas que se acaban de conocer y que se creen que el sol y la luna salen solo para ellos.

—Siempre te gustó —me recuerda.

—Porque los versos son maravillosos y las palabras tienen más fuerza que las acciones de ese par de bobos y de todo el séquito que los acompaña. Y esa obra, como otras de Shakespeare, es un ejemplo de que la belleza de las palabras puede salvar una mala historia.

—Y eso lo dices tú, que eres escritora.

—Por eso mismo. Es como lo del vino en las comidas.

—¿El qué?

—Que un buen vino puede salvar una mala comida. Pero también lo contrario, un mal vino puede arruinar una buena comida.

74

Por fin consigo que Sara se calle y cuelgue el teléfono. La comida vegetariana y la consulta en Urgencias me han dejado hambrienta. Consulto la lista del Servicio de Habitaciones. No es muy variada. No me apetece ni el sándwich mixto, ni la ensalada César, ni la hamburguesa del chef... Todos los hoteles ofrecen una carta muy parecida. Aburrida a más no poder, pero no voy a bajar al restaurante. No lo hice tampoco ayer cuando podía caminar sin problemas. Marco el 254 de la cafetería y otra vez pido un hummus, con una copa de vino blanco y una botella de agua. Me he bebido las del minibar para tomarme la medicación que me ha dado el doctor.

El doctor. El hijo mayor de Martín. Me ha dicho que tiene dos hermanas pequeñas y que se llama como su padre. Me ha preguntado que de qué conocía a su padre. Le he contado que de los tiempos de la universidad, de cuando militaba en el Partido. Se ha extrañado cuando he mencionado la palabra «Partido» y se lo he tenido que explicar. Martín no les ha contado a sus hijos que era líder de los jóvenes comunistas en la ciudad durante los años en los que cambiamos el gris por el color.

Se convirtió en un burgués gentilhombre cuando se casó con una chica de buena familia, de las del centro de la ciudad, de las que no habían pegado un palo al agua en su vida, ni ella, ni su madre, ni todas las mujeres de su familia desde que el mundo era mundo. La había conocido en la universidad cuando por fin regresó en serio a la facultad después de los años de la Transición, cuando se dio cuenta de que Stalin estaba muerto y enterrado, y por su culpa también estaban muertos y enterrados varios millones de rusos. Se enamoró de la primera chica con la que se topó y se casó enseguida. En el fondo era lo que quería, recogerse y formar una familia en la que sentirse protegido de sí mismo. Lo que no había conseguido conmigo, lo logró con ella. Hasta que ella se cansó de él y de su mediocridad y lo dejó.

El hijo no me contó estos pormenores. Yo los sabía desde hacía tiempo porque seguí en contacto con miembros de su familia que me iban contando lo que era de él sin que yo les preguntara. Sobre todo intentaban que yo sufriera al pensar que estaba con una muchacha más guapa y de mejor posición que yo. Pretendían que me pusiera celosa. Nada más lejos de la realidad. El día en el que me dijeron que se casaba, abrí una botella de cava para celebrar que no me molestaría nunca más. Porque durante los tres primeros meses después de haberlo dejado, insistió e insistió en verme, en quedar, en volver. Y yo, por primera y casi única vez en mi vida, fui firme y no quise volver a encontrarme con él. «Con él, con él», como Amanda en la canción. Como la Amanda que había sido al principio, cuando era mi héroe y yo estaba feliz porque se había fijado en mí, a pesar de mis gafas. ¡Qué equivocada estuve durante todo aquel tiempo!

Vuelvo a llamar a la cafetería para pedir que le den al camarero una llave maestra y entre sin que yo tenga que levantarme a abrir. Me imagino tumbada en la cama y el camarero en mi habitación, con su terna blanca y la pajarita negra. Pienso que si fuera más joven el encuentro me parecería erótico, pero que ahora solo me va a parecer patético.

Dos golpes en la puerta me dicen que ya llega. Me coloco la sábana sobre la pierna lesionada. Una voz al otro lado me pregunta si puede pasar. Es la voz de una mujer. Han mandado a una camarera. No me acordaba de que últimamente es así, suelen mandar chicas cuando la clienta es de sexo femenino y viceversa, para que no haya problemas ni malentendidos. A no ser que una sea lesbiana, que entonces la cosa sería más complicada.

Entra la chica. Lleva pantalones de una talla menos de la que le correspondería. Y recoge el pelo en una coleta. Es morena y su acento me dice que no es de aquí.

—Buenas noches. ¿Dónde quiere que le deje la bandeja? —me pregunta con una sonrisa compasiva.

—Si es tan amable de acercar la mesita a la cama, la puede dejar ahí. Ya me organizo.

—Si lo desea le puedo traer una bandeja especial para las camas, como las de los hospitales.

—No, gracias. No es tan grave. Se lo agradezco mucho.

—Me tiene que firmar.

Me extiende el recibo donde pone que si quiero puedo añadir la propina. Firmo y escribo *3 euros.*

—Muchas gracias. La mayoría de los clientes no deja propina —me dice.

—Yo tampoco. Hoy ha sido una excepción.

—Que cene bien. Buen provecho. —Y se va.

A lo mejor se ha creído que he hecho una excepción con ella porque piensa que me gustan las mujeres. Y no. No me gustan las mujeres, aunque hubo un tiempo en el que no lo tenía nada claro.

75

Fue antes de conocer a Martín, en el primer año de la Laboral. Apenas había chicos y por el aire volaban las hormonas femeninas en forma de efluvios corporales. Olía a mujer en cada rincón. Era obligatorio ducharse después de cada clase de Educación Física. Pero las duchas eran comunes, como en los cuarteles de las películas. Teníamos que ducharnos todas juntas. Yo no había enseñado jamás mi cuerpo a nadie que no fuera mi madre. Me daba mucha vergüenza enseñar mis carnes y mis pelos. Estaba acomplejada por aquello de que «estaba muy desarrollada para mi edad». Siempre me había duchado en la soledad del cuarto de baño de casa, o en las duchas individuales del club deportivo.

La primera vez en la ducha común fue dramática. Me tapaba con los brazos y las manos como podía después de dejar la toalla en una percha. Los cuerpos de las demás chicas me parecían mucho más bellos que el mío. Casi todas estaban más delgadas y tenían los pechos bien colocados. Los míos se caían demasiado.

Me tenía que quitar las gafas, así que veía a las demás como si estuvieran dentro de un cuadro impresionista, tanto por mi miopía como por la neblina que producía el vapor. Eso me tranquilizó un poco porque pensé que tal vez mi cuerpo también quedaba escondido entre los vapores. Solo que las demás no eran tan miopes como yo.

Sara se duchaba a mi lado. A pesar de todos los años que hacía que nos conocíamos, nunca nos habíamos visto desnudas. Sentí una punzada en el vientre cuando la vi. Tenía un cuerpo perfecto, proporcionado. La melena le caía mojada por la espalda y apenas tenía vello púbico. Era hermosa. Me sorprendí deseando tocar su piel y su pelo. No lo hice. Aquel deseo se repitió un par de veces más, un par de semanas más. Desde entonces, no la miraba igual ni en clase, ni cuando salíamos. La contemplaba con arrobo, tanto que un día se dio cuenta.

—Pero ¿por qué me miras así?

—No, por nada —le había dicho—. Estaba pensando en otra cosa.

—No serás tú también bollera.

—¿Bollera? —No había oído nunca esa palabra.

—Tortillera. —Esa sí que la había oído. La usaba mi madre para calificar a una vecina del barrio de la que se decía que le gustaban las mujeres.

—No, claro que no. ¿Cómo se te ocurre algo así?

—Dicen que nos ponen bromuro en la leche del desayuno para que no nos hagamos lesbianas.

Debí de abrir los ojos como platos. ¿Bromuro en el desayuno? Yo no sabía ni entendía nada. Se oían rumores porque la leche tenía un sabor raro. Las mediopensionistas no desayunábamos en el comedor, veníamos desayunadas de casa, pero si el autobús llegaba muy pronto, a veces íbamos corriendo hasta el comedor y nos servíamos un segundo desayuno. Café con leche y galletas maría. Y era verdad, tenía un sabor muy diferente al de casa.

—Es que dicen que con eso se duermen las hormonas —explicaba Sara un día—. Y como somos chicas casi todas, no quieren que nos hagamos tortilleras.

Entonces, y a pesar de la apertura de mente que daba estar ya en el año 1976, en los medios en los que nos movíamos todavía no estaba bien visto que dos mujeres vivieran juntas, en pareja. Hasta poco tiempo antes la homosexualidad era motivo de cárcel y de recibir palizas por parte de los miembros de la sociedad biempensante. No. Yo no era lesbiana, siempre me habían gustado los chicos. Lo de Sara había sido una excepción que me llenó de confusión durante un par de semanas. Se me pasó cuando empecé a fijarme en el profesor particular que me pusieron en casa para ayudarme con las Matemáticas, que siempre fueron mi gran pesadilla. Tenía unos ojos verdes preciosos y se desesperaba con mi torpeza. Me distraía su presencia y las ecuaciones de segundo grado me importaban un bledo. No me acuerdo de nada de lo que me enseñó salvo de la fórmula para averiguar la famosa X que era: «menosbemásmenosraízcuadradadebecuadradomenoscuatroacpartidopordosa». Ese es el único recuerdo que me queda de él, junto con sus ojos verdes, su jersey también verde y que se llamaba José Luis. *The rest is silence.*

Y también me dejó la certeza de que no era lesbiana. A partir de mis primeras clases con él me di cuenta de que me seguían gustando los chicos, y de que mi atracción por Sara había sido una prueba de la ambigüedad sexual de la adolescencia.

Roberto sí es homosexual. En su caso jamás hubo ambigüedad. Ya de niño mostraba lo que se consideraba una tendencia muy femenina: prefería jugar con muñecas a hacerlo con videojuegos. Y yo estaba muy contenta con ello. Su padre no tanto. Él prefería los que se consideraban juegos de chicos. Le compraba coches teledirigidos, juegos violentos y estupideces de ese tipo. Pero no lo cambió. Roberto era, es y será gay toda la vida. Y yo estoy muy orgullosa de él haga lo que haga, y sea como sea. Su padre se disgustó mucho y estuvo sin hablarme casi una semana después de que la noticia fuera por fin oficial.

—¿Y no habrá ninguna manera de que se le cure eso al chico? —me preguntó aquella misma noche, cuando estábamos acostados.

—¡Pero qué barbaridad estás diciendo! No es ninguna enfermedad. A él le gustan los hombres como a mí. Y ya está. —Mi marido es ingeniero industrial, pero ser universitario no es ninguna garantía de nada, especialmente no de tener sentido común ni conocimiento del mundo.

—Pero tú eres mujer. Esa es una diferencia importante.

—Soy persona y él también. Cada uno es como es y nos gusta lo que nos gusta. Sin más y sin menos.

—Pero esta sociedad es muy cabrona. Lo va a pasar mal.

—Afortunadamente, esta sociedad es menos cabrona que la que vivimos tú y yo a su edad. Hoy se puede decir alto y claro, entonces había que callar.

—Pero a ti nunca te gustó ninguna mujer.

—No, realmente no. —Titubeo porque me acuerdo de las duchas y del cuerpo de Sara—. De adolescente, durante unos días me atrajo una chica. —No le menciono que fue Sara, a la que conoce—. En esa edad, uno no tiene clara todavía su orientación sexual. Las hormonas andan despistadas.

—A lo mejor es lo mismo que tiene Roberto. Quizá un día se le reorganizan las hormonas y se le pasa.

—A tu hijo no se le pasará —le digo.

—Tú tienes la culpa —me reprocha—. Te gustaba que jugara con muñecas.

—Lo dejaba jugar con lo que le daba la gana. Y él prefería las muñecas a tus tonterías.

—Si sufre será por tu culpa.

—Vete a la mierda.

Y esas fueron nuestras últimas palabras hasta una semana después.

76

Enciendo la televisión con el mando. Busco una cadena en la que no sigan hablando de la exhumación del dictador, ni de las manifestaciones en Cataluña. No encuentro nada que no comente monotemáticamente una y otra noticia, o que no sea basura en estado puro. En el hotel no ofrecen las cadenas que veo a través del paquete que pago con el teléfono, así que no veo nada que me pueda interesar. Las televisiones internacionales apenas nombran lo que para nosotros son hitos fundamentales, momentos estelares en la historia de este país, y que no son más que un minúsculo relámpago en la gran tormenta que sacude al mundo. Nuestro ombligo ni siquiera es más grande que los demás ombligos que habitan la tierra, aunque nos parezca que es el único.

El hummus está bueno. Yo no le pongo nunca esa pasta que convierte en hummus a un puré de garbanzos. Nunca me acuerdo de comprarlo y me limito a hacer la crema con la punta de un diente de ajo, aceite de oliva, sal y pimentón. No echo de menos el sésamo, pero reconozco que el que me estoy comiendo en la habitación del hotel es mejor que el mío.

Busco música en el canal de YouTube en el móvil. Voy directamente a una de las canciones que más escuchaba antes de que llegaran los años de la Transición. Habíamos comprado el vinilo en Italia y la había aprendido en italiano. Nunca me gustó la versión española, tan forzada la traducción al ritmo y a la melodía. A Martín no le gustaba porque le parecía que todos eran demasiado buenos en la historia. Y no era verdad. Un soldado intenta ayudar a un capitán enemigo. Son vecinos, pero pertenecen a otro país y eso los hace enemigos. A mí me parecía la más bella canción antibelicista que se había escrito jamás. No era una canción protesta. No había que cantarla con el puño en alto ni con cara de mal genio. Pero mostraba el absurdo de las guerras a través del diálogo de los dos personajes, que reconocen que tal vez han sido ellos quienes se han herido el uno al otro sin conocerse, y por la única razón de tener una bandera diferente, a uno y al otro lado del río, en «*la riva bianca, la riva nera*»... La cantaba Iva Zanicchi, y la canta, porque una de las mejores cosas de la tecnología es que podemos escuchar las viejas grabaciones. Incluso las voces de quienes ya están muertos.

No he guardado las cintas con las voces de mis padres. Tampoco las películas de super-8 que grababa papá en nuestras vacaciones. Simplemente no podría mirarlas, ni escucharlas. Sus voces están dentro de mí, forman parte de mí y de mi memoria. No quiero sentirlas a partir de ningún aparato externo que reproduzca unas voces congeladas en el tiempo y en una cinta magnética. Siempre me pareció mágico que un sonido pudiera grabarse en un trozo de plástico. Cualquiera de nuestros antepasados habría dicho que aquello era cosa de brujería. Habrían condenado a la hoguera a aquel que osara escuchar voces de otro tiempo en un aparato. Solo el demonio podía atraer las voces de los muertos. Pero no es el demonio. No. Es el progreso el que hace que podamos conservar falsamente lo que ya no existe.

Termina la canción y pienso que debería estudiarse en todos los colegios durante estas semanas en las que se celebra el Día de la Amapola, que conmemora la memoria de los millones de soldados muertos durante la Primera Guerra Mundial. En España nadie tiene constancia de este *Poppy's Day*, porque no participamos en esa guerra. No participamos, pero nos vino bien, porque exportamos hierro y carbón para la maquinaria bélica de los contendientes. Así que nadie habla ni de las amapolas ni de los muertos en el Sonne, o en los pasos montañosos entre Italia y Austria. Millones de jóvenes murieron por el juego de guerra de unos cuantos reyes, que apenas tenían una corona y un ajedrez sobre el que decidir el destino de los demás.

En la 1 de TVE siguen con las imágenes del dictador en una suerte de propaganda no sé si consciente o inconsciente. En este país nos creemos que hemos sido los que más hemos sufrido durante el siglo XX en Europa. La putada fue que los aliados no vinieron a liberarnos como hicieron con los países que habían sido invadidos por nazis y fascistas. No entrar en la Segunda Guerra Mundial fue un golpe maestro: la no intervención firmada por los países occidentales cuando el alzamiento militar continuó tras 1945. Como no éramos ni vencedores ni vencidos, porque no habíamos formado parte más que de un modo casi simbólico con la División Azul en Rusia y otros detalles más importantes que no nos contaron, y nadie nos había invadido, no había razón para liberarnos. Además, nuestros vecinos prefirieron un país gobernado por un dictador a un país convertido en un satélite de la Unión Soviética. Así que seguimos en la posguerra durante treinta y seis años, en trece de los cuales pasé mi infancia y mi primera adolescencia. Y mi madre más de la mitad de su vida.

77

Esta noche me cuesta dormir. Tengo en la cabeza todas y cada una de las palabras y de las imágenes que han aflorado en la conversación con las chicas. Y con el hijo de Martín. Todo ello sumado a los recuerdos que me mecen cuando estoy en la casa hacen imposible el sueño. Me pongo a leer ese libro hermoso del que le he hablado a Sara:

> *Ciertas cosas no se cuentan. Querer ser escritora ha sido una tardía rebelión contra esa ley. Esas cosas que no se cuentan son precisamente las que es obligado contar. He decidido convertirme en esa chivata que tanto temí ser. La raíz de la escritura es muchas veces oscura. Esta es mi oscuridad. Ella alimenta este libro, quizá todo lo que escribo.*

Pienso en las palabras de Vallejo y en mi propio proceso de escritura, con el que a veces me desnudo más de lo que algunos creen que es pudoroso. Pienso también en Hipatia de Alejandría y en el episodio que ha contado Carlota. Me pregunto si yo habría hecho lo mismo en su lugar y me contesto que no. Que ni siquiera se me habría ocurrido nada semejante. Todo el infinito está en un junco, porque cada libro, cada palabra, es infinita. Cambia de significado y de matiz cada vez que alguien la pronuncia o la lee. La palabra es un espejo en el que nos miramos: cada uno recibe una imagen diferente que va cambiando a cada momento. Nunca somos los mismos, y las palabras tampoco lo son.

Me gusta pensar que las palabras son a la vez eternas y volátiles. Nada hay que dure tanto como las palabras, más infinitas que los castillos, que los laberintos y que cualquier otra cosa construida por el ser humano.

A Martín le gustaba hacer discursos sobre las palabras. Discursos vacuos. Sus palabras no eran más que significantes sin significado, continentes sin contenido. Repeticiones de todo lo que había leído sobre marxismo, leninismo, estalinismo, maoísmo e ismos similares. En aquellos años, su gran ilusión era visitar la Unión Soviética, de la que le habían contado maravillas y silenciado los millones de muertos a cargo del camarada Stalin. Me lo encontré poco después de su boda y me contó que había ido de viaje de novios a Moscú, y que había visto la tumba de Lenin. Fue lo único que me dijo. Supongo que tendría un orgasmo ante la momia, y que cuando hiciera el amor con su mujer pensaría en el rostro cerúleo e inerte de Lenin. Le ponía más todo lo que tenía que ver con el comunismo que las mujeres. Cuando estábamos en la cama, no paraba de hablar sobre el amor libre y sobre Carrillo y sobre las mentiras que acerca de los gulags se habían escrito. Se excitaba con esas palabras más que con mi piel.

Me acuerdo de todo aquello y me siento estúpida por haberlo aguantado tantos años.

Suena el teléfono. Es Roberto.

—Hola, cariño, ¿pasa algo?

—No, mamá. No pasa nada. Es que quería saber qué tal te está yendo por la casa. ¿Has terminado?

—No. Voy a quedarme un día más. No me va a dar tiempo de terminar mañana. —No sé si contarle lo de mi rodilla.

—Pero ¿estás bien?

—Sí, claro. No te preocupes. He tropezado, me he caído y tengo una levísima tendinitis, así que he vuelto al hotel a descansar. Mañana volveré a la casa por la mañana, pero sin prisas. Ahora estoy cenando.

—¿Te han hecho una radiografía?

—Sí, nada roto. Tranquilo.

—¿Lo sabe papá?

—No he hablado con él después de la caída. Volverá a Madrid esta noche. Ya se lo contaré mañana.

—¿Estás bien?

—Que sí, no seas pesado.

Roberto es como yo. Se preocupa demasiado por si los demás están bien. Me acuerdo de que mi madre me llamó pesada incluso en su lecho de muerte. Supongo que esa necesidad de que los otros sepan que nos preocupamos por ellos es una muestra más de la necesidad de agradar que arrastramos pegada al complejo de culpabilidad. A mí me lo metieron en vena las monjas. A él, la reacción que tuvo su padre cuando le contó su condición sexual.

—No soy pesado. Es que quiero que estés bien.

—Estoy bien. Hoy he comido con mis amigas, y hemos estado recordando viejos tiempos. Nos lo hemos pasado fenomenal —le miento.

—Hace mucho que no veo a Sara.

—Se ha operado la cara. No tiene arrugas ni se le caen los párpados.

—Tú no necesitas operarte, mamá. —Ha debido notar algo en mi voz.

—A mí se me caen los párpados. A lo mejor no me venía mal un retoque.

—Anda, mamá, no digas tonterías. Estás guapa como estás. ¿Sabes una cosa?

—¿Qué?

—He conocido a un chico muy majo.

—¡Ah! —exclamo. Siempre me da miedo que se enamore, no sea correspondido y lo pase mal. Una tontería por mi parte, todos hemos tenido decenas de amores no correspondidos, o correspondidos y fracasados, y no nos ha pasado nada.

—Estudia Decoración. Coincidimos en la biblioteca. Me ha invitado a pasar el próximo fin de semana en casa de su familia. Viven en el campo, en el Véneto, en un pueblo que se llama Asolo. ¿Te suena?

Sonrío. Claro que me suena. He visitado ese lugar un par de veces. Allí vivió la última reina de Chipre, Caterina Cornaro, y allí está enterrada Eleonora Duse. Hace años que escribí sobre ambas en un libro. Me apasionan las relaciones invisibles que hay entre personas que han habitado los mismos lugares en diferentes periodos de tiempo. Dos grandes mujeres como ellas, amantes de las artes, exiliadas de un modo o de otro, coinciden en el mismo espacio, pero no en el tiempo. Y cuando vas a visitar el lugar, allí están las dos. Sin estar, o precisamente porque no existen ya, están siempre. Le contesto a Roberto que sí, que conozco bien el lugar y le cuento el porqué.

—Pero hará frío —le digo—. Está cerca de las montañas. Abrígate bien.

—Sí, no te preocupes. Prefiero ese frío que la humedad que hay aquí.

—Te gustará Asolo y sus alrededores.

—Les contaré que conoces bien su historia. Seguro que les gusta.

—Seguro que sí. Cuídate mucho, Roberto. ¿Cómo se llama tu amigo?

—Leopoldo. Se llama Leopoldo.

—Vaya nombre pomposo.

—Pues sí. Es muy majo. Te gustará, mamá. A papá a lo mejor no tanto, pero a ti sí.

A papá no le gustará en absoluto, pero no se lo digo.

—Mándame fotos de Asolo. Tengo muy buenos recuerdos de allí.

—¿Fuiste con papá?

—No. Fui sola. A investigar sobre Caterina y sobre Eleonora. Lo pasé muy bien.

—¿Ligaste con algún italiano allí?

Sí. Ligué con un hombre que frecuentaba la misma cafetería que yo en la plaza. Un hombre alto, de ojos claros, con el físico típico de los hombres de Treviso, de aspecto más austriaco que italiano. No recuerdo su nombre. Quizá también se llamaba Leopoldo. Quizá sea el padre del Leopoldo que ha conocido mi hijo. ¡Quién sabe! El mundo es grande y pequeño a la vez.

—Sí. Pero fue hace mucho tiempo. Todavía no conocía a tu padre.

—¿Me lo contarás algún día? —me pregunta.

—No —le contesto.

78

Es esa cosa extraña: a los padres nos gusta saber lo que hacen nuestros hijos, de quiénes se enamoran y con quiénes se acuestan, pero no queremos que ellos sepan demasiado de nuestras vidas antes de que ellos aparecieran. Ese es un periodo privado del que los hijos no forman parte. Un terreno vedado. Los padres existimos desde el momento en el que los engendramos, pero no les permitimos que se introduzcan en nuestras vidas anteriores. Yo le he hablado a mi hijo mucho de la historia, del mundo en el que vivimos nuestras adolescencias, nuestras juventudes. Pero ese telón de fondo se ha convertido siempre en el protagonista de mis narraciones a Roberto. Ha dejado de ser lo que en realidad es, un trasfondo, unas bambalinas en las que sucedieron nuestras vidas, para convertirse en el centro del cuento. Quiero que mi hijo sepa de dónde viene, qué ocurrió en el mundo antes de que llegara él, pero deseo guardarme para mí lo que yo viví en ese escenario.

Nunca le he hablado de Martín, pero sí de mis relaciones con el Partido. No le he contado quiénes fueron los otros hombres que pasaron por mi vida antes de su padre. Aprendimos que el amor era libre, pero no practicábamos la libertad que se nos vendía como la panacea. Ahora temo que mi hijo practique la misma libertad por la que algunos luchaban en las calles, y que nosotras, mis amigas y yo y tantos otros miembros de mi generación, nos limitábamos a cantar en los conciertos con el mechero encendido. Las llamitas iluminaban las gradas mientras Labordeta, o Quintín Cabrera, o Carbonell, o La Bullonera, o Jarcha, cantaban himnos a la libertad. No sé por qué creíamos que las cerillas o los mecheros de Bic nos acercaban a la progresía de la que queríamos formar parte. El fuego siempre fue un símbolo purificador, ahuyentador de malos espíritus. Acaso queríamos alejar los fantasmas de un pasado aún demasiado cercano. Tal vez temíamos que el espíritu de la dictadura revoloteara de nuevo sobre nuestras cabezas. O quizá era solamente que quedaban muy bien aquellas llamitas que se balanceaban de un lado a otro, cual fuegos fatuos sobre las lápidas de un cementerio. Las candelas formaban parte del espectáculo, eran un grito silencioso por la libertad que no tuvieron nuestros padres ni nuestros abuelos.

—Pues estaría bien que me lo contaras. Yo te cuento todo. Bueno, casi todo —continúa Roberto.

—Para eso eres mi hijo, para contarme tus cosas. No te olvides de que pago tus cuentas, que la beca del Erasmus no llega ni para la residencia.

—Pero lo haces a gusto.

—Claro. Y tu padre también.

Silencio cuando nombro a su padre.

—Tampoco hace falta que me lo cuentes todo —le miento. Quiero que me explique todo, sin que entre en detalles demasiado personales que no deseo saber.

—Te cuento casi todo. —Y se ríe cuando termina la frase.

—Pues eso. Mándame fotos de Asolo. Pero sobre todo de Leopoldo. Y de su casa. A ver si resulta que tiene una de esas villas de las afueras que son una barbaridad de grandes y de bonitas.

—Me parece que sí.

—¿Cómo dices?

—He visto fotos de su casa, y es una villa que está en lo alto de la colina.

A la salida hacia el cementerio de Asolo había una villa que me tenía fascinada siempre que pasaba junto a la verja. Que Roberto tenga franca la entrada a ese casoplón me deja anonadada.

—Caramba con tu Leopoldo. A ver si resulta que emparentamos con la aristocracia véneta.

—Solo hace dos meses que nos conocemos, mamá, no exageres.

—Bueno, bueno..., papá y yo nos casamos seis meses después de nuestro primer encuentro.

—Ya, pero porque te quedaste embarazada, si no, no te hubieras casado con él. No tenéis nada en común.

—No es verdad. Tú no sabes todo lo que tenemos juntos.

—He vivido veinte años con vosotros, ¿no te acuerdas?

—Y todo lo que te echo de menos. —Intento cambiar de conversación. No quiero que hable mal de su padre, ni por él ni por mí, que llevo veinte años intentando convencerme de que es el mejor marido que podía tener—. Bueno, tengo que dejarte, que llama el camarero para traerme la cena.

—Me has dicho que estabas cenando cuando he llamado. Me estás mintiendo, mamá. Eso no está bien.

—No siempre hay que decir la verdad. Creo que te enseñé eso desde bien pequeño, ¿verdad?

—Al revés de lo que les decían a todos mis amigos. Siempre fuiste diferente. La madre más guay de todas.

—Y tú el hijo más lindo de todos los hijos.

—Te quiero, mamá.

—Y yo a ti, cariño. Disfruta mucho de tu fin de semana con Leopoldo. ¡Y mándame fotos de esa casa, a ver si es la que estoy pensando!

—Estaría bien que fuera la del hombre que conociste —dice y se echa a reír.

—Hala, tonto, venga, a dormir.

—Es demasiado pronto.

—Para mí no. Hoy ha sido un día muy intenso. Me voy a acostar enseguida. Voy a tomarme el antiinflamatorio para la rodilla y a dormir. Buenas noches.

—*Bona nit*, mamá. —A Roberto le gusta darme las buenas noches en catalán desde que vivimos en Barcelona un año cuando era pequeño—. Si se independiza Cataluña, ¿nos seguirán queriendo como siempre?

—Claro. ¿Por qué no iban a querernos?

—No sé. Es todo muy raro.

—El mundo es raro. No te olvides de visitar el cementerio y pon una flor en la tumba de Eleonora Duse, la gran trágica.

—Eso también es bastante rarito, mamá.

—¿El qué?

—Que me pidas que le lleve flores a la tumba de una señora a la que nunca conociste porque se murió mucho antes de que naciera tu propia madre.

—Pero es que hay personas que son muy importantes para nosotros aunque nunca las hayamos conocido. Como la Duse. O como don Quijote.

—Don Quijote no era ninguna persona. Era un personaje.

—Más a mi favor. Lo has entendido perfectamente. Le estoy más agradecida a don Quijote que a cualquiera de mis parientes.

—Mamá, vete a dormir, que te rayas. *Bona nit.*

—*Bona nit*, Roberto. Y lo mismo para Leopoldo.

Aunque no lo veo, sé que se ha ruborizado.

79

Termino el hummus y llamo a la cafetería para que se lleven la bandeja. No soporto dormir en una habitación en la que haya restos de comida. El olor a podredumbre comienza pronto. Lo mismo pasa con los muertos. Y con los recuerdos.

Mis recuerdos de Martín están rodeados del tufo de la putrefacción. Lo nuestro no se terminó. Se pudrió de aburrimiento. Me cuesta reconocer que tiré por la borda varios años de mi vida, y no lo haré delante de mis amigas, ni de Roberto. No. No lo haré. Pero así fue. Enseguida me di cuenta de que lo nuestro no iba a funcionar. Cuando perdió la ilusión por el Partido, se sumió en una especie de dejadez que contagió al resto de su persona. Todas las emociones las había vertido en la política. Abandonarla supuso perderse a sí mismo. Se convirtió en un alma en pena que se refugió en quien más necesitaba de alguien a quien cobijar: en mi madre.

Mi madre se había resignado a que yo había empezado a pensar por mí misma. Me había costado, pero por fin había abominado de las enseñanzas del colegio de monjas; de su colegio. Ya no era la niña dócil que se escondía en el cuarto de baño para llorar cuando ella y mi padre discutían por mi culpa. Ya era capaz de llevarle la contraria, y ella había aprendido a no llorar cada vez que yo me rebelaba.

Se había dado cuenta de que ya sus reacciones no tenían las mismas consecuencias de antes. Convivíamos pacíficamente los cuatro y tampoco había grandes motivos de discrepancias.

Cuando Martín irrumpió en mi vida, cometí el error de meterlo en casa a los dos meses. Su simpatía natural y el hecho de tener las mismas ideas políticas de mi padre le habían granjeado el cariño de todos enseguida. De todos, menos de mi abuela. Ella había vivido tantos años que se dio cuenta enseguida de que aquello no acabaría bien. Mi padre lo aceptó con respeto porque vio en él la capacidad de lucha que él no había podido tener. A él la posguerra le había cortado hasta la voluntad de tener alas. Y Martín aparentemente las tenía. Hablaban de política, de las bondades de la Unión Soviética y del comunismo. Oían música rusa y se quedaban fumando y charlando hasta tarde.

Y mamá lo adoptó como a un hijo. Él no tenía padres y también adoptó a los míos. Por momentos, parecía que él fuera más hijo suyo que yo, sobre todo de mi madre. Para él el mejor trozo de carne. Para él la pitillera de mi abuelo. Para él los más caros regalos de Navidad.

—Es que no tiene a nadie más. Pobre muchacho —decía mi madre ante mis protestas por las atenciones que recibía—. Parece que estés celosa. Es tu novio. Deberías estar contenta.

—Es mi novio, no el tuyo —le contestaba yo.

—No digas barbaridades. Peor sería que no nos gustara el chico. Aquí ha encontrado una familia.

Pero yo no quería que él encontrara una familia en la mía. Me había quitado mi sitio. Era la princesa destronada, no por ningún hermano pequeño como habría sido lo natural, sino por el novio que yo misma había metido en mi propia casa. Había introducido un submarino nuclear en el que había sido mi océano privado. Si no explotaba, todo iría bien, pero si lo hacía todos saldríamos mal parados.

Estos recuerdos podridos me llenan tanto los pensamientos que apenas oigo que están llamando a la puerta. La camarera insiste y por fin contesto.

—Puede pasar.

—Gracias. Pensé que se había dormido —me dice.

—No, no, tengo muchas cosas en la cabeza y estaba un poco aturdida. A veces los recuerdos nos asaltan y llenan todo el espacio del pensamiento.

—Sí. Supongo que sí —contesta.

—¿No le pasa a usted?

—No tengo tiempo de pararme a pensar demasiado. Y tampoco de quedarme a charlar con usted, señora. Ya perdonará. Hoy estoy sola para el servicio de habitaciones y tengo mucha faena.

—¿Le gusta su trabajo?

—¿Perdón?

—Que si le gusta su trabajo —repito, e inmediatamente me doy cuenta de que le he hecho una pregunta, no solo indiscreta sino impertinente.

—Todos tenemos que trabajar —responde—. A nadie le gusta servir a los demás, ¿no le parece? Pero pagan puntualmente y eso ya es mucho en los tiempos que corren.

—Ya —digo porque no sé qué decir.

—Si me disculpa, tengo que dejarla. ¿Estaba bueno el hummus?

—Sí, muy rico. Muchas gracias. Que le vaya bien.

—No me va bien, señora. Pero me va, que ya es bastante. Buenas noches, que descanse.

—Buenas noches.

Me siento estúpida, tirada en la cama con la pierna en alto, en un hotel de lujo, sola, recordando a un novio que nunca debió serlo y preguntándole a la camarera si le gusta su trabajo.

80

Tardo en quedarme dormida porque pongo la televisión y me desvelo con los debates. Son monotemáticos: ¿rentabilizará el presidente en funciones la exhumación del dictador?, ¿saldrán beneficiados los partidos de la nostalgia? Los contertulios son tan mediocres como los periodistas que les preguntan cual si consultaran a oráculos que prevén el futuro. A veces pienso que en este país es muy fácil ser periodista televisivo o radiofónico: tratan a los colaboradores como si fueran videntes que tuvieran línea directa con el futuro y supieran lo que va a pasar. Nada de análisis, solo predicciones generalmente erróneas.

Es como si no hubiéramos pasado de los tiempos en los que se diseccionaban los órganos de los animales, o se observaba el vuelo de las aves para dilucidar si los dioses eran propicios para la batalla, para el matrimonio, para cerrar un negocio, o para asesinar a un enemigo.

Apago la tele con el mando y me levanto para ir al cuarto de baño. Cojo la muleta para apoyar el pie levemente en el suelo y no forzar la rodilla. El antiinflamatorio ha hecho sus deberes y me duele menos que por la tarde.

Me desmaquillo ante el espejo. Me pregunto qué otras personas han hecho lo mismo que yo ante el mismo espejo. Qué rostros desconocidos se esconden más allá del azogue, en la región infinita de la nada. Me acuerdo de que ayer tuve una sensación semejante en el espejo de la entrada de mi casa. Solo que aquel guarda miradas conocidas, y este no. Lavo mi cara con el jabón amarillo de glicerina del hotel. Me recuerda al de Heno de Pravia que usábamos siempre en casa cuando era niña. Entonces había muy poca variedad y mamá siempre compraba la misma pastilla verde que se suponía debía transportarnos a los campos de heno de la campiña francesa, como sugerían los anuncios de la tele, en los que las niñas siempre eran rubias y tenían los cabellos largos, lisos y suaves. Nada que ver con los míos, negros, oscuros y ásperos.

Me doy el sérum y la crema de noche, el gel para el contorno de ojos y el bálsamo para los labios. Cuando salía con Martín no me daba ninguna crema, y tampoco me maquillaba. En aquellos años solo se pintaban las señoritas del centro de la ciudad y las del barrio que querían aparentar lo que no eran. Las que estudiábamos, y queríamos fingir que creíamos en la lucha de clases, pretendíamos una naturalidad que era tan falsa como los discursos de Andrés, de Pedro, de Juan y de Martín.

Como la falsedad de la imagen que veo en el espejo. Como la falsedad de todos los espejos del mundo.

Como la falsedad de todas las palabras que escribo en mis novelas, que no son sino espejos que reflejan significados diferentes para cada lector. Una quimera de quimeras.

81

Me despierto temprano, antes de que suene el despertador. Se ha pasado el efecto de la última pastilla y me duele la rodilla. Me levanto y voy al cuarto de baño con ayuda de la muleta. El espejo sigue en su sitio, pero el rostro que se mira es otro que el de anoche. El sueño y el sérum han hecho los milagros que se espera de ellos. Hasta me parece que mis párpados no están tan bajos como ayer. La conversación con las chicas se ha quedado al otro lado del espejo y del sueño.

Bajo a desayunar. El salón está lleno de espejos que repiten las imágenes de todos los clientes. El camarero me ayuda con la silla y se lo agradezco. Es lo que me espera si tengo vida suficiente para convertirme en una anciana. Se ofrece a servirme lo que desee del bufé. Me trae pan, miel, salmón, queso, uvas y una tetera humeante.

—Muchas gracias. Es usted muy amable. —Me gustan las viejas fórmulas de cortesía, esas que hemos perdido tanto, pero que afortunadamente persisten en otras lenguas, y en otros lugares donde se habla el castellano.

—Con gusto —contesta, y entonces me doy cuenta de que es de algún lugar del otro lado del océano.

Aquí decimos la aburrida y vacua expresión «de nada». Allá dicen «con gusto», como en inglés utilizan *my pleasure*, o *with pleasure*. Aunque sea una mentira y nada se sirva con gusto o con placer, se agradece el uso de palabras amables porque contagian afabilidad, y no el vacío que irradia el sintagma «de nada».

Como despacio todo lo que me ha traído el chico, y bebo el té lentamente. No tengo prisa por salir del comedor, por subir a mi habitación, por arreglarme, por coger un taxi, por volver al piso, por seguir vaciando el almacén de recuerdos que es una casa. Quiero dilatar el rato del desayuno, que siempre es el momento del día en el que reorganizo mis pensamientos con tranquilidad. Observo que todos los demás miran el móvil mientras mojan el cruasán en el café con leche. Yo nunca bajo el teléfono al desayuno. Es casi mi único momento del día en el que no estoy pendiente de él. Como si el tiempo y mi conexión con él se detuvieran. Es mi rato para mí. Cuando desayuno no pienso ni en Roberto, ni en su padre, ni en mi casa. Solo soy yo. Soy los olores y los sabores que me rodean y que introduzco en mi cuerpo.

—¿Desea algo más, señora?

—Tal vez un poco más de té, si es tan amable.

—Con gusto se lo traigo, señora.

Odio que me llamen «señora». La vida se divide en dos, antes y después de que alguien se dirija a ti con ese apelativo. En ese instante sabes que empieza tu decadencia.

No es fácil asumir el paso del tiempo cuando se tiene mi edad. En aquellos años setenta, todos queríamos hacernos mayores, sobre todo cuando se pudo votar de verdad la primera vez.

Fue el referéndum para aprobar la Constitución. Teníamos solo dieciséis años y nos quedamos sin votar. Nos creíamos tan maduras, después de tantas asambleas, reuniones y pegatinas con la hoz y el martillo, que fue una decepción saber que había una edad mínima que no habíamos alcanzado.

Por nosotras votaron nuestros padres. Y las abuelas.

Para mis padres, como para tantos otros, fue la primera vez que podían votar de modo que su voto sirviera para algo. Antes hubo aquella falacia de las elecciones a procuradores en Cortes, en las que no había partidos, solo candidatos del régimen.

La guerra y la posguerra habían cortado toda posibilidad de ejercer lo que era un derecho en el resto de la Europa occidental. Para la abuela fue regresar al tiempo en el que fue posible. La primera vez que las elecciones trajeron la República, ella no pudo votar, porque tal derecho estaba vetado a las mujeres. Mi abuela solo había votado dos veces antes: en 1933 cuando por fin las mujeres tuvieron derecho a voto, gracias a la insistencia de Clara Campoamor, frente a Victoria Kent, convencida de que si las mujeres votaban lo harían a quienes les dijeran sus confesores, como así fue: ganó la CEDA, aunque salieron cinco diputadas, entre ellas nada menos que María de la O Lejárraga, por el Partido Socialista, al que había votado mi abuela, y al que siguió votando hasta que se murió. La segunda vez que había introducido una papeleta en una urna fue en 1936, cuando ganó el Frente Popular poco antes de que llegara lo que llegó. Entonces votó con mi madre recién nacida en brazos.

En 1978 yo la acompañé a votar, cogida de su brazo, de esa manera me parecía que yo también votaba con ella, y lo hacíamos por todos y cada uno de los que no habían llegado a ver ese momento; por todos los muertos que se quedaron en el camino; sobre todo por mi abuelo, que se había muerto catorce años antes que el dictador.

82

Pienso en mi abuela durante todo el trayecto en el que el taxi me lleva hasta la que fue su casa, al bloque de pisos que se edificó donde antes hubo una casita que habían construido con sus ahorros y con los de mi abuelo, y que se convirtió en escombros cuando los republicanos bombardearon el polvorín que nadie sabía que se escondía en la fábrica de yesos, a pocos cientos de metros.

Una vez le pregunté a mi abuela cómo se sintió cuando durante la guerra su casa fue destruida precisamente por los suyos, por los nuestros.

—La guerra es la guerra —contestaba—. Todas las noches rezo para que no tengas que vivir nunca nada parecido.

Y yo le daba un beso en la mejilla y la abrazaba cuando intentaba ponerme en su lugar. Me entraban ganas de llorar al imaginarla bajando al refugio con mi madre envuelta en una mantita, y al poner su papeleta en aquellas viejas elecciones. Recuerdo las veces que la acompañé a votar ya durante la democracia y sobre todo aquella vez, en el 78. Había doblado su papeleta con primor, con cuidado, mientras me dirigía una mirada tejida de felicidad y de melancolía a partes iguales. En sus ojos se transparentaba la consciencia del valor que contiene el gesto fácil de doblar un pedazo de papel.

Bajo del taxi y me quedo parada en el portal durante unos minutos. Tal vez esta sea la última vez que subo las escaleras que tantas veces me han conducido a mi casa. No sé si nuestra primera casa es la principal, la primordial, de nuestra vida, o si eso está tan sobrevalorado como el primer amor. La primera casa que recordamos es la de nuestra infancia, la de nuestra verdadera patria, que dijo el poeta Rilke. Tal vez por eso en el fondo todos nos convertimos en apátridas cuando dejamos para siempre nuestra casa. Tal vez por eso yo no tengo ningún sentido patrio: he cambiado demasiadas veces de casa, de ciudad, de país. He estado demasiado tiempo en trenes, en hoteles y en aviones, que son lugares vacíos de esencia y de memoria.

Suena el teléfono mientras sigo sin atreverme a abrir el portal. Es Sara.

—¿Qué tal la rodilla?

—Mejor. He dormido bien. La medicación surte su efecto.

—Bendita sea. ¿Quieres que quedemos a comer con los chicos?

No me apetece en absoluto ni hablar con ella de nuevo, ni ver a sus hijos.

—Según cómo me encuentre, y como vaya con la tarea. Deja que te llame hacia la una y lo hablamos.

—Mujer, tendrás que comer en algún sitio. ¡Y qué mejor que con tu amiga!

Pienso que cualquier cosa será mejor que pasar mi último día en la ciudad con ella. En estos momentos prefiero mi única compañía. No por ella, la quiero, siempre la he querido mucho. Soy yo, que no estoy para nada, ni para nadie. No me aguanto ni yo, difícilmente puedo pensar en soportar a los demás.

El antiguo dueño del bar de enfrente me ve y me saluda. Ha debido de ir a cobrar el alquiler del local. Me reconoce. Me dice que estoy igual que antes. Sé que miente, pero me da igual. En realidad, espero no estar como antes, cuando me sobraban kilos, dioptrías y ganas de cambiar el mundo. Al menos ahora ya sé que no puedo hacer nada por cambiar el mundo en general, solo mi pequeña parcela.

Subo las escaleras con dificultad, peldaño a peldaño para no doblar demasiado la rodilla. Menos mal que ayer bajé las cosas del altillo y no me tengo que subir a ninguna silla para terminar la tarea.

Llamo a la vecina. Tarda en abrir. Lleva la bata encima del camisón. Se acaba de levantar.

—Pensé que ya no vendrías. Ayer por la tarde te esperé.

—Me caí y tuve que ir a Urgencias. Voy coja, me he fastidiado una rodilla.

—Vaya por Dios, ya me extrañaba a mí.

—Nada grave. Solo el golpe y la inflamación.

—Pero vas con muletas.

—Solo con una.

—¿Quieres pasar a tomar un café? Tengo la cafetera de las cápsulas, la que me regalaste cuando se murió tu padre.

—No, gracias. Acabo de desayunar en el hotel.

—Ya, ese hotel tan fino al que antes iban las estrellas del cine y del teatro, y hasta los toreros.

—Ahora los toreros ya no duermen aquí, se van en cuanto acaban, y ya no hay estrellas.

—Solo en el cielo —me dice, y se santigua—. Nos dejaron todos. Allí arriba estarán todos juntos.

—Seguro que sí —le contesto, aunque no creo que estén en ninguna parte más que en el aire, en el agua, en la tierra, o sea, allá donde los llevó el fuego de la incineradora.

—¿Terminarás hoy?

—Voy a intentarlo. Tengo todo el día. He cambiado el billete de tren. Me iré mañana, así lo podré hacer todo con más calma.

—Mejor así. ¿Pasarás a despedirte?

—Sí, claro.

—¿Querrás comer conmigo?

—He quedado con mi amiga Sara otra vez —le miento—. Está pasando una mala temporada. Se ha quedado viuda hace poco.

—Yo también me he quedado viuda, pero no quieres comer

conmigo. Los viejos no somos buena compañía, ¿verdad? Cada una de nuestras arrugas es un toque de campana que recuerda la fuga del tiempo.

—¿Por qué dices «fuga»?

—En latín se dice *tempus fugit*, ¿no es eso lo que está escrito en esos horribles relojes de pared?

—Pero *tempus fugit* significa que «el tiempo huye, que pasa rápidamente», no que se fuga. —Sonrío condescendiente ante mi improvisada clase de latín.

—¿Y que es una fuga sino una huida?

—Pero «fuga» tiene algo de secreto —le digo.

—Más a mi favor. El tiempo se va, desaparece, corre, se esconde, y no nos damos cuenta. No solo huye, se fuga a hurtadillas, el muy cabrón.

Le doy un abrazo. Es una mujer sabia. Conoce bien lo que hay detrás de las palabras. Ha visitado muchas veces lo que hay al otro lado del espejo.

83

Entro en la casa. Me recibe luminosa. Ayer no bajé las persianas y entra el sol por todos los cristales. De pequeña me gustaba jugar a saltar los rayos que dejaban ver las partículas en suspensión que respiramos sin darnos cuenta.

—¿Qué haces? —me preguntaba mamá.

—Estoy saltando rayos —le respondía.

Mi madre me miraba y movía la cabeza de lado a lado, pensando que a su hija le debía de faltar algún hervor. Pero no era así. Como no tenía hermanos, no siempre había cerca primos o amigos con quienes estar, y además no me dejaban jugar con mis muñecas favoritas que seguían bien sentaditas en las estanterías más altas, me inventaba historias y jugaba con ellas. Y un rayo de sol era un buen amigo mientras duraba. Cuando años después leí el cuento de Bécquer, «El rayo de luna», me sonreí al recordar mis juegos infantiles. Aquel Manrique se enamoraba de la misteriosa mujer que sorteaba rincones y callejones. Una mujer que aparecía solamente una vez al mes, y que no era sino un rutilante rayo lunar. Yo no llegué a enamorarme de aquellos rayos de sol, pero sí que los convertí en buenos compañeros a los que les contaba mis secretos. Secretos que eran fugaces como ellos. Cuando desaparecían, me sentía huérfana durante los pocos minutos que tardaba en inventarme otro entretenimiento.

Abro el balcón para ventilar. Sigue oliendo a vacío y a ausencia. Me asomo por la barandilla. Al otro lado de las ventanas de las casas de enfrente no queda nadie conocido. Ni rastro de la casa que tuvo la primera tele en color. Ni rastro de la vieja carnicería, ni de los talleres textiles, ni de aquel en el que mi padre trabajaba por las tardes. Mamá y yo nos asomábamos al balcón para ver llegar a mi padre de su primer trabajo. Exactamente a las tres y media de la tarde. Dos minutos antes, mamá entraba en el cuarto de baño, se cepillaba el pelo y se pintaba los labios para esperar a papá. Siempre la misma operación. Mi padre besaba a mamá y a mí me abrazaba antes de lavarse las manos para comer.

Cada vez que he salido a ese balcón me he acordado de aquellos momentos en los que sabíamos que papá doblaría la esquina de la calle con la avenida. Él sabía que nosotras estábamos allí y siempre miraba hacia arriba. Lo saludábamos con la mano y él hacía lo mismo. Nuestras sonrisas se encontraban en algún rincón del aire entre el balcón y la acera.

Ahora estoy en el mismo lugar, pero no hay nadie más. Nadie a quien sonreír, nadie a quien esperar. Respiro hondo y entro de nuevo en el salón. Saco el botellín de agua que llevo en el bolso, me siento en el sofá y espero. Me duele la rodilla y la apoyo en la mesa. No me queda demasiado trabajo, pero estoy ralentizando el ritmo. Es como si no quisiera acabar la tarea. Terminarla supone no volver más, borrar para siempre todo lo que fue. Pienso que, si fuera fumadora, este sería el momento adecuado para encender un cigarrillo; pero no lo soy, así que no voy a fumar.

Sustituyo la calada por un largo trago de agua, y me acuerdo de las botellas de quina Santa Catalina que había en la librería. Ayer tiré lo que quedaba en la última botella. Me levanto y abro el mueble bar. Todavía hay vino dulce en la licorera, le quito el tapón de cristal y me la llevo a los labios. El cuello es hexagonal y no tiene la forma más apropiada para encajar en la boca, pero no me importa. Me bebo casi todo lo que queda. El tiempo ha provocado que el vino se haya convertido en un licor dulce que me recuerda a la quina.

Suena el teléfono. Lo cojo. Es mi marido.

—¿Qué tal? ¿Todo bien?

—Regular. Ayer me caí y me he lesionado la rodilla. Tengo tendinitis. Me han recetado una buena dosis de reposo y de antiinflamatorios.

—¿Quieres que vaya a por ti?

—¿Ya estás en Madrid?

—He llegado esta mañana. Puedo ir a buscarte, si quieres.

No, no quiero. Y él tampoco. Sé que no le apetece conducir más de trescientos kilómetros para venir y otros tantos para regresar. Y yo tampoco tengo ganas de tenerlo aquí. Desde que murió mi padre no ha entrado nadie más que yo en esta casa. Prefiero estar a solas con mis fantasmas.

—No, no te preocupes. Estoy bien. Voy mucho mejor. Mañana vuelvo después de dejar las llaves en la agencia. A lo mejor me da tiempo de llevarlas esta tarde, pero por si acaso he cambiado el billete de tren y he reservado otra noche de hotel. Volveré mañana.

—Siento no haberte podido acompañar estos días. Debe de ser duro.

—Sí, lo es. Pero no pasa nada. Ayer comí con las chicas.

—¿Con quiénes?

—Con Sara, Angelina y Carlota.

—Ah. Solo conozco a Sara, ¿verdad?

—Sí.

—Se quedó viuda hace poco, ¿no?

—Sí.

—Estará hecha polvo.

—No.

—¿Y eso?

—Su marido era un cabrón. Le pegaba. Se ha quedado muy ancha.

—Bueno, tampoco es eso.

—Sí que lo es.

—Bueno, si no me necesitas, me voy a la oficina. Tengo trabajo que organizar. Cuídate mucho.

—Lo haré.

De hecho, es lo que estoy haciendo desde que llegué. Regresar a mi pasado es una forma de cuidarme, aunque sea a través de las ráfagas con que me golpea la memoria.

84

A mi madre no le gustaba mi marido. Decía que era demasiado viejo para mí. Y no era verdad. Lo que pasaba era que no aceptaba a nadie que no fuera Martín:

—Nunca entenderé por qué dejaste a Martín.

—Porque ya no lo quería.

—Os llevabais muy bien.

—Al principio, mamá. Llegó un momento en el que no teníamos nada en común. Y tú lo sabías.

—Después de tanto tiempo con él. Todo el mundo debió de pensar que lo dejabas por algún otro.

—Pero no fue así.

—Nadie deja a nadie si no es porque tiene un sustituto.

—Eso no es cierto. Al menos no lo es para las mujeres. Podemos quedarnos solitas y tan ricamente.

—Tu tía pensó que lo dejabas porque se te había subido a la cabeza lo de ir a la universidad.

—¡Qué tontería! También él había ido. Ya casi era abogado cuando lo dejé. No se me subió nada a ningún sitio.

—Algo se te metió en la cabeza. Seguro que conociste a algún chico que te gustó más que él. Y el pobre se quedó solo.

—Mamá, se casó pocos meses después de que lo dejáramos. Sabes que no me quería.

—¡Cómo que no te quería! ¡Te adoraba!

—No, mamá. Te adoraba a ti, que no es lo mismo.

Y era verdad. Él quería a mi madre como si fuera la que perdió cuando tenía diez años. Se pegó a ella como una lapa. Hicieron causa común en todo. Él fue el hijo que ella no había podido tener.

Le había costado mucho quedarse embarazada de mí. Y no solo eso, cinco años antes de nacer yo, mamá tuvo un aborto: un feto masculino que habría tenido más o menos la edad de Martín. De alguna manera, Martín vino a sustituirlo.

—Estuvo muy mal lo que hiciste.

—Era mi novio. No el tuyo.

—Las mujeres no van por ahí cambiando de novio. Eso es de putas.

—¡Mamá!

—Es la verdad. Yo solo he estado con tu padre. No ha habido ningún otro hombre en mi vida. Nos conocimos cuando tenía dieciséis años, y hasta ahora.

—Eso era antes, mamá. Las monjas te enseñaron muchas mentiras.

—Debía haberme metido a monja, en vez de casarme y de tenerte a ti. Si ahora fuera, no me casaría.

Cuando decía cosas así me seguía hiriendo. No entendía cómo podía soltar frases tan crueles.

—Vamos, niña, sal del baño, que tengo que entrar. —Era la voz de mi abuela, la que siempre salía en mi defensa cuando mamá y yo discutíamos. El cuarto de baño era el refugio de mis lágrimas. El búnker en el que me cobijaba.

—No puedo abrir ahora —le decía yo.

—Necesito entrar.

Y entonces, me lavaba la cara para disimular que había estado llorando, y abría la puerta.

—Ya era hora, hija —decía y me daba un beso—. No se lo tengas en cuenta.

—¿No tenías prisa, yaya?

—Es tu madre y te quiere más que a nadie.

—No es verdad, a él lo quería más.

—¡Qué disparate!

—Martín dejó de interesarme cuando dejó de interesarse a sí mismo. Cuando abandonó el Partido y la política.

—Tu madre cree que saliste con él por interés y que, cuando ya no tuvo influencia, lo dejaste.

—Pero tú sabes que no fue así. A mí el Partido no me importaba nada. Iba a las reuniones solo para estar con él.

—Ella siempre ha querido hacer caridad con los débiles. Y él lo era.

—No lo era, yaya.

—Era huérfano.

—Pero eso no lo hace digno de ser querido. Mamá no es una hermanita de la caridad, ni él era uno de aquellos negritos de África para cuya conversión las monjas pedían limosnas. Ella confundió su misión en el mundo. A lo mejor tiene razón y debía haberse hecho misionera, haberse ido a evangelizar negritos y chinitos, como los de las huchas del colegio.

Martín era un activista comunista frustrado y decepcionado. Alguien que había perdido su discurso entre mítines, manifestaciones y el despacho de abogados en el que empezó a trabajar a mediados del 80, antes de terminar la carrera. Dejó a los obreros para dedicarse a los divorcios.

Daban mucho más dinero los pleitos matrimoniales que los laboralistas. Y él, tan solidario e idealista, abandonó la lucha sindical para abrazar la causa de las parejas que tenían «incompatibilidad de caracteres», como se decía entonces.

—No seas injusta con tu madre —me decía la abuela—. Es buena y te quiere.

—Me gustaría que, además de quererme, respetara mis decisiones.

—Ha sufrido mucho con lo de Martín.

—Era mi novio. No el suyo.

—Pero lo tenía como a un hijo.

—No, yaya. No lo quería como a un hijo.

Lo que pasó es que mamá había convertido a Martín en su chinito particular.

85

He preparado tres cajas que recogerá un mensajero por la tarde. Documentos y objetos de los que no quiero desprenderme. Las escrituras del piso, los seguros, recortes de periódico de momentos que papá debió de considerar importantes y dignos de ser guardados en sus siempre pulcras y ordenadas carpetas. Las primeras reseñas de mis libros ocupaban un archivador especial, así como mis titulaciones y las suyas: todos los cursos de especialización que hizo en el trabajo hasta que llegó a ser jefe de talleres del Parque Móvil. Cuando ya dejó de hacer horas por las tardes en el taller de nuestra calle, iba a su oficina a adelantar trabajo. Algunas veces iba a visitarlo cuando llegaba a la ciudad en el autobús que nos traía de la Universidad Laboral, que estaba a varios kilómetros de la ciudad.

En el año 76 y en el 77 todavía colgaba de la pared el testamento de Franco y el primer discurso del rey Juan Carlos. Todo organismo oficial debía mostrarlos en un lugar preeminente. Mi padre los tenía a sus espaldas porque no le quedaba otro remedio. A la derecha el del rey, a la izquierda el del dictador.

—Pero ¿por qué tienes eso ahí, papá? —le preguntaba cada vez que entraba en aquella oficina acristalada en medio del taller. Olía a gasolina y a pintura, y a mí me gustaba aquel olor porque era el del lugar en el que mi padre pasaba un tercio de sus días.

—¿Te crees que me gusta tenerlo? Bien a gusto los tiraría los dos a la basura. Pero es obligatorio. Si los quitara, me meterían en el calabozo de cabeza.

—Pero, papá, si ya estamos en otros tiempos.

—No te lo creas. Por aquí hay mucho nostálgico. Pero, mira, voy a enseñarte algo.

Y sacó la cartera que llevaba siempre en la chaqueta, con los carnés, la foto de mamá, la mía, el dinero y, detrás de las fotografías, una cinta con la bandera republicana.

—Pero no se lo cuentes a nadie.

—¿Ni a mamá?

—No. Le da miedo. Cree que aún me podrían meter en la cárcel por llevar esta bandera.

—Pero no es así.

—No. Pero no todo el mundo aceptaría que yo la tuviera. Así que mejor que nadie se entere. Aún hay miedo.

—¿Por qué?

—Porque puede pasar cualquier cosa. Ayer hubo otro atentado en Rentería. Un militar asesinado. En cualquier momento pueden volver a levantarse en armas y volver a lo mismo.

—Pero eso no podría pasar.

—Esperemos que no. Pero no está la cosa para muchas alegrías. No es tan fácil pasar de una dictadura a una democracia. Han sido demasiados años de privilegios. Y si además los están provocando, la cosa se pone jodida.

Papá no solía decir palabrotas delante de mí. No lo había hecho mientras era pequeña, pero a mis quince años ya me consideraba suficientemente mayor para compartir sus sentimientos de miedo y algunas de las expresiones que decía con sus compañeros.

—Pero a ti no te pasará nada, ¿verdad, papá?

—No, cariño, a mí no me pasará nada.

Aquello era lo único que me importaba de los atentados, que ninguno tuviera como objetivo mi padre, que organizaba los arreglos de los coches de la policía. Algunas veces, los terroristas ponían bombas lapa en los automóviles policiales, y las víctimas volaban por los aires partidas en pedazos. La sola idea de que mi padre pudiera acabar su vida de esa manera me provocaba un miedo que arañaba cada una de mis pesadillas.

Un miedo que se mezclaba con la euforia asamblearia y libertaria que vivía con mis compañeras, con Martín... Miedo a los terroristas. Miedo a que los militares se sublevaran y dieran un golpe de Estado. Miedo a los grupos fascistas que se resistían a perder el poder. Miedo a decir cosas que pudieran ser escuchadas por los agentes de la policía política infiltrados en todos los organismos, sobre todo en la universidad.

Miedo. Miedo. Miedo.

Miedo que se materializó en la matanza de los abogados laboralistas en su propio despacho en la calle Atocha en 1977, en el golpe de estado de Tejero, Armada y Milans del Bosch en 1981, en los muchos atentados de ETA, sobre todo al Hipercor de Barcelona en 1987, y a la casa cuartel de Zaragoza, también en 1987.

Miedo que desembocó en dolor y en lágrimas sembradas por los unos y por los otros.

Miedo a enseñar la bandera republicana escondida en la cartera de papá.

Miedo a quitar de la pared el discurso testamentario del dictador.

Miedo a que la libertad trajera más miedo.

86

En aquellos años, se iba a menudo la luz, y se cortaba la televisión. Cuando se cortaba la emisión quería decir que algo malo pasaba. Ocurría cuando había algún atentado terrorista. La carta de ajuste sustituía a la película, la serie o el documental que estuviéramos viendo, e inmediatamente salía una de las locutoras con rostro grave anunciando la muerte de algún policía, guardia civil, o militar. Cada corte presagiaba una tragedia y el regreso del miedo. Cada muerto en atentado implicaba una tragedia de infinito dolor para varias familias, pero también la vuelta del temor a que el ejército se pusiera en pie de guerra.

Desde la muerte del dictador, no dejó de haber rumores de golpe de estado. Hubo tentativas fallidas, algunas de la cuales se mantuvieron en secreto. Papá sabía cosas que no contaba, pero su expresión grave en algunos momentos delataba su preocupación.

A veces estábamos cenando, o yo hacía los deberes, siempre ante la televisión, y de pronto, las imágenes desaparecían y la pantalla se convertía en un túnel negro de final incierto.

—Ya está. Algún golpe de Estado —decía la abuela.

—O no —intentaba tranquilizar mi madre.

—Habrá que hacer barricadas cualquier día —intervenía Martín si coincidía que estaba en casa, cosa que ocurría casi siempre a la hora de cenar.

—No digas tonterías —le contestaba papá—. Habrá sido algo de la antena.

En algunos momentos, simplemente era cosa de las antenas, que eran poco estables. Pero no siempre era así. Muchas veces era el anuncio de que había habido un atentado en el País Vasco, o en Madrid. Me estremezco al pensar que eso nos tranquilizaba. Solo era un muerto. No una guerra.

Cada vez que lo pienso, se me eriza la piel. ¿Nos tranquilizaba el hecho de que la noticia remitiera a un muerto en atentado, y no a un golpe de Estado? Vivíamos inmersos en un miedo distinto al que mis padres y mi abuela habían vivido durante años, pero miedo al fin y al cabo. Un miedo del que yo no había sido consciente hasta que llegaron las libertades. La libertad no fue ninguna fiesta como todos habíamos pensado. Mi abuela temía que llegara otro 36. Yo tenía miedo sobre todo por papá. Mamá pensaba que aquello no traería nada bueno porque todo el mundo hacía lo que le daba la gana, incluidos los terroristas. Papá era el único que estaba seguro de que todo iría bien, de que ya no había vuelta atrás. Que los referéndums a favor de la Reforma Democrática, primero, y de la Constitución después, traerían lo que siempre debía haber existido, una democracia como de la que gozaba el resto de los países de nuestro alrededor.

Pero a pesar de la seguridad con la que hablaba papá, cada vez que la emisión televisiva se cortaba y aparecía la carta de ajuste, a todos se nos encogía un poco el corazón. Por la posibilidad de que el presidente del Gobierno anunciara un golpe de Estado, o porque la presentadora diera noticia de otro asesinato.

Al fin y al cabo, un día los muertos podíamos ser nosotros.

87

Poco después del golpe de Estado de Tejero, dejé a Martín. Nunca olvidaré lo que estaba haciendo en aquel momento. Creo que nadie lo ha olvidado.

Estaba traduciendo el libro cuarto de *La Eneida* en la mesa camilla del cuarto de estar. Sobre la tela de panilla roja estaban mis cuadernos, el libro de Virgilio en latín, en una edición de tapas rosas, y el diccionario marrón. Como en mi casa estábamos acostumbrados a hacer varias cosas a la vez y a compartir el espacio en el que estaba la estufa, escuchábamos la radio, mientras mi abuela tejía un jersey y yo hacía los deberes de latín.

Mi madre en ese momento estaba hablando con la vecina en el rellano. Comentaban algo sobre unas muestras de ganchillo que mamá le había dejado a una prima lejana, y que ella no le había devuelto.

En la radio, los locutores comentaban los pormenores de las votaciones que estaban teniendo lugar en el Congreso de los Diputados para elegir a Calvo Sotelo, que iba a sustituir a Adolfo Suárez, dimitido unas semanas antes porque no podía más: tenía en su contra a casi todo el ejército, a los terroristas y a una parte importante del pueblo, que no perdonaba su pasado como ministro de Franco. De fondo se oía al presidente de la cámara que nombraba uno a uno a los diputados, que iban depositando su voto. Dido y Eneas se habían refugiado en la cueva en la que empezaría su trágica historia de amor cuando las voces de la radio empezaron a cambiar, tanto de tono como de contenido.

La monótona cantinela de los nombres de los representantes y su glosa por parte de los periodistas fue inmediatamente sustituida por unas frases llenas de miedo.

—Hay alboroto a las puertas del hemiciclo. Entran hombres uniformados. Van armados. Son guardias civiles. Entra pistola en mano un oficial. —No recuerdo exactamente sus palabras, pero mi memoria las guarda así.

—¿Puedes ver qué graduación tiene?

—Creo que es un teniente coronel de la Guardia Civil.

Dejo a Dido y a Eneas amándose en la cueva y me pongo de pie. La abuela está un poco sorda y no se ha enterado.

—Mamá, mamá.

—¿Qué pasa? —dice desde el rellano.

—Venid, rápido. Algo está pasando en el Congreso.

Me vuelvo a sentar y subo el volumen de la radio. Ya están mi madre y la vecina junto a la mesa. Las voces de los periodistas han enmudecido. Solo se oye una voz que araña nuestros oídos.

—¡Quieto todo el mundo! ¡Quieto todo el mundo!

El periodista, con voz muy baja, se atreve a hablar.

—Se levanta el general Gutiérrez Mellado e increpa al teniente coronel. Le pide que baje el arma y que no lo toque, que es un superior. Pero dos números de la Guardia Civil lo zarandean y lo obligan a sentarse.

Nos miramos las tres y la abuela, que se había acercado a nosotras.

—Ya os lo había dicho. Ya tenemos aquí otro 36. ¡Madre mía! —exclama mientras se santigua, cosa que no solía hacer salvo en momentos muy críticos.

—Chis, calla, abuela. A ver qué dicen.

De pronto, unos disparos, y después el silencio.

—Mamá, que los están matando —digo, y me echo a llorar.

—El general Pavía ha vuelto —dice la abuela, a quien su padre había contado aquel episodio de 1868 en el que se disolvieron las Cortes cuando Pavía entró con su caballo en el hemiciclo.

—No puede ser. No puede ser —mi madre se frota las manos nerviosa—. Tanto terrorismo y tanto libertinaje, al final ha acabado así. Ya dijeron que había ruido de sables cuando dimitió Suárez, y tenían razón.

—¿Llamamos a papá?

—Estará en la oficina. Esta tarde le tocaba trabajar. Él nos contará cuando vuelva.

—¿Y si no le dejan regresar? ¿Y si lo dejan retenido?

—Anda, llama a la oficina, a ver si te pasan con él. Y quita la radio. Si están matando a los diputados, es mejor que no lo escuchemos. —La cara de mi madre está roja, más que nunca. Está temblando. Todas lo hacemos—. Esto se puede poner muy feo.

—Mamá.

—¿Qué?

—Tengo miedo.

—Y yo. Y todos. ¿Pero qué os creíais todos que iba a pasar? Tanto ir a mítines y tanto llevar banderas rojas. Todo el mundo haciendo lo que le da la gana. Se muere Franco y la gente confunde libertad con libertinaje. A la gente le da por practicar el amor libre y por hacer barbaridades. Dios nos castiga.

—Mamá, no digas disparates. Que Dios no tiene nada que ver con esto —le digo mientras marco el número de la oficina de papá.

—Todos esos son de comunión diaria —dice la abuela—. Se creen que tienen la verdad en la mano porque les parece que tienen línea directa con Dios. Ya os lo había dicho.

—Pues a mí me parece bien —interviene la vecina, que hasta ese momento ha estado callada—. Tanto desorden, todo el mundo haciendo lo que le da la gana, no podía traer otra cosa. A ver si ahora las cosas vuelven a ser como antes y podemos andar tranquilos por las calles.

—Pero qué disparate dice, doña Marisela —le replico, mientras espero a que me comuniquen con papá.

—Nada de disparate. Estos pondrán otra vez la pena de muerte y colgarán a todos los terroristas. Y se acabará tanto atentado.

—Pero nadie tiene derecho a matar a nadie —protesto. Me da la impresión de que en unos minutos estamos retrocediendo más de seis años. Recordaba todas nuestras canciones y nuestras reuniones en las que protestábamos contra la pena de muerte.

—Nadie tiene derecho. Tú lo has dicho. Esos terroristas no hacen más que matar.

—¡Papá! —Por fin me comunican—. ¿Qué está pasando?

—Poned la tele. Lo están dando todo en directo.

—¿Pero qué pasa, papá? ¿Qué es lo que va a pasar? Estábamos escuchando la radio y de repente… Y han empezado a disparar.

—No pasará nada. Aquí está todo el mundo tranquilo. Hay que esperar, pero todo irá bien, ya lo verás. Dile a mamá que no se preocupe, que llegaré a casa un poco más tarde, pero que prepare la cena como todos los días.

—¿Estás bien, papá?

—Que sí, tontina, que sí. Ah, una cosa. Aquellas pegatinas del Partido Comunista, las que te dieron en el mitin aquel del cura Paco. Y las insignias que te regaló Martín, tíralas por el váter ahora mismo.

—¿Por el váter?

—Sí, no las eches en la basura, no sea que alguien revuelva los cubos esta noche para ver qué ha tirado cada vecino. En el váter. Ahora mismo.

Claro, en el váter el agua se llevaría las insignias rojas y llegarían al mar donde ya ni siquiera los peces podrían saber de dónde venían.

El miedo convivió esa noche con los restos de comida en muchos cubos de basura de todo el país.

En los cubos de basura y en las alcantarillas.

Mis insignias comunistas convivirían con las aguas que habían surcado las naves de Eneas cuando abandonó a Dido.

88

Martín se quedó a dormir con nosotros aquella noche. Llegó al poco rato, pálido y con el rostro desencajado. Venía de la facultad y no se había atrevido a regresar a la casa de sus tíos, que era donde vivía, ni a la sede del Partido, donde se habían reunido otros miembros del comité para decidir qué hacían.

A media tarde, Andrés y otros lo habían llamado a mi casa y les habíamos dicho que no estaba, que no sabíamos nada de él, que seguramente estaba escondiendo a otros amigos comprometidos.

Me sentía mal al mentir en una cosa así. Esa noche mucha gente tuvo que esconderse. Martín también lo hizo, pero no quiso decir dónde estaba ni siquiera a sus compañeros, ni tampoco quiso compartir el miedo con ellos. No los llamó en ningún momento ni se preocupó por la suerte que podía correr cada uno. Era un cobarde que le había visto las orejas al lobo. El Parlamento estaba secuestrado y al día siguiente podía pasar cualquier cosa. Todo dependería de la posición del rey. Si el golpe prosperaba y los militares tomaban con tanques las calles, como acababan de hacer en Valencia, de nada valdrían las reuniones clandestinas para organizar barricadas. Todos los que estaban significados lo iban a pasar mal. Y Martín, en vez de esconderse con los demás y de tomar una decisión conjunta con ellos, había comprometido a mi familia.

—Debes irte de aquí —le dije.

—Si las cosas van mal, me detendrán. A saber lo que me hacen.

—Y si te encuentran aquí, nos la vamos a cargar todos.

—¡Cómo se va a ir! Aquí no lo buscará nadie. —Mamá pensaba protegerlo contra cualquiera que osara venir a buscarlo. Mamá con él se comportaba como una gallina con su polluelo.

—No me gusta que se quede —me dijo la abuela en un momento que nos quedamos a solas en la cocina—. A ver qué dice tu padre cuando llegue. —Para mi abuela la opinión de mi padre era la única que valía.

—Tus amigos están en el piso del barrio. Creo que deberías ir con ellos y ver juntos qué es lo que hay que hacer.

—Si hacen una redada, ese será el primer lugar en el que buscarán.

—Pues vete con tus tíos, ellos no están fichados.

—Prefiero quedarme aquí con vosotros. Nadie va a registrar la casa de tu padre, que trabaja con la policía.

Así que era eso. Martín se sentía seguro en mi casa por los contactos de mi padre. No podía creerlo. Esa era la razón por la que estaba conmigo. En caso de problemas, mi padre podría ayudarlo a salir de cualquier atolladero. Aunque papá era republicano, estaba bien relacionado con todo el estamento policial, incluso con miembros de la policía política, infiltrados en la universidad. Esa era una de las razones. Mi madre era la otra. Yo le importaba una mierda.

—¿Sabes qué te digo? Que me parece que va a haber un antes y un después de este día.

—Claro que lo va a haber. O acabamos todos en la cárcel, o la democracia saldrá reforzada.

—A ti la democracia te la trae al pairo. Eres un pan sin sal, que no vas a arriesgarte ni por nada ni por nadie. Y no me refería al país con lo del antes y el después. Estoy hablando de nosotros dos.

—¿Qué tiene que ver eso con nosotros?

—Que no sé si quiero seguir saliendo contigo. No sé si eres el mismo hombre del que me enamoré.

—No es el mejor momento para hablar de nosotros. Hablar de amor en estos momentos es algo muy burgués. —Seguía con su discurso trasnochado—. Nos estamos jugando el futuro del país.

—Vete a la porra. Tú, precisamente tú, no te estás jugando nada. Estás aquí porque sabes que alguien te sacará las castañas del fuego en el caso de que haya problemas.

Mamá nos estaba escuchando desde el otro lado de la puerta de mi habitación. Llamó con los nudillos.

—¿Qué vais a cenar? He hecho una sopa de pollo.

—Seguro que está tan rica como siempre —respondió Martín.

—¿De verdad tenéis hambre? A mí me sentaría mal. Esperaré a papá.

—Acaba de llamar. Salía ahora hacia aquí. Lo trae un coche por si acaso hubiera problemas en las calles.

—¿No ves? Con tu padre estamos a salvo.

—Vete a la mierda.

No soportaba la idea de que Martín hubiera tomado mi casa como su refugio. Aquel era «mi» refugio, mi castillo. Y él, el héroe rojo, la utilizaba como barricada. A la casa, a mi madre y sobre todo a mi padre. En ese momento deseé que viniera una patrulla de golpistas y que lo detuviera y lo mandara bien lejos, donde jamás tuviera que verlo.

Pero no vino nadie más que papá. Me abracé a él en cuanto apareció por la puerta. Venía cansado.

—Todo irá bien. Mañana se habrá terminado todo.

—Esto se veía venir —repuso mi madre después de besar a papá.

Esa vez no se había pintado los labios como hacía siempre. Todo era demasiado extraordinario, demasiado gris y no había lugar para nada que tuviera color rojo. Ni siquiera para el carmín. Por si acaso.

89

Estoy en mi habitación donde pasé aquella noche escuchando la radio, como hizo la mayoría de los españoles. Martín durmió en el sofá del salón. Cuando lo vi por la mañana no me dio la impresión de que hubiera estado pegado a la radio. Tenía cara de haber dormido de un tirón.

—¿Vas a ir a la facultad? —me preguntó.

—Claro.

—¿Y si hay movida?

—Pues la veremos. ¿Y tú? ¿Vas a ir al despacho? —Aunque aún no había terminado la carrera, hacía ya unas prácticas en un bufete de abogados.

—No lo sé. Voy a llamar a ver si los demás van a ir. Si hay problemas, vendrán a por nosotros, como pasó con los abogados de Atocha.

—Menos lobos, Martín. Ellos eran laboralistas, y vosotros os dedicáis a anulaciones matrimoniales de parejas ricas, riquísimas. A ti te puede matar algún marido al que hayas despellejado en pos de unas condiciones indecentes para alguna esposa, de esas que no han trabajado en su puta vida y reciben una indemnización de divorcio que las convierte en millonarias.

—Bueno, luego veré qué hago.

Y siempre era así con él. Tardaba en tomar decisiones, y cuando lo hacía optaba por las que lo beneficiaban a él.

Entre los libros que he guardado en una de las cajas que llevaré a mi casa de Madrid están los de los filosófos presocráticos, y los textos de la antigua Mesopotamia, donde nació parte del pensamiento occidental. Estudié Filosofía un año en la facultad, la sufrí y la suspendí: la única mala nota de toda la carrera es la de esa asignatura, impartida por un profesor excelente, cuyas explicaciones no era capaz de entender. Fumaba en clase como un camionero, olía fatal y tenía la cara salpicada de restos de viruela, con el color cetrino que provocan años y años de humo de tabaco como baño de vapor en la piel. El 24 de febrero teníamos clase con él a primera hora, y a pesar de la noche insomne y de las radios en los bolsillos, casi todos fuimos a clase. Era un aula inmensa, con gradas, en las que cabíamos más de doscientos alumnos. Entró sin cartera. Siempre llevaba una de color marrón, de la que sacaba apuntes y libros. Pero ese día entró en el aula con las manos en los bolsillos y el cigarrillo en la boca. Dio varios pasos hasta que llegó al centro de la tarima, justo delante de la mesa. Nos miró, no sé si contrariado por nuestra presencia o por nuestro silencio.

—Lo siento, pero hoy no puedo dar clase.

Y salió por donde había entrado. No dijo nada más. Los alumnos nos quedamos callados y nos fuimos levantando para irnos a nuestras casas a intentar seguir los acontecimientos por la radio y la televisión.

—¡Qué pronto vienes! —exclamó mi madre al verme.

—No hay clase. Ha entrado el profesor y ha dicho que no podía dar clase.

—Pues vaya. Seguro que no habrá dormido en toda la noche y estará preparándose para irse del país. Dicen que a pesar del discurso del rey, esta noche mucha gente ha cruzado la frontera.

—¿Y Martín? —le pregunté—. ¿Ha ido al despacho?

—No lo sé. Salió temprano, después de desayunar.

—Igual se ha ido a Francia —dije.

—Eso es lo mejor que podía hacer, irse y no volver más —apostilló mi abuela, mientras me guiñaba un ojo.

—Qué barbaridad. No necesita irse. Aquí no va a pasar nada. —Mi madre estaba nerviosa, como casi todos los días de su vida.

—Así empezamos la otra vez: un alzamiento militar, en unos sitios sí, en otros no. Los anarquistas dando por el saco. Los comunistas por un lado, los socialistas por otro. Y el pueblo a joderse vivo.

—Bueno, yaya, aquí no ha salido nadie aún a la calle, más que cuatro tanques en Valencia, y otros en Madrid que han vuelto a su cuartel. No va a pasar nada. Lo dijo ayer papá.

—Ya lo veremos, hija mía, ya lo veremos.

—¿Y tú por qué dices que sería mejor que no volviera Martín? ¿Por si lo detienen si el golpe prospera?

—No, hija. Si lo detuvieran nos libraríamos de él. Yo lo que quiero es que se vaya de esta casa y de esta familia, para siempre.

—¿Pero a ti qué te ha hecho la criatura, si es más bueno que el pan? —le preguntó ofendida mi madre.

—¿Que qué ha hecho? Ese chico no es para tu hija, ¿es que no te das cuenta? La va a hacer una desgraciada.

—¿Por qué dices eso?

—Porque va a lo suyo. No la quiere como ella merece. Él lo único que desea es recogerse en una familia. Mucho ideal libertario y comunista, y en cuanto ve las orejas al lobo, se retira, no para protegerla a ella, sino a sí mismo. Quedándose aquí esta noche nos ha comprometido a todos. No quiero que vuelva por casa. Y creo que tu hija está de acuerdo conmigo.

—Pero ¡qué disparates estás diciendo, abuela!

—No me llames abuela, que soy tu madre.

—Pero es que es un chico desvalido, está solo.

—No es ningún niño. Tiene veinticinco años. A su edad yo ya me había casado, y había lavado toneladas de sábanas ajenas. Y con agua fría. Y sola en el lavadero, en puro invierno. Yo estaba mucho más desvalida que él, que tiene agua caliente en su casa todos los días, casi ha terminado de estudiar una carrera y tiene un buen trabajo. En cuanto tu hija decida mandarlo a paseo, le saldrán decenas de candidatas.

—Pero yo lo quiero para mi hija.

—No lo quieres para ella. Lo quieres para ti.

—¡Abuela!

—Que no me llames abuela. Que soy tu madre, rediós.

—Yo no lo quiero para mí.

—Si quieres hacer obras de caridad, empieza por tu propia familia, sé caritativa con tu hija, y permítele que lo deje de una vez. No es para ella.

—No encontrará a nadie como él —aseveró mi madre.

—Eso espero —dije yo por fin y le di un abrazo a mi abuela, que en aquel momento era la única que me entendía solo con mirarme.

90

Fue en esta habitación donde tuvo lugar aquella conversación. Yo sentada ante mi escritorio. Mi madre y mi abuela de pie. Parece que las estoy viendo desde el taburete donde me siento. Mi abuela, con su pelo blanco, ligeramente azulado por el «plis» que le aplicaba la peluquera, con su bata gris con florecillas violetas de alivio de luto. Mamá, con su bata verde acolchada, y un rictus grave y serio que me recordaba al de sor Josefina, la monja que nos castigaba a pasar una hora entera con la silla en las manos y sobre la cabeza. Mamá no entendía muchas cosas. No comprendía que se podía dejar de querer a un novio, ni que no tenía razón en todo aquello que había creído siempre. Había tenido la suerte de haberse casado con un hombre como papá, honesto, sobrio, tolerante, un obrero, un chapista, que se manchaba las manos en el trabajo con la grasa de los coches, pero al que jamás le vimos las manos sucias. Un hombre que no gritaba proclamas como Martín, pero que llevaba a cabo su contenido en silencio, sin alharacas. Mamá había tenido mucha más suerte que yo. Se lo dije a la abuela en cuanto mi madre salió de la habitación dando un portazo.

—En eso no tienes razón.

—Papá es el mejor de los hombres.

—Es verdad.

—¿Entonces?

—Tu madre ha vivido toda su vida en una época en la que no era posible elegir.

—¿Crees que habría escogido a otro hombre?

—No, no, no me refiero a eso. Quiero decir en general. A ella le enseñaron que las cosas eran como eran, de una manera recta. Nadie ponía nada en duda.

—¿Y tú, abuela? Tú que sabías que no había solo una verdad, ¿por qué no la educaste en que había que dudar? ¿En que no había que creerse todo?

—No se podía. En casa se daba la comida, la ropa y el cariño. De lo demás se encargaba la escuela y la Sección Femenina. Las niñas eran educadas para ser buenas esposas, complacientes, obedientes. Lo que se salía de la regla era rebeldía y pecado.

—Pero tú sabías que las cosas no eran así, ¿por qué no hablabas con ella y le dabas tu visión de las cosas.

—Ay, mi niña, las cosas no son tan fáciles. Después de tres años de guerra y más de veinte de posguerra y de dictadura, yo ya había dejado de tener «mi visión de las cosas».

Me quedé en silencio mirando a mi abuela, cuyo rostro también había dejado de hablar.

91

Cierro la caja de los libros que me voy a llevar. Los demás los he dejado en cajas abiertas. Me ha dicho el chico de la inmobiliaria que los llevará a la biblioteca del barrio, que siempre reciben bien los legados porque apenas tienen presupuesto para comprar nada que no sean los *best sellers* que todo el mundo pide. Me da pena que sea así: un país, una ciudad, que no invierte en cultura no entiende que el pan de hoy es el hambre de mañana.

Me ha dolido meter las viejas colecciones de clásicos en las cajas que irán a la biblioteca. Y tres enciclopedias, y las diferentes ediciones del diccionario de la RAE. Y tantos otros libros que en casa ya tengo por duplicado. Entre los de mi marido y los míos, hay más de tres mil volúmenes, la mayoría en estanterías en el pasillo. Los libros de Roberto están en su habitación, en una suerte de orden caótico que solo entiende él.

Lo echo de menos. Desde que se fue de Erasmus entiendo más a mi madre, y sus preocupaciones sobre mí y mis sucesivos presentes. El miedo a que me pasara algo, a que me fuera de la ciudad, a perderme. Tal vez era por esa razón por la que quería que me casara con Martín, porque creía que así no me marcharía jamás de su lado. Sí, tal vez era por eso.

Casi he terminado la tarea y me siento un rato en el salón. Saco el botellín de agua y el antiinflamatorio. Se está pasando el efecto de la primera pastilla del día y la rodilla empieza a dolerme. Miro a mi alrededor. Debería haber lavado las cortinas, pero no lo he hecho. También tendría que haber cepillado los sillones, y tampoco lo he hecho. Los de la inmobiliaria se encargarán. O no. Me da igual. No sé si habría agradecido la compañía de Roberto o de mi marido. Tal vez no. Quizá haya sido mejor estar sola en la casa. Así mis fantasmas me han rendido cuentas. Si no hubiera estado sola no habrían aparecido en mi memoria como lo han hecho.

Llaman a la puerta.

Preferiría no levantarme, no abrir, no moverme de donde estoy, como el protagonista del relato de Melville. Sé que es la vecina y debo levantarme, abrir, moverme.

—He pensado que no ibas a abrir la puerta.

—¿Por qué?

—Porque has tardado mucho.

—Me duele la rodilla.

—Deberías haberte quedado hoy en el hotel. Ni la humedad ni las escaleras son buenas para los huesos.

—Son los tendones los que se me han fastidiado.

—Lo mismo da. ¿Ya has terminado?

—Casi. Me queda poco.

—He hecho garbanzos para las dos.

—Es mi plato preferido.

—Lo sé. Por eso los he preparado. Así no tienes excusa para no comer conmigo. Eso si no es verdad que has quedado con alguna de esas amigas tuyas, como has dicho antes.

—Estoy libre —le digo. En realidad no tengo ningún compromiso con Sara.

—Ya me he dado cuenta de que antes me has mentido.

—¿Cuándo?

—Cuando me has dicho que habías quedado con tu amiga, te

has pasado la lengua por los labios. Cuando alguien hace ese gesto, quiere decir que está mintiendo. Lo dijeron un día por la tele.

—En ese momento, se me hacía un mundo comer con alguien, por eso me había inventado una excusa, pero ahora me encuentro más animada. —No sé si es verdad que estoy más animada, pero lo digo.

—Estupendo. Entonces, te espero dentro de veinte minutos.

—¿Por qué veinte minutos?

—Es lo que voy a tardar en arreglarme. No voy a comer contigo mal vestida y mal peinada.

—¿Qué más da?

—Nunca he comido con nadie en bata. Ni siquiera cuando estábamos mi marido y yo solos. Dentro de veinte minutos.

—De acuerdo.

Cierro la puerta y sonrío. Marisela se vestía para comer con su marido igual que mi madre se pintaba los labios para recibir al suyo. Seguramente ambas eran instrucciones de los manuales de conducta para señoritas que las dos tuvieron que leer y llevar a la práctica para ser tan buenas esposas como se esperaba de todas aquellas mujeres que habían nacido en los años treinta.

Marisela y mi madre llegaron al mundo un año antes de que empezara la guerra.

Llamo a Sara para decirle que no comeré con ella. Miro el reloj. Tengo veinte minutos. Puedo revisar el último cajón del tocador, el que aún no me he atrevido a abrir.

92

En él guardaba mi madre los álbumes de fotos. Tengo una caja preparada para guardarlos todos. Los meto uno a uno, sin abrirlos. Conozco todas las sonrisas que se esconden dentro. Miradas en blanco y negro en los más antiguos. Color después del 68, cuando llegó a casa la Kodak americana que hacía las fotos cuadradas en vez de rectangulares.

En el cajón hay también recortes de periódico: la esquela que anunciaba la muerte de un abuelo, de otro abuelo, de las abuelas, de mis tíos. Un par de artículos de los años setenta. Uno es sobre un atentado de ETA en Madrid.

El otro es sobre la primera mujer acusada de adulterio que no fue a la cárcel.

Conforme lo voy leyendo voy recordando perfectamente el caso. Hasta 1976 cualquier mujer acusada de adulterio era condenada a prisión. Además, era difícil probar la inocencia. Si el marido te denunciaba o por adulterio o por abandono del hogar, no era fácil zafarse de una condena.

—Pues deberían haberla mandado a la cárcel —dijo mi madre cuando leyó la noticia aquel mes de octubre del 76.

—¡Pero qué disparates dices! Ya era hora de que cambiaran las cosas —contestó la abuela, aunque realmente tendrían que pasar dos años más para que se reformara la ley.

—Mamá, no te has leído la Biblia. Hasta Jesucristo defendió a la mujer adúltera de la barbarie del pueblo.

Si se le nombraba a Jesús, mi madre no tenía otro remedio que callarse y reflexionar. No iban a ser los jueces, ni ella, más papistas que el propio padre de la Iglesia. La mezcla de fanatismo y caridad era una más de las contradicciones en las que había sido educada.

—Tan pronto defiendes a las mujeres maltratadas como meterías en la cárcel a todas las que osan dejar al marido o buscarse un amante —le decía yo.

—Una cosa es que tu marido te ponga la mano encima o se vaya con otra. Yo no le toleraría a tu padre ninguna de las dos cosas. Y otra cosa muy diferente es tener un querido. Eso es de zorras.

Para mi madre las mujeres se dividían en zorras y decentes. Ella pertenecía a la segunda categoría, claro. Y todas las que habían tenido algún «desliz» fuera del sacrosanto matrimonio pertenecían a la primera.

—Menos mal que no todo el mundo piensa como tú. Gracias precisamente a una abogada de esta ciudad, esa mujer no ha ido a la cárcel. Y lo que es más importante, ha sentado jurisprudencia y ya ninguna otra adúltera acabará en prisión.

Yo lo decía con satisfacción, por lo que comportaba con respecto a la ley, y porque sabía que a mi madre le fastidiaba. Cuando me irritaba con ella, me gustaba comprobar que se desmoronaba el que había sido su mundo. Cuando volvía a quererla como no quería a nadie más en el mundo, sentía una compasión tan grande por ella que quería morirme por haberla hecho sufrir.

La ley se cambió y la Constitución recogió la nueva normativa en 1978. No habría trato discriminatorio hacia las mujeres. El adulterio femenino dejaba de estar castigado gracias a que la abogada Gloria Labarta, en una ciudad de provincias como la nuestra, había conseguido sentar jurisprudencia en 1976. Sí, había una generación intermedia entre la de mi madre y la mía, y Gloria pertenecía a ella.

Había mujeres que en el 75 ya habían terminado sus carreras universitarias y luchaban por los derechos, por la democracia y por la igualdad. A ellas no les había convencido el discurso conformista, y tampoco estaban viviendo la transición hormonal al mismo tiempo que la del país, como nos pasó a las chicas de mi edad. Ellas sí que luchaban de verdad, mientras que nosotras escuchábamos a Jane Birkin a escondidas, llevábamos las pegatinas rojas en las carpetas, levitábamos en los conciertos de Labordeta con el mechero encendido, y nos creíamos que estábamos haciendo la revolución.

Mamá y yo nacimos a destiempo. Ella, demasiado pronto. Yo, demasiado tarde. Por eso ella nunca encontró su sitio.

Y yo tampoco.

93

Regresar a la casa familiar es volver a la niña y a la adolescente que fui aquí dentro. Vaciarla es perder una parte de quien fui. Tal vez la propia esencia de quien soy ahora. Sin todo lo que estoy metiendo en las bolsas negras de basura, no sería la misma. Somos la suma de todos los presentes que hemos sido. De todas las bolsas de basura que hemos ido tirando al contenedor. Y dentro de cada presente estaban todos y cada uno de los objetos, todas y cada una de las personas que han respirado entre estas cuatro paredes. También las que dejaron de respirar en las camas que van a seguir en su sitio. Los muertos se van, pero las camas permanecen.

Llama la vecina al timbre. Miro el reloj. Debe de ser la hora de comer. Efectivamente. Abro la puerta.

—Ya está la comida en la mesa.

—Qué bien. Cuánto te lo agradezco —miento y no miento. No me apetece bajar de nuevo las escaleras. Me duele menos la rodilla, pero los escalones no le sientan bien. Aunque reconozco que preferiría estar sola.

Entro en su casa. Huele a cerrado. Los viejos tienen frío y abren poco las ventanas. Ella huele bien porque se ha perfumado con agua fresca de colonia. Ha preparado un potaje de garbanzos con verduras, cuyo aroma se mezcla con los demás. Siempre me ha gustado entrar en las casas que huelen a apio. Mi abuela siempre lo ponía en todos los guisos, y cuando yo volvía del colegio o de la universidad, me recibía el aroma ya desde la puerta del patio, me guiaba por las escaleras como las miguitas de Pulgarcito, y cuando por fin llegaba a la cocina, allí estaba ella, con su bata gris, dándole vueltas a la sopa, mientras mamá terminaba de limpiar el polvo para que papá se encontrara todo rutilante.

En casa de la vecina nunca ha olido a apio. A ella no le gusta. Me sirve los garbanzos. Están buenos, pero aburridos. Tienen poca sal porque ella tiene la tensión alta y no les pone. Yo tampoco, pero pongo siempre especias que dan buen sabor y buen aroma. Me como todo el plato. El trabajo me ha dado hambre.

—¿Está bueno?

—Delicioso. Muchas gracias.

—Me alegro de que hayas aceptado comer conmigo. Es muy aburrido comer sola.

—A mí me gusta.

—Porque estás acompañada a todas horas. Por eso agradeces la soledad. La soledad no deseada es triste. Muy triste. Y ahora a mí ya no me queda nadie. Cada vez que veo la puerta de tu casa tan cerrada, me entran ganas de llorar. Sé que no va a salir nadie. Ni tu madre, ni tu abuela, ni tu padre.

—Ahora empezará a entrar gente.

—Los de la inmobiliaria, que siempre son unos estirados, con un traje y una corbata que no saben llevar.

—Bueno, enseguida tendrás vecinos.

—A saber quién vendrá.

—Alguna familia normal, como hemos sido siempre nosotros.

—Ya no hay familias normales, Margarita.

—¿Qué quieres decir?

—A lo mejor se meten aquí diez o quince negros, o chinos, o moros. ¡Sabe Dios quién vendrá!

Su mundo ha sido siempre pequeño, así es que siempre ha visto un peligro potencial en todos aquellos que son diferentes a su clan.

—Pero todos son hijos de Dios —le digo, porque sé que es creyente. En la escuela siempre nos hablaron de la igualdad de todas las razas. Recuerdo a don Rafael, a Carl Anderson, y me digo que una cosa es predicar y otra dar trigo, como reza el refrán.

—Unos más que otros. Si Dios hubiera querido que aquí hubiera negros, los habría creado en esta tierra y no en África. Y lo mismo con los chinos.

—Pero, Marisela. Qué disparates dices.

—Así es. Cada uno debería quedarse en su casa.

—Bueno, si hubiera hecho lo mismo tu hermano, el que se marchó a Brasil, no tendrías esta casa. Si no recuerdo mal, se hizo rico y fue él quien te mandó el dinero para comprar el piso.

—Aquello era distinto.

—No. Se marchó porque quería una vida mejor. Es lo mismo que pasa ahora.

—Pero no era negro.

—No. ¿Y qué?

—Pues que los negritos estaban muy bien en las huchas del colegio. Allí metíamos dinero para las misiones y los ayudábamos. Y ya estaba. Eran otros tiempos.

Claro que eran otros tiempos. Tiempos que quedaron a la sombra de los cipreses.

—¿Has visto lo de Su Excelencia?

—¿Qué Excelencia? —le pregunto, aunque sé a qué se refiere.

—Lo de Franco, pobre. ¡Qué disparate sacarlo de donde está! Lo deberían haber dejado tranquilo, en su eterno reposo.

—Seguro que seguirá descansando, Marisela.

—Hasta en un helicóptero lo han llevado, volando por los aires.

—Bueno, él hizo volar por los aires a mucha gente.

—No digas eso. Él salvó este país. Al menos eso era lo que nos decían. Y lo que repetía mi marido una y otra vez.

Marisela ha sido siempre muy de derechas. Cuando estaba bien de salud iba a misa todos los días, de joven formó parte de la Sección Femenina. Enseñaba a las jóvenes a preparar una canastilla para los recién nacidos, a disponer los cubiertos en una mesa, a pelar una naranja con cuchillo y tenedor. A ser complaciente con el marido. A ella le habían dicho «esto es así», y ella se lo había creído todo sin poner nada en tela de juicio.

No había tenido hijos que le llevaran la contraria, como le había pasado a mi madre conmigo, así que su pensamiento poco había cambiado desde los años del Servicio Social. Su mundo no se había tambaleado porque nadie había roído y arañado sus cimientos como había hecho yo con los de mamá.

94

—De segundo he hecho pescado al horno con patatas. Me sale muy bueno. Era el plato favorito de mi marido.

—A mi padre no le gustaba el pescado. Decía siempre que si no tuviera espinas, lo soportaría, pero le daba miedo ahogarse. En un par de ocasiones lo pasó fatal. Solo comía filetes de merluza, de esos que ya están pelados y que no tienen nada.

—Por no tener no tienen ni sustancia. Odio toda esa comida metida en plásticos.

—Vaya, ahora saliste ecologista. Te has convertido a la causa de la pobre Greta —le digo irónicamente. Los suyos aborrecen a la niña sueca y además niegan el cambio climático.

—No es por eso —reconoce—. Le ponen un montón de conservantes que resultan cancerígenos todos. Hay que comer pescado fresco de cercanía.

—Pues aquí de cercanía solo podríamos comer percas y siluros, pescados de río que saben a barro sucio —contesto.

—Nada de eso. Del Mediterráneo vienen pescados bien ricos.

—Últimamente no como nada que venga de ese mar.

—¿Y eso por qué?

—Los peces comen cadáveres de emigrantes ahogados —le suelto.

Se me queda mirando con una cara de horror, a la vez que deja la bandeja de acero inoxidable en un salvamanteles azul que tiene forma de pez. Se sienta para seguir hablando.

—Eso no es verdad. Lo dices para hacerme rabiar. A veces pienso que eres mala.

—No soy mala. Es la verdad. Y no te lo digo para enfadarte, sino para que reflexiones sobre tus ideas acerca de las miles de personas que cruzan el mar para tener una vida menos mala, como antes hicieron tantos españoles, por ejemplo, tu hermano el de Brasil.

—Hay diferencias.

—Claro. Aquellos no se ahogaron. Iban en barcos seguros que no naufragaron. Ninguno acabó en el fondo del mar. A ninguno se lo comieron los peces que se ofrecían en las pescaderías ni en los supermercados.

—Eres una exagerada —afirma, mientras me sirve con una paleta de plata.

—¡Qué bonita! —le digo.

—La heredó mi marido de una tía suya que se casó con un millonario inglés.

—En tu familia hubo quien supo hacer las cosas bien. Ya ves, no todos se quedaron en la gloriosa España de Franco, al que tanto defiendes.

—Tuvieron buenas ofertas de trabajo y de matrimonio, y las aceptaron. Entonces, los hombres eran los cabeza de familia y tenían que arreglárselas para encontrar un buen trabajo. Y las mujeres buscaban un marido, mejor si era rico, pero con que tuviera un trabajo y fuera honrado, ya nos contentábamos. Tu padre era del segundo grupo.

—No era rico.

—No. El mío tampoco, pero tampoco era del segundo grupo. Tu madre tuvo suerte.

—Sí, en eso sí. En lo otro fue como las demás chicas de su generación, de la tuya. Una generación castrada —le digo, y me arrepiento inmediatamente de haberlo dicho. No debe decírsele a nadie que su vida ha sido un desastre, sobre todo cuando tiene una edad cercana al final. Eso afirma siempre mi marido, y tiene razón.

—¿Castrada? No fuimos una generación castrada, ni perdida. Fuimos lo que fuimos, sin más. No pretendimos nada, nos conformamos con lo que la vida nos dio.

—No hicisteis la revolución. Dejasteis que el dictador siguiera controlando la vida de los demás.

—Nadie controlaba mi vida.

—Eso es lo peor. Que ni siquiera os dabais cuenta.

—Y entonces llegasteis vosotros, los revolucionarios de pacotilla, y os pensasteis que sabíais más que los que llevábamos media vida en este mundo. Oh, vamos, no me fastidies.

—Está bueno el pescado. —La alabo para cambiar de tema.

—Por supuesto que está bueno. Y no lleva a ningún emigrante ahogado dentro. Ni en el relleno ni en la salsa.

—Lo cual vamos a celebrar con un brindis.

95

Lleno las dos copas con el vino blanco que ha traído de la nevera.

Está fresco y es un poco dulzón, un Gewürztraminer del Somontano, que es uno de mis preferidos.

—Lo he comprado porque sé que te gusta.

—Gracias. Brindemos por todos los que ya no están —digo mientras alzo mi copa.

—Mejor lo hacemos por nosotras, porque tardemos mucho en acompañarlos —sugiere mientras me guiña un ojo.

—Pues también. Por las presentes y por los ausentes.

—¡Y dale!

—Bueno, está bien acordarse de todos.

—Creo que tú lo haces aún más que yo, Margarita. Deberías meter muchos de tus recuerdos en el saco del olvido.

—¿El saco del olvido? —le pregunto después de beber un sorbo.

—Es tan grande como las bolsas de la basura, y tan negro como ellas. Y hay que tirarlo al contenedor de los recuerdos olvidados —explica, sin dejar de mirarme.

—Si son recuerdos, no están olvidados. No encaja el adjetivo con el sustantivo.

—A veces resulta pedante y desagradable que sepas tanto de palabras. Pero tienes poca imaginación en esto. Los recuerdos dejan de serlo cuando los olvidamos. Y eso lo podemos hacer involuntariamente, como algunos enfermos, y voluntariamente, como yo. Yo tiro un saco entero al mes. Y me hace bien. Cada vez vivo más sola, eso sí, porque me hacían compañía.

—¿Quiénes?

—¿Quiénes van a ser? Los recuerdos.

Reconozco que me está sorprendiendo la conversación con Marisela, y que tengo que pararme a pensar despacio sus palabras.

—Ahora bien, hay algo que no se me ha olvidado.

—¿El qué?

—Cuando brindabas por la salud del caudillo.

—Era muy pequeña —le digo, a la vez que me sonrojo.

—Ya. Pero eras muy graciosa. Me encantaba cuando pasábamos a tu casa, y tu madre nos invitaba a merendar. Y siempre, siempre, siempre, tu brindis, que provocaba una situación embarazosa, sobre todo entre tu padre y mi marido, que intentaban no hablar de política. Se llevaban bien y se apreciaban mucho, pero eran completamente contrarios.

—Se respetaban. Y eso era importante.

—Ya lo creo.

Se hace un silencio.

—En mi casa nos vestimos de luto el día en que murió el caudillo. Hicimos un ayuno y asistimos a la adoración nocturna en la parroquia.

—Nosotros no.

—Ya. Erais unos rojos.

—Ya no se usaba ese apelativo.

—En mi casa, sí. ¿Y sabes una cosa? Mi marido podía haberos delatado, pero no lo hizo.

Me la quedo mirando extrañada. ¿Delatarnos? ¿Por qué? Le pregunto.

—Las paredes oían todas vuestras conversaciones. No os gustaba Franco. Tu abuela contaba barbaridades de cuando la guerra.

—Contaba la verdad.

—A mis abuelos los fusilaron los rojos. Aquello también fue verdad. Cada uno contaba la guerra como le fue. Y luego ese chico al que adoptó tu madre. Aquel novio tuyo.

—Martín.

—Sí, Martín. Era del Partido Comunista.

—Pero ya estaba legalizado cuando nos conocimos.

—Sí, pero la noche del 23 de febrero todo estaba preparado para ganar y devolver el orden a este país.

—¿Devolver el orden? Aquello fue un golpe de Estado.

—Lo que tú digas, pero a mi marido le pidieron una lista.

—¿Una lista? ¿De qué?

—¿De qué? De gente a la que habría que fusilar en el caso de que ganara el golpe. Y tu Martín estaba en la lista. Los demás, no, no te preocupes. Mi marido se habría encargado de exculpar a tus padres por haberlo alojado precisamente aquella noche.

—O sea, que estuvimos en peligro.

—Vosotros no. Él sí.

—Marisela, no sé qué hago comiendo aquí contigo.

—Tenías hambre y has comido. Y además te has enterado de algo que no sabías.

—¿Tu marido era un delator?

—Ahora que ya está muerto te lo puedo decir. Era miembro de la policía política. Tu padre sabía muchas cosas, pero eso lo desconocía. Lorenzo estuvo infiltrado en la Facultad de Derecho durante unos años, mientras tuvo aspecto y edad de parecer estudiante. Terminó la carrera, y después se dedicó a los seguros, pero de vez en cuando hacía algún trabajito para los suyos, iba a reuniones que más tarde se convirtieron en clandestinas.

—Perdona, Marisela, pero tú, ¿cómo llevabas todo eso? —Me quedo atónita con la confesión de la vecina. Nunca habíamos sospechado que teníamos tan peligrosas paredes escuchantes justo a nuestro lado.

—Bien. ¿De qué otra manera podía vivir? Era mi vida. Era mi marido con su trabajo. Yo me dedicaba a mis cosas. Preguntaba poco, pero sabía mucho. A él no le decía todo lo que sospechaba. Y tampoco me parecía mal lo que hacía. Su intención siempre era salvar a la patria de quienes siempre han querido destruirla, los comunistas, los anarquistas, todos los rojos.

Marisela se levanta para llevar la bandeja y los platos a la cocina. Ha preparado una tarta de manzana. Tengo el vago recuerdo de que muchos domingos pasaba a casa con un pedazo de tarta para mi abuela.

Quizá traspasaba las paredes como el fantasma del Comendador con la tarta en la mano, y así se le desvelaba una parte de nuestros secretos.

—Sé lo que estás pensando —me dice.

—¿El qué?

—Que yo le iba con vuestros cuentos a mi marido. Y no era así. Nunca le conté nada que os hubiera podido comprometer. Os quería demasiado.

—Lo sé.

Y así era. Marisela nos quería a todos. Sobre todo a papá.

96

Siempre pensé que Marisela estaba enamorada de papá. Pero a lo mejor no era exactamente así. Quizá lo que pasaba era que comparaba a mi padre con su marido y papá salía siempre vencedor.

Mientras comemos la tarta recuerdo sus miradas cuando venía a casa. Siempre amable, pero ligeramente incómoda. Se ruborizaba enseguida y le temblaba sutilmente el labio inferior. Le acompañaba una especie de tic que ha desaparecido totalmente. El día del funeral de su marido tenía la boca completamente cerrada, tan apretada como su corazón. No derramó ni una lágrima, cosa que sí hizo en la ceremonia en la que despedimos a papá.

—Cuando pasaba a vuestra casa tenía miedo.

—¿De qué?

—De que os hubierais dado cuenta de lo de mi marido. De que pensarais que iba a espiaros o algo así. Él me preguntaba siempre, pero yo no le contaba nada de lo que veía y oía. Erais todos demasiado importantes para mí. Lo sigues siendo, Margarita, aunque tú ya no pienses casi nunca en mí.

—Eso no es verdad. —Y no miento. En realidad, no pienso en ella jamás.

—Me ponía muy nerviosa sobre todo cuando llegaba tu padre. Temía que en su trabajo le hubieran contado algo de Lorenzo.

—Nunca lo mencionaba —digo.

—Y sobre todo temía que mi marido pudiera complicaros la vida. Os tenía constantemente presentes.

Pienso que las relaciones entre los humanos son muy extrañas: el espacio que ocupamos en la memoria, en el pensamiento de los demás no se corresponde casi nunca con el que ellos ocupan dentro de nosotros. Es algo que siempre me ha resultado inquietante. Es una sensación parecida a la que tenía de niña cuando cerraba un cajón y pensaba si los calcetines y las braguitas seguían dentro en la oscuridad, cuando nadie los ve, cuando no tienen colores. Pues algo parecido siento en este momento cuando constato que éramos parte de la vida de Marisela y de Lorenzo, de muy diferentes maneras, mientras que ellos para nosotros no significaban casi nada. Eran como los calcetines del cajón. Estaban ahí, oscuros y callados, esperando nuestros movimientos para tener una vida.

—Está muy buena la tarta.

—Recuerdo que era tu preferida. Te encantaba el sabor que le daba la canela a la manzana y a las pasas. ¿Te acuerdas?

Y no, no me acuerdo. El sabor de la tarta de Marisela no se quedó grabado en mi memoria. Pero no se lo digo. Al fin y al cabo, todos coleccionamos mentiras.

—Claro que sí. Era mi favorita.

—Tu madre no la sabía hacer. Y eso me daba mucha satisfacción. Ella era perfecta en todo lo demás. Bordaba y hacía ganchillo mejor que ninguna de las vecinas. Era buena cocinera, y tenía el mejor de los maridos.

—¿Estabas enamorada de mi padre? —No sé cómo me he atrevido, pero se lo he preguntado.

—¡Qué disparate! Claro que no. Yo tenía a mi marido.

—Ya, pero eso no tiene que ver. A una mujer le puede gustar otro hombre.

—Ay, no, qué dices. Tu padre para mí era sagrado. Por ser tu padre, por ser el marido de tu madre y porque a mí me habían educado en ser mujer de un solo hombre. Nunca pensé en él de otra manera.

—Pero te ruborizabas en cuanto lo veías. Yo me daba cuenta.

—Ya te he contado por qué me ponía nerviosa. Tenía miedo. En nuestra generación, todas las mujeres teníamos miedo.

—Y los hombres que no comulgaban con el régimen también lo tenían. Papá tenía miedo.

—No es verdad. Tu padre era un gran hombre.

—Los grandes hombres también tienen miedo, Marisela.

—Mi marido nunca tuvo miedo. Ni antes ni después. Estaba convencido de que todas las aguas volverían a entrar en el cauce de la razón. No. Él nunca tuvo miedo.

—Porque no era un gran hombre.

Marisela se queda callada unos segundos. Mira mi plato en el que aún queda un trozo de tarta. Coge el vaso de agua y derrama todo su contenido en el plato. Me salpica y unas gotas caen en la camisa blanca que me he puesto por la mañana.

—Eres una desagradecida.

—Te aseguro que no lo soy.

—Vienes a mi casa e insultas la memoria de mi marido.

—No lo he insultado. Solo he dicho que no era un gran hombre. Tú misma me has contado que era un delator. Alguien que hace algo tan feo no puede ser una buena persona.

—¡Era mi marido!

—Eso no lo convierte en santo.

—Los de tu generación destrozasteis nuestra vida —dice mientras vuelve a llenarse el vaso con agua de la jarra. Temo que vuelva a hacer lo de antes—. Machacasteis todo aquello en lo que habíamos creído. Derrumbasteis nuestro mundo con vuestras ideas. Nos quisisteis hacer ver que nuestra vida había sido un error. Tu madre y yo hablábamos a menudo de eso. Nos sentíamos como árboles talados por la mitad, que no sabíamos dónde estábamos, si donde se habían quedado las raíces, o quebradas como las copas. Ni unas ni otras formaban ya un árbol. Lo habíais matado en vida. Nos habíamos quedado sin sitio.

Por primera vez, y a través de las palabras de Marisela, creo que empiezo a entender a mi madre.

97

Me está doliendo otra vez la rodilla. En cuanto se me pasa el efecto del antiinflamatorio empieza el dolor más agudo.

—Ayer me atendió en urgencias el hijo de Martín —le digo.

—¿Ah, sí? ¿Y qué ha sido de él?

—Se divorció hace tiempo, pero su exmujer murió hace varios meses.

—Recuerdo que se casó al poco de dejarlo contigo. Tu madre me lo contaba todo.

—Lo quería mucho.

—Sí. Demasiado.

—Le parecía un niño desvalido. Y no era ni lo uno ni lo otro.

—Eso pensaba yo. Y, además, metido en política en aquellos tiempos. Aquella noche os comprometió seriamente.

—Se lo dije. Se comportó como un mierda. Aquella fue la gota que colmó el vaso. Lo dejé poco después.

—Hiciste bien. Ese chico no era para ti. Tu marido es otra cosa.

—Sí que lo es.

—¿Te quiere? —me pregunta y yo pienso que eso es algo que no se debe preguntar jamás.

—A su manera.

—¿Y su manera es la misma que la tuya?

—No. Pero cada uno es como es.

—Tú siempre has sido muy cariñosa.

—Sí —le contesto—. Lo fui. Ya no lo soy tanto.

—¿Y qué te contó el hijo de tu ex?

—Nada. Vi el apellido en la tarjeta que llevaba colgada. Lo miré y vi a Martín en su cara. Le pregunté si era su hijo y me dijo que sí.

—¿Y ya está?

—Me contó que su madre había muerto.

—¿Y le dijiste quién eres?

—Cuando me presenté me reconoció como la novia que tuvo su padre antes de casarse. Se ve que le habló de mí cuando me vio en algún periódico. Le pedí que le diera recuerdos de mi parte.

—¿Y eso fue todo?

—Sí.

—¿Y no te gustaría volver a verlo?

—Marisela, soy una mujer casada. Según tus parámetros, no debería ver ni conocer a ningún otro varón, sobre todo si era comunista.

—Ya no hay comunistas, hija. Seguro que se ha convertido en un burgués. Mucho hablar de la «casta» como esos de ahora, pero, en cuanto pueden, se convierten en la «casta» que tanto critican.

—Es abogado del Estado. Aprobó oposiciones.

—Más a mi favor. Optó por lo más fácil.

—No es tan fácil aprobar.

—Pero luego, a cortar el cupón todos los meses, como decía mi difunto.

—Bueno…

—Es así. Mucha lucha obrera y mandangas de ese tipo, pero en cuanto pudieron se colocaron bien lejos de la clase obrera.

—No todos hicieron lo mismo.

—La mayoría. Prefieren estar con las clases bajas solo a través de las palabras, pero en la vida, bien lejos.

—Eres injusta.

—Sabes que no lo soy. Y tú eres un buen ejemplo. ¿Acaso no tenías insignias del Partido Comunista?

—¿Y eso cómo lo sabes?

—Yo sabía muchas cosas. ¿Las conservas aún? ¿Verdad que no?

—Las tiré el 23-F.

—Por si acaso, claro. Erais comunistas solo de palabra y de imagen. Se llevaba la progresía. Era una moda como la de los pantalones de campana, pero no teníais nada dentro.

—No todos fueron así. Hubo gente que siguió luchando.

—Menos mal. Si no, estaríamos como entonces.

—Pero ¿no era eso lo que te habría gustado? ¿Que todo siguiera igual?

—Cuando se perdió el golpe del 23-F, quedó claro que no había vuelta atrás. Pero tampoco se iba a ir adelante como pretendían muchos.

—Se consiguieron muchas cosas en poco tiempo.

Pienso en la Ley del Divorcio, en la Constitución, en la Reforma de las Leyes...

—Claro, esa liberación de la mujer de la que tanto se hablaba antes y que ha derivado ahora en un feminismo que nadie entiende.

—Yo sí que lo entiendo. Hay mucho que luchar todavía por la igualdad de la mujer.

—Como decía una amiga mía en los años 70, «las mujeres hemos ganado los derechos, pero hemos perdido los privilegios».

—¿Privilegios?

—Sí, que te abran la puerta, que te separen la silla en un restaurante, esas cosas.

—¿Y eso me lo comparas al hecho de poder trabajar, o de poder decidir si quieres o no vivir toda la vida con el mismo hombre, por ejemplo? ¡Vamos, Marisela! ¿Te habrías quedado con tu Lorenzo de haber tenido un trabajo independiente y de haberte podido divorciar?

—No vuelvas a decirme que mi vida ha sido un error.

—Mamá y tú nacisteis demasiado pronto —le digo. Esta es una idea que me ronda y me ronda la cabeza desde que llegué.

—O demasiado tarde. Así no habríamos vivido todo lo que vino después. No habríamos tenido otras vidas con las que comparar las nuestras.

Sí. Ese es el quid de la cuestión. Si nos miramos en los demás, casi siempre salimos perdiendo. Lo malo es que los demás forman parte de los espejos infinitos en los que nos miramos.

98

—¿Y no tienes curiosidad por volverlo a ver? Era guapetón. —Marisela quiere cambiar de conversación—. ¿Quieres un café? Tengo una de esas máquinas de cápsulas, las que anuncia ese actor tan guapo.

—Te la regalé yo cuando murió papá —le recuerdo—. La tenía casi sin estrenar.

—Ah, sí, es verdad. ¿Cómo se llama ese actor?

—George Clooney.

—Ese. Mi marido de joven se parecía a él.

—¿Ah, sí? —Nunca lo habría pensado.

—Era muy guapo cuando lo conocí. Por eso me casé con él. Pensé que tendría hijos altos y hermosos. Y, en cambio, nunca me quedé embarazada.

—Bueno, son cosas que pasan —digo.

—En mi caso, son cosas que no pasaron. Pero no importa ya. Estábamos hablando de aquel chico, tu ex, Martín.

—Sí.

—¿Y no quieres volver a verlo?

—No, la verdad es que no tengo ningún interés. He visto fotos suyas.

—¿Te las ha enseñado el hijo?

—No.

—¿Entonces?

—Mi amiga Sara. Lo encontró en una página de contactos.

—¿Y eso qué es?

Se lo explico.

—Como las agencias matrimoniales de mis tiempos. Mi cuñada montó una. Ganó bastante dinero. Hasta que un día un marido, defraudado con la mujer que le habían asignado, intentó apuñalarla cuando entraba en su casa. Lo denunció y cerró la agencia al día siguiente. ¿Así que tu Martín, con lo guapo que era, necesita ahora de intermediarios virtuales para ligar? ¡Quién lo iba a decir!

—Ya no es tan guapo como entonces. Y supongo que tampoco es muy interesante. Según Sara, lleva varios meses en la página intentando encontrar a alguien. No debe de ligar mucho.

—Nunca fue un gran hombre —dice Marisela, mientras levanta su copa de vino. Por un momento pienso que me la va a tirar encima, pero no lo hace—. Lo parecía porque se ponía la máscara de la lucha obrera. Pero debajo había poca chicha.

Y era verdad. Martín nunca fue un gran hombre. Era un cantamañanas. Y supongo que lo seguirá siendo, porque eso no se cura nunca.

—Te he preguntado antes que si querías café, pero no me has contestado.

—Ah, es verdad. No, la verdad es que preferiría un té, si tienes.

—No tengo. El té es solo agua manchada.

—Es más diurético y más sano que el café. Y está muy bueno. Siempre llevo en el bolso del mío.

Me levanto para coger una bolsita. Me duele la rodilla y tengo que tomarme también la medicación. Saco la pirámide de té negro con frutos rojos y la caja con las pastillas. Mientras, Marisela ha ido a la cocina para calentar el agua y hacerse su café. Enseguida llega el aroma hasta el comedor. La oigo refunfuñar, pero no entiendo sus palabras.

Vuelve con la bandeja. Su taza de café y una taza grande con agua caliente para mi té.

—No sé cómo os gustan esas tonterías inglesas —dice refiriéndose al té—. Ahora resulta que se quieren ir de Europa. Y los catalanes se quieren ir de España. Esto no puede traer nada bueno.

—Todo se solucionará, Marisela. Si en el 75 todo el mundo fue capaz de ponerse de acuerdo, ahora, que tenemos madurez democrática, debería ser más fácil.

—A veces eres más inocente que un sifón. —Me mira mientras coloco la bolsa de té en la taza. Hacía tiempo que no escuchaba esa expresión que nunca entendí. ¿Por qué los sifones eran inocentes?—. Cualquier día viene otro 36.

Me recuerda a mi abuela cuando empezó la Transición y tenía miedo.

—Yo creo que en el 76 se hicieron las cosas como había que hacerlas. Despacio. No hubo «ruptura» sino «reforma». Hubo que hacer concesiones para que el ejército, que todavía era adepto al régimen anterior, no se levantara. Y todo fue por buen camino.

—¿Llamas buen camino a todos los muertos que dejó ETA?

—Los caminos están llenos de espinas. Y las punzadas de aquellas espinas fueron y son dolorosas todavía. Todos perdimos en el atentado de la Casa Cuartel, ¿te acuerdas? Una de las niñas muertas iba al mismo colegio en el que yo había trabajado mientras era estudiante. Cada vez que me acuerdo siento el pinchazo de la espina. Y cuando mataron a Ernest Lluch, y a Tomás y Valiente, y a Miguel Ángel Blanco, por ejemplo…, aquellos fueron mazazos de los que te dejan sin aire y sin esperanza en el ser humano. Matar a niños y a luchadores por la libertad de pensamiento es lo peor.

—No te olvides de los policías, guardias civiles, políticos y militares que también mataron —me dice Marisela.

99

No olvido sus caras en las primeras planas de los periódicos. Recuerdo un día que mataron a seis guardias civiles, muy jóvenes. Sus rostros en las portadas de los diarios el día siguiente en el que habían dejado de existir.

Durante mucho tiempo soñé con aquellos chicos, poco mayores que yo, que con sus ojos me miraban desde el papel y desde su muerte.

Se me encoge algo en el corazón cuando recuerdo aquellas fotografías. Y tantas otras.

—No volverá a pasar —le digo, convencida—. Las cosas son diferentes.

—No estoy yo tan segura. En Cataluña puede pasar cualquier cosa.

No me apetece hablar del asunto de Cataluña con Marisela. Estoy segura de que tiene un discurso tan diferente al mío que podemos acabar la conversación en una discusión, como está ocurriendo en tantas familias catalanas.

—Creo que debería irme a terminar la tarea.

—Sí. ¿Qué hora es?

—Las tres y media —le contesto.

—Hora de mi siesta. Los viejos tenemos rutinas, ¿sabes? Yo a las tres y media me meto en la cama y duermo un buen rato.

—¿Siempre a la misma hora?

—Sí. Cuando terminan las noticias importantes me voy a dormir. Si pones el telediario de las tres, los veinte primeros minutos son de noticias españolas, quién habla con quién, lo de siempre con los políticos y con los periodistas de este país, que convierten en noticia ese «quién habla con quién», en vez de «de qué habla quién con quién». Luego vienen cinco minutos de noticias internacionales, así se estén quemando bosques en la Amazonia, o haya manifestaciones por los derechos humanos en Chile y en Colombia, o un golpe de Estado en Bolivia. Parece que eso no le interesa a nadie. Y luego otros cinco minutos sobre crímenes locales: una mujer muerta, una chica violada por una panda de imbéciles, una reyerta entre bandas... Treinta minutos. Luego empieza el deporte y entonces me voy a la cama. Aquí deporte es sinónimo de fútbol. Y los periodistas le ponen el micrófono a futbolistas que no saben decir dos frases seguidas, generalmente las mismas palabras que no tienen ningún interés. Comprenderás que en esos momentos estoy mucho mejor en la cama que ante el televisor.

Me sonrío ante la disección de los telediarios que ha hecho Marisela y que se corresponde exactamente con la que hace mi marido.

—Tienes razón. Pero hoy no has visto las noticias.

—Las veré después. Tengo Movistar y puedo retroceder los programas.

—¡Qué moderna!

—Es un buen invento el de las televisiones inteligentes. En mi opinión, son el mejor invento en lo que llevamos de siglo. No estamos sujetos a ver lo que ellos quieren que veamos en el momento que ellos determinan, sino que somos más libres. Eso sí que es libertad, y no lo que decíais los jóvenes de entonces.

El concepto de libertad que tiene Marisela es tan frívolo que pienso que no merece la pena que gaste mis palabras en un diálogo sobre el tema.

—Bueno, me voy —digo y me levanto—. ¿Te ayudo a recoger?

—No. Me voy directamente a descansar. Nos despedimos aquí. Si te vas antes de las seis no me llames, que estaré durmiendo. Y si te vas después, tampoco. No me gustan las despedidas. Una es suficiente. Dos en la misma tarde serían insoportables.

—De acuerdo. Muchas gracias por la comida y por todo lo que vivimos en esta casa. Lo bueno y lo malo.

—Fueron años importantes. Pasaron muchas cosas. Y, además, yo era joven. —Se mira en el espejo de su recibidor mientras lo dice. Se atusa el pelo y se levanta las pestañas con los índices en un gesto suyo que recuerdo bien—. Ya que la juventud no va a volver, esperemos que tampoco vuelva todo lo demás.

—Nada vuelve, Marisela. Nada.

La abrazo y noto su perfume de siempre. Sigue usando el mismo desde hace más de cuarenta años.

—Hueles igual de bien que siempre.

—Siempre he sido fiel a todo y a todos, hasta a mi perfume.

Sonrío y cierro la puerta detrás de mí. A pesar de todos los cambios, reformas, transiciones, golpes de Estado, atentados, elecciones y estatutos, el perfume de Marisela permanece en el tiempo y en el aire.

100

Abro la puerta de mi casa y sé que será la última vez que lo haga. Cuando salga, llevaré las llaves a la inmobiliaria y serán sus empleados los encargados de enseñarla a los posibles compradores. Hay algo de oficio de enterrador en este momento de introducir la llave en la cerradura. Lo volveré a hacer cuando me vaya. Esta vez abro, me abro de nuevo a mi pasado. Luego cerraré, y con la puerta se cerrará una parte de mi vida y de mis recuerdos.

Respiro profundamente porque noto que me falta el aire. Voy directamente a la sala de estar y abro el balcón. Me asomo, empieza a oscurecer. Miro a la derecha, a la esquina que doblaba mi padre cuando llegaba de trabajar cada día a las tres y media. En la casa de enfrente tampoco queda nadie de los tiempos en que yo me asomaba con mamá. Otras cortinas, otras lámparas al otro lado de las ventanas me hablan de otras familias que ya nada tienen que ver ni conmigo ni con la que fue mi calle. Por primera vez desde que llegué tengo ganas de acabar la tarea y de volver a Madrid. Necesito alejarme de todas las que fui para volver a ser quien soy ahora.

Son casi las cinco y a las siete vendrá el mensajero que debe llevarse las tres cajas que mandarán a mi casa durante la semana que viene. Tengo dos horas para terminar la tarea. Me falta el escritorio de mi habitación. El viejo secreter que compró mi padre para que yo pudiera tener un sitio para estudiar. «Una habitación propia», que habría dicho Virginia Wolf. Una habitación propia en la que no podía estar en invierno porque la única estufa estaba en el salón, salvo a las horas de comer que era trasladada a la cocina.

Me gusta el mueble, forma parte de mí. La madera sigue viva y me cuenta muchas historias de mí misma. Decido que también me lo voy a llevar. Está compuesto por módulos y es fácil de desmontar. Busco un destornillador en la caja de herramientas y voy soltando todas las piezas. Las meto en una caja extra que había traído por si acaso. Serán cuatro en vez de tres. No importa. Quiero llevarme el mueble en el que escribí mis primeros relatos, mi viejo diario que he tirado porque no dice más que tonterías, los poemas que dedicaba a mis amores platónicos y que son tan malos que nunca vieron ni verán la luz. He tirado las palabras, pero voy a conservar el lugar en el que fueron escritas, porque en esa madera apoyé mis dedos sobre papel, y porque las manos de papá montaron las piezas para que yo pudiera tener lo que a él le fue negado.

Vacío los cajones sin mirar lo que hay. Si he vivido casi cuarenta años sin su contenido, puedo vivir otros cuarenta sin él. Hay papeles, pilas que debería echar en un contenedor especial pero no lo hago, pinzas de tender ropa, y un libro. Lo abro por la primera página y miro la fecha en la que lo compré: *21 de agosto de 1974*. Tenía doce años y compré una obra teatral de la que todo el mundo hablaba. Se titulaba *Anillos para una dama* y su autor era Antonio Gala. Hojeo las páginas y leo mis anotaciones. Anotaciones hechas en dos momentos diferentes: las primeras con bolígrafo, en la primera lectura; las segundas, quince años después cuando hice un estudio sobre el texto, con lápiz. Veo que mi caligrafía es diferente. Crecemos, cambiamos, y nuestra letra disfruta metamorfosis en nuestras transiciones particulares.

Abro el libro por el final, que conozco bien. La última palabra de la obra la pronuncia doña Jimena, viuda del Cid, que se quiere casar por amor con Minaya. Ni la iglesia ni el rey se lo permiten porque necesitan que la viuda del Cid lo siga siendo para mantener su mito y su poder. Ella se queda «sola», pero en su soledad prevé que habrá un día en el que las mujeres podrán ser libres. La libertad femenina fue el tema fundamental de la mayoría de las obras teatrales de Antonio Gala. *Anillos para una dama* se pasó un año en la censura antes de ser estrenada. Corría el año 1973 y se ponía en solfa tanto al ejército como a la iglesia. Era una obra de temática arriesgada, pero se estrenó en 1974. Y en 1975 llegó el escándalo con el primer desnudo femenino sobre un escenario, también en un drama del mismo autor, *¿Por qué corres, Ulises?*, en el que Victoria Vera se convertía en una desnudísima ninfa Nausica.

Las páginas del libro me traen recuerdos de aquellos días en los que el mundo empezaba a mostrar su desnudez.

—Pero qué desvergüenza... —exclamaba mi madre, y parece que la estoy escuchando mientras ojeo las páginas de *Anillos* —estar desnuda delante de todo el mundo.

—Desnudos nacemos —decía mi abuela—. Así nos hizo Dios. Si hubiera querido que fuéramos siempre vestidos, nos habría creado con falda y pantalón.

—Andar desnuda en el teatro es de zorras. —Y de ahí no conseguíamos sacar a mi madre.

—Mamá, qué cosas dices.

—Pues si vinieran aquí al teatro, no me importaría ver la obra. Dicen que está muy bien —intervenía mi padre, probablemente para hacer rabiar a mi madre, porque a él no le interesaba el teatro en absoluto.

—Ya te gustaría a ti verla desnuda. Si vienen y me entero de que vas a verla, no vuelves a entrar en esta casa.

—Pero ¡qué exagerada que eres, hija mía! No sería para tanto.

—Sabes que no iría —concedía papá.

—Mamá, los tiempos están cambiando.

—Tú cállate, que eres una cría y no sabes lo que dices.

Y yo me callaba porque discutir con mamá era más difícil que hacerlo con don Rafael, el cura del colegio. A él no lo quería. A ella sí.

101

Y es verdad que era una cría, pero entonces me parecía que no y me leía todas las obras de teatro contemporáneo que podía y que mi madre, y casi todas las mujeres de su generación, consideraban escandalosas, entre otras razones porque hablaban de la libertad de la mujer. Ellas no habían experimentado aquella libertad y les costaba asumir que las generaciones posteriores iban a tener privilegios que habían estado vedados para ellas. Era como lo que había comentado Marisela en nuestra conversación: conceder que sus vidas habían sido erróneas, fallidas, era algo inasumible.

Eran años en los que muchos españoles cruzaban la frontera para ver películas que aquí estaban prohibidas, tanto como aquella canción francesa que escuchábamos en casa de la pobre Clarita. *El último tango en París* se había estrenado en 1972, pero a España no llegó hasta el 78, cuando todos fuimos al cine a verla, aunque no teníamos la edad. Yo fui con Martín, que dijo que no era para tanto, que era una película de temática pequeñoburguesa y que había sido una pena gastar dinero en verla.

A mí me gustó y me pareció muy excitante ver a Marlon Brando haciendo todo lo que hacía con aquella jovencita en la que me hubiera gustado convertirme al menos durante la primera hora de película.

—Esa película es una guarrada —decía mi madre.

—Pero si no la has visto —replicaba papá.

—Ni se te ocurra ir a verla. Y a ti tampoco —me ordenaba, sin saber que ya la había visto—. Si me entero de que vais a verla…

—«No volvemos a entrar en esta casa» —contestamos papá y yo al unísono y mirándonos con complicidad.

—Esas cosas se hacen en el dormitorio con la puerta cerrada, no delante de todo el mundo. No sé adónde vamos a llegar —insistía mamá.

—Ay, hija, es que eres tan puritana… Nunca debí haberte llevado a aquel colegio de monjas. Si volviera a nacer habrías ido al colegio nacional, como tus primas.

—Desde luego, las monjas tenían razón —decía mamá—. Yo tenía que haber sido monja como ellas. No debí haberme casado. Si volviera a nacer me metería a monja.

—Pues no creo que te haya ido tan mal —contestaba papá.

—Mamá, dices cosas que arañan, ¿te das cuenta? —le decía yo, dolida por aquellos comentarios. Me resultaba muy difícil meterme en la cabeza de mi madre.

—Estaría en un convento tan ricamente, sin tener que oíros decir indecencias. No me habría casado, no tendría hijos, no sabría lo que es estar casada ni ser madre, y no lo echaría de menos.

Aquellas frases eran de las que provocaban mi entrada al baño para llorar con el grifo abierto y evitar que nadie me oyera. Solo algunas veces me aguantaba las lágrimas y seguía la conversación, como si nada.

—Mamá, que no son indecencias, que es la vida.

—Mi vida no era eso —decía con lágrimas en los ojos—. En mi vida estaba muy claro lo que estaba bien y lo que estaba mal. Y ahora todo os viene bien.

—Ahora hay una libertad que antes no había. Antes, nos decían que todo era pecado, y ahora no. Ahora, podemos pensar por nosotros mismos, sin que nadie nos dirija.

—Esto no es libertad, es libertinaje —repetía una y otra vez.

Como Marisela y como una gran parte de la población. Se temía a la libertad porque había sido más cómodo pensar en ella como en un ideal deseado e inalcanzable que tener que asumirla. Era lo mismo que le pasaba a don Quijote: quería ser caballero de novela, buscaba e inventaba aventuras fabulosas. Pero cuando por fin se encontró con una aventura real, con disparos y con muertos, dio un paso atrás.

Y es que los lances reales no eran tan fáciles de asumir como los deseos quiméricos.

102

Cierro el libro y lo guardo en mi bolso. Aunque me lo sé casi de memoria, me apetece releerlo en el tren durante mi viaje de regreso. Lo estudié y lo interpreté con el grupo de teatro de la universidad. Me habría gustado interpretar a doña Jimena, pero no era lo suficientemente buena actriz, así que me dieron el papel de María, la hija, que era mucho más conservadora que su madre. Cuando aprendía el texto, sus frases me recordaban a las de la mía. Me costaba meterme en el papel porque me creía más lo que decía doña Jimena. No conseguía empatizar con ella, que representaba el mundo convencional de la tradición falsamente aprendida durante los años de la dictadura. Después de estos días en los que he entendido mejor la actitud de mi madre, creo que comprenderé mejor el discurso de María. Seguiré sin estar de acuerdo con él, pero entenderé su talante intolerante como hija de una época determinada.

Miro el reloj. Ya son más de las seis. Dentro de menos de una hora vendrá el chico de la mensajería. Tengo las cuatro cajas cerradas con mi dirección puesta. Las demás las he dejado en la cocina. Unas son las que tirarán los de la inmobiliaria, y otras las que llevarán a la biblioteca del barrio como hemos quedado. No me gustan sus falsos uniformes con corbatas verdes como el color del logotipo de la empresa. En todas las tiendas el mismo color, en todas las ciudades, en varios países europeos. Proliferan como setas. Venden y alquilan pisos, casas, locales. O hacen que venden. Cuando paso junto a una de las franquicias, siempre están solos los vendedores, ante un ordenador o hablando por teléfono. Casi siempre son hombres, altos y jóvenes, inexpertos. Chicos que a lo mejor han estudiado una carrera y no encuentran otro trabajo que el de vender sueños a quienes aún creen que una nueva casa trae una nueva vida.

Pienso en Roberto y confío en que no acabe vendiendo casas como los chicos de la corbata verde. No tiene mucho futuro laboral su carrera de Arte, pero es lo que le gusta, y yo lo apoyo en todo lo que decide.

Imagino que ya estará en Asolo, el pueblo de Leopoldo. Espero que los padres de su chico lo acojan bien y que se encuentre a gusto. Me gustaría que visitara la tumba de Eleonora Duse en el cementerio, como hice yo hace años. Me gustaría que le pasaran cosas buenas a mi hijo. Todas las madres queremos que así sea. Cada una a nuestra manera. La mía también quería lo mejor para mí. O más bien, lo que ella creía que era lo mejor para mí, que no solía coincidir con mis deseos ni con mis convicciones.

—Cuando tengas hijos me entenderás —solía decirme cuando me armaba de valor y me rebelaba ante sus comentarios.

—Cuando tenga hijos los dejaré en paz y no los agobiaré. No proyectaré en ellos mis angustias, como haces tú.

—No tienes ni idea de mis angustias —afirmaba.

—Me las recuerdas demasiado a menudo, mamá. Si algún día tengo hijos, intentaré que no sepan nunca si sufro o no sufro por ellos. No los culpabilizaré de mis neuras, como haces tú.

—Eres injusta conmigo —decía.

Y tenía razón. Lo era, pero no me daba cuenta. Yo vivía en mi tiempo y ella también vivía en el mío, pero era hija de otro momento.

103

En una de las bolsas que hay que tirar hay un montón de cajas de pastillas. He vaciado el cajón entero, con rabia. La mayoría son las que ya no tomó mi padre. Quimioterapia y paliativos, veneno para el agua y para la tierra. Aunque a veces pienso que sería mejor que este mundo se terminara cuanto antes para que volviera a empezar con mejores intenciones, me entra cierta conciencia ecológica y las saco para meterlas en un saquito pequeño y llevarlas a la farmacia que hay entre la casa y la inmobiliaria. Si se entera mi hijo de que las echo en el contenedor verde, no me lo perdonará nunca, así que extiendo el contenido de la bolsa y saco las cajas y los blísteres con las cápsulas y los comprimidos que curan y que matan.

También hay tranquilizantes. Como los que me daban a mí de pequeña para contrarrestar mis dolores de estómago y los conflictos con mi madre. Saco todos de los tres blísteres que encuentro de lorazepan. Me gusta apretar la burbujita de plástico y romper el papel metálico que los protege. Los pongo todos en mi mano derecha: setenta y cinco pastillas en total que cuestan cuatro euros y medio. Me arrepiento inmediatamente de haberlos sacado de su sitio. Ahora ya no los podrá usar nadie. Me siento culpable de haber hecho esa tontería. En algún lugar del mundo, gente que no conozco podía haberse tomado las pastillas que yo estoy desechando, como una pequeñoburguesa a la que no le importa el resto de la humanidad, como diría Martín si me estuviera viendo. Me alegro de que no me vea, de que no esté en mi vida aunque estos días me lo hayan devuelto a la mente. Cuando cierre la puerta de la casa, también él desaparecerá de mis recuerdos.

Me paso las pastillas de una a otra mano, como hacíamos con las lentejas para comprobar que no había ni piedrecitas ni gorgojos. Me encantaba hacer aquella operación junto a la abuela, en la cocina. Ahora también estoy en la cocina, sentada en la silla donde se sentaba ella, junto a la lavadora que tanto le costó aceptar. Ha anochecido y ya hace rato que he tenido que encender la luz. Abro la ventana y miro las casas del otro lado. También enfrente hay otros habitantes que se mueven de manera diferente a los antiguos moradores. Cuando era niña, había una casita baja con jardín. La dueña era amiga de mi madre y a ella le regaló mi cuna. Cuando nació Roberto, me habría gustado que durmiera en ella, pero ya no existía. Se lo reproché.

—Lo regalabas todo, mamá. Hasta mi cuna.

—¿Y dónde querías que la metiera, si en casa no había sitio?

—¿Y si hubieras tenido más hijos?

—No. Ya sabía que eso no iba a pasar. Cuando naciste, ya le dije a la comadrona y a tu padre que no tendría más. Y eso que tuve un buen parto. Pero no estaba dispuesta a pasar otra vez por semejante trance. No sé cómo hay mujeres que dicen que el parto es el momento más hermoso de sus vidas. ¡Menuda mentira! Es horroroso. Luego me dijeron que no podría volver a quedarme embarazada. Pero ya había tomado la decisión. Y tú…, no tengas hijos nunca.

—Mamá.

—Te harán infeliz.

Y no había sido así. Roberto fue una bendición desde el primer momento. Mi parto fue fácil, me pusieron la anestesia epidural y no me enteré. No he tenido más hijos porque no han venido, pero no me habría importado tener más. Roberto no me ha dolido, como sí que le dolí yo a mi madre.

Suena el teléfono. Es él.

—Hola, mamá, ¿qué tal?

—¿Pasa algo?

—¿Por qué me preguntas siempre si pasa algo?

—No sé, es la costumbre. La alerta de las madres —le contesto—. ¿Ya habéis llegado a Asolo?

—Sí. Llegamos ya a mediodía.

—¿Y qué tal?

—Es un pueblo muy coqueto.

—Sí que lo es.

—¿Ya has ido al cementerio de Santa Ana?

—Claro. Es lo primero que hemos hecho, antes de ir a casa —dice y oigo unas risas.

—¿De verdad?

—No, mami. No hemos ido. Hemos venido directamente a la villa de los padres de Leopoldo. Nos esperaban con la comida hecha.

—¿Cocinan bien?

—Unos chipirones con polenta que estaban para chuparse los dedos. La mejor polenta que he comido en mi vida.

—Es famosa en esa región.

—El grano es de la familia.

—¡Ah! —exclamo.

—Tienen muchas tierras en los alrededores. Ahora te mando fotos de la villa. Es una pasada.

—¿Saliendo del pueblo a la izquierda, en una colina? —le pregunto.

—Sí. Esa es.

—Ya.

La villa más hermosa de toda la región. Y ahora mi hijo está allí. Pienso en mis días pasados en Asolo y en la que fuera reina de Chipre, la desgraciada de Caterina Cornaro, a la que todo el mundo manejó y que pasó por allí sus últimos años de vida. Le tocó ser mujer en un mundo de hombres. La manejaron los realmente poderosos a su antojo. Y le hicieron creer que era libre porque vivía en un lugar hermoso.

En una jaula dorada de purpurina tan falsa como aquella en la que vivieron todos los pájaros que tuvo mi madre a lo largo de su vida...

104

Cuántas casualidades puede haber en la vida. ¿Y si resulta que Leopoldo es hijo de aquel tipo que conocí hace muchos años? Mi memoria recordaba su nombre como Leonardo, pero a lo mejor era Leopoldo. Ya se sabe que la memoria guarda las cosas como le da la gana.

A lo mejor en los códigos genéticos de Roberto y de su hijo estaba grabado aquel deseo y por eso se han encontrado y se han enamorado.

Leí algo así en alguna revista pseudocientífica. Además, Asolo no es tan grande, podría ser él perfectamente. Aunque el muy cabrón nunca me dijo cuál era su casa, siempre fantaseé con que podía ser aquella villa junto al camino del cementerio. Nos citábamos en mi hotel de la plaza del pueblo. Después de lo aburrido que era Martín en la cama, y los dos novietes que tuve después, él me parecía un león alado, como las esculturas que había por toda la región.

—Le he enseñado tu foto al padre de Leopoldo, y resulta que te ha reconocido.

Me da un vuelco al corazón. Eso sí que no me lo esperaba.

—Cuando nos hemos quedado solos, me ha confesado que estuvo enamorado de ti, pero que te fuiste sin despedirte. ¿Era él el italiano con el que ligaste antes de conocer a papá?

Realmente la tarde ha dado un cambio tan inesperado que me pongo nerviosa. Me levanto. No sé qué hacer con las pastillas. Voy al cuarto de baño, abro la tapa del váter y las tiro. Inmediatamente me doy cuenta de que acabo de hacer una barbaridad. Por mi culpa van a morir un montón de peces y de flora fluvial. Respiro profundamente, descargo el depósito y sigo hablando con Roberto.

—¿Estabas en el váter?

—No, no —le miento.

—Me ha parecido oír que tirabas de la cadena.

—Algún ruido en la conexión. Ese sitio donde estáis seguramente tiene poca cobertura.

—Pareces nerviosa.

—No, no, qué va.

—Pero ¿era él el italiano que conociste, o no?

—Pues no sé. A lo mejor. No sé dónde vivía.

—¿Se llamaba Leopoldo?

—Ni siquiera me acuerdo —miento, Leopoldo, Leonardo...

—¿Cómo no te vas a acordar del nombre de uno de tus novios? Yo me acuerdo de todos.

—Pues ya ves, yo no...

—Mamá...

—Que no.

—Voy a mandarte una foto a ver si lo reconoces.

—Roberto. No.

—Venga, mamá, es genial.

—De eso nada. Tuve un lío con un hombre joven y guapo que vivía en Asolo. Sería demasiada casualidad que fuera él.

—Él no ha dudado ni un momento. Hasta se ha puesto rojo en cuanto ha visto la foto. Ha disimulado porque estaba delante su mujer, pero en cuanto ella y Leopoldo han salido del salón me ha confesado que estuvo loco por ti, que se pasó dos meses sin dormir pensando en ti. Que te buscó y buscó y que no te encontró. Que nunca ha querido a ninguna mujer tanto, ni siquiera a su esposa.

—Qué mentiroso. Aquel tipo que conocí estaba casado y no me lo dijo. En cuanto me enteré, me largué —le digo al fin—. Y de todos los hombres que hay en Italia has ido a enamorarte del hijo de un tío con el que tu madre tuvo un lío. ¡No es normal! ¡Vaya puntería, Roberto, por Dios bendito!

—¡Y por la Virgen María! —continúa él, como hace siempre que digo ese juramento.

—¿Y lo sabe Leopoldo?

—Claro. Se lo he contado y le ha hecho mucha gracia. Claro que yo no sabía que su padre estaba ya casado con su madre cuando te conoció.

—Y no hace ninguna falta que se lo digas. ¿Me lo prometes?

—No quiero tener secretos con él. Es mi novio.

—Pamplinas. Yo tengo muchos secretos con tu padre y es mi marido.

—¡Pero mamá! —exclama.

—En esta vida no hay que contarlo todo. Ni a los más íntimos. Así que no se te ocurra decirle nada. Si sigues con él, quiero poder mirar a la cara a su madre, sin que nadie más que tú y yo sepa lo que pasó.

—Nosotros y Leopoldo padre —añade.

—Ese capullo.

—Ha tenido que ser muy guapo. Todavía lo es. Le gustaría hablar contigo.

—Dile que se vaya a hacer puñetas y… —titubeo—, ¿y tú con qué fin le enseñaste mi foto?

—Como dijiste que habías estado allí y que a lo mejor conocías la casa, pensé que a lo mejor te había visto…

—Y se iba a acordar de mí después de veinticinco años si no hubiéramos tenido nada. Pues te podías haber estado calladito, hijo.

—No pensé…

—Eres como tu padre, que no pensáis todo lo que deberíais.
—No soy como mi padre, y lo sabes.
Roberto odia que le diga que se parece a su padre. Y siempre lo hago cuando me enfado con él. Intento fastidiarlo con algo que le duele. En el fondo, soy igual que mi madre.

105

Suena el timbre del portero automático. Debe de ser el chico de la empresa de mensajería. Abro.

—Roberto, tengo que dejarte. Vienen a recoger las cajas que me quedo.

—Espero que no hayas tirado demasiadas cosas.

—Me llevo lo que es estrictamente necesario para que una parte de mí siga siendo la misma de antes.

—¿Y tu rodilla? Casi me había olvidado de ella.

—Sigue siendo la misma de siempre. No te preocupes ni por mí ni por mi rodilla. Pásalo bien y no olvides visitar la tumba de la Duse. Y en uno de los pueblecitos cercanos, que te lleven a ver la Gliptoteca de Canova y su mausoleo. Es muy especial.

—Precisamente hablando de Canova fue como Leopoldo y yo nos enamoramos.

—Qué romántico. No me lo habías contado.

—No hay que contarlo todo, ¿no es eso lo que me has dicho hace un momento?

—Pues aplícatelo también para lo otro. No se te vaya a escapar que tuve un lío con Leopoldo padre cuando ya estaba casado. Hala, te dejo, que ya está el señor en la puerta.

—Buen viaje mañana, mamá.

—Un beso.

El mensajero está esperando en el rellano. Aunque había abierto la puerta, no ha pasado.

—Pase, pase. Perdone, estaba hablando con mi hijo.

—Cosa muy natural. Los hijos son lo primero —me concede.

—Claro. Bueno, verá, iban a ser tres cajas, pero serán cuatro.

—Pues vaya, tendrán que cambiar la solicitud y la factura. Esto lo complica todo, señora. Podía haber llamado. Ahora solo podré llevarme tres.

—De eso nada. Yo no voy a volver a esta casa. Tiene que llevarse las cuatro.

—No tengo orden de hacerlo. Me llevo tres.

—O se lleva las cuatro o llamo a otra empresa. No he pagado ni firmado nada. Usted verá.

—Voy a hacer una llamada —dice con voz y expresión de fastidio.

Se mete por el pasillo sin que lo haya invitado a pasar del recibidor. Lo oigo hablar. Vuelve enseguida.

—Dice mi jefa que de acuerdo. Pero que tiene que hacer una nueva solicitud por correo electrónico. Puede hacerlo ahora mismo si se da prisa.

De acuerdo. Abro el teléfono. Veo que apenas me queda batería. Espero que sea suficiente. Entro en el correo, busco la dirección de la empresa y hago la solicitud. Enseguida recibo la contestación afirmativa. Se la enseño.

—Ahí está.

—De acuerdo —dice mientras mira su propio teléfono, que es un aparato del que salen recibos. Extrae un papel que se está imprimiendo directamente—. Aquí la tengo. Tiene que firmar.

Lo hago y me pregunto por qué no es más amable. Si lo fuera seguramente estaría menos amargado de lo que aparenta. La amargura es como la pescadilla que se muerde la cola: si estás amargado tu cara lo refleja, pero si fuerzas a tu rostro y a tus palabras a generar amabilidad, esta se absorbe y se genera bienestar. Creo que lo leí en una de esas revistas de autoayuda que suele haber en la consulta del dentista.

Lo miro con una sonrisa a ver si mi gesto lo contagia, pero no tengo ningún éxito. Carga las cuatro cajas en el carro que lleva y se va sin saludar.

—Adiós. Que tenga buen día —le digo desde la puerta.

—Mi jefa no debería aceptar encargos de casas que no tienen ascensor —farfulla.

—Antes no había ascensor en ninguna casa. Aquí vivió mi abuela hasta los ciento tres años. Ella siempre decía que vivía tantos años porque subir y bajar escaleras activaba su corazón.

—No creo que subiera o bajara cargada como yo.

—No, no lo hacía. Pero tenía mejor talante que usted.

Cierro la puerta antes de escuchar su respuesta. A veces tengo esa necesidad de decir lo que pienso. A pesar de todos los cantos a la libertad que hacíamos en aquellos años de la Transición, yo no consigo decir lo que pienso casi nunca. Sigo arrastrando el complejo de culpa que me impusieron las monjas y mi madre.

Y sigo teniendo una imperiosa necesidad de agradar a los demás y de no epatar, a pesar de saberme de memoria casi todas las canciones de Javier Krahe.

106

Me quedo sola en la casa con las luces del salón encendidas. Papá bajaba siempre las persianas cuando anochecía para que nadie lo viera. Yo no las bajo nunca en mi casa. Tampoco lo he hecho aquí estos días.

Abro la puerta del balcón y salgo. Hace frío, pero no me importa. Necesito aire fresco. Hay gente en la puerta del bar de enfrente. Fumadores que prefieren pasar frío a estar media hora sin inhalar humo. Tampoco el bar es el mismo que había cuando yo era adolescente y quedaba con Martín allí dentro antes de que se lo presentara a mis padres.

Todavía no han cerrado las tiendas y hay cierto trasiego en la calle. Veo un hombre que baja por la acera y se para en la entrada del bar. Mira hacia mi balcón. Se sorprende al ver que hay alguien asomado. Lleva una gorra con visera. Al principio no lo reconozco. En cuanto lo hago miro para otro lado y entro en el cuarto de estar.

El hombre tiene el rostro de las fotos que me ha enseñado Sara hace dos días en la página de contactos. Es Martín. Otro muy diferente al que yo conocí. Suena el timbre del portero automático. Sé que es él, que también me ha reconocido. No abro. Insiste.

Me siento en el sofá. Miro el reloj. Son las siete y media. Antes de las ocho tengo que ir a la inmobiliaria a dejar las llaves. Está cerca, pero sigo caminando despacio por el dolor de rodilla. Miro por la ventana del mirador a través de la cortina. Veo que Martín ha vuelto a la acera del bar y observa el piso. Tengo todas las luces encendidas, así que sabe que estoy dentro. Por un momento me pregunto si no le habrá dicho Sara lo que estoy haciendo. Pero no creo. Ella no se había identificado. Tal vez su hijo le haya mencionado que me ha atendido en el hospital. O no. Probablemente haya sido una casualidad. O uno de esos impulsos genéticos. He pensado demasiado en él estos días, y por eso ha aparecido.

Maldigo las revistas de autoayuda que leo en la consulta del dentista.

Veo que mueve la cabeza de un lado a otro y entra en el bar. Atisbo que está saludando a una mujer rubia, de media melena, bastante más joven que él. Se dan la mano y dos besos de sonrisa forzada. Intuyo que es la primera vez que se ven. Probablemente se trata de una primera cita. Un encuentro a través de la página de contactos.

Martín es tan cabrón que cita a sus ligues en el bar de enfrente de mi casa. Supongo que no sabe que mis padres han muerto y a lo mejor piensa que me puede encontrar haciéndoles una visita. Quizá hasta se cree que me pueden herir sus citas a ciegas.

Pues no. En absoluto. Aunque fuera el último hombre que quedara en el mundo.

107

Tengo media hora para llegar a la oficina. Supongo que la mujer rubia tardará más de ese tiempo en darse cuenta de que Martín es gilipollas, así que confío en que sigan todavía dentro del bar cuando salga.

Le pongo un wasap a mi marido:

—Estoy a punto de salir ya del piso. He terminado. Dejo las llaves en la inmobiliaria y regreso al hotel. Mañana vuelvo a casa.

Me contesta tan escueto como siempre:

—Estupendo. Que descanses esta noche y que tengas buen viaje mañana.

—¿Vendrás a recogerme? Llego en el AVE de las diez y media.

—Allí estaré.

—Bien, gracias.

Y le pongo el emoticono de la carita con los tres corazones. Él no sabe poner emoticonos.

Queda media hora, pero aún hay algo que tengo que hacer antes de irme.

Voy a la cocina y abro la nevera. La pequeña botella de Veuve Clicquot lleva tres días refrescándose. Regreso al salón. Saco de la vitrina la única copa de champán que he dejado. Las demás han ido a parar al contenedor. Abro la botella. El corcho llega al techo y salpica la pintura. No me importa. Alguien tendrá que pintar todo el piso cuando entre a vivir. Quien sea creerá que hace poco se ha celebrado una fiesta. Nadie sospechará que he sido yo la que se ha bebido la botella durante mis últimos minutos en la que fue mi casa. La de mi padre. La de mi madre. La de mi abuela.

La casa que recoge entre el aire que cierran sus paredes miles de palabras dichas para amar y para doler. Para luchar y para aceptar. Para aguantar y para cambiar. Para sustituir y para romper.

Y para brindar.

Ahora no voy a brindar «por la salud de Franco», como cuando era pequeña. Hoy brindo por mis fantasmas, por los que se quedan aquí y por los que se vienen conmigo.

Por las libertades perdidas, por las ganadas y por las soñadas.

Vierto la mitad del champán en la copa y la levanto para brindar con el vacío lleno de todas las palabras dichas. Me lo bebo todo de un trago. Miro a mi alrededor. Todo sigue como estaba. No ha acudido nadie a mi brindis. Vierto la otra mitad. Esta vez me siento en el sofá y bebo a pequeños sorbos, saboreando el líquido y sintiendo las burbujas que cosquillean en mi lengua. Estiro el brazo y contemplo el cáliz aflautado que tengo en mi mano. Hay algo sagrado en las minúsculas burbujas que suben en línea vertical hasta la superficie, donde desaparecen y se convierten en aire que se mezcla con el que respiramos durante años todos quienes vivimos aquí. Introduzco mi nariz en la copa y aspiro el aire que antes fue burbuja encerrada en una botella.

Pienso que las burbujas son como los genios de las botellas de *Las mil y una noches*. A ellos se les podía pedir tres deseos.

Cierro los ojos y hago mi petición en silencio.

Luego apuro la copa y la meto en una de las bolsas de basura.

Acompañará al resto de los sueños en el saco del olvido. Mientras, en mi boca, las burbujas siguen haciéndome cosquillas.

AGRADECIMIENTOS

A Sandra Bruna y Jordi Ribolleda, de Sandra Bruna Agencia Literaria, por una conversación en un restaurante de Barcelona, por sus consejos y por su generosa acogida.

A María Eugenia Rivera, directora editorial de HarperCollins Ibérica, y a Elena García-Aranda, mi editora, por su entusiasmo al recibir esta novela y por hacer las cosas tan fáciles y amables.

A todos los miembros de la editorial HarperCollins Ibérica por haberme hecho sentir en casa desde el primer momento.

A la abogada Gloria Labarta, por nuestra conversación en un café zaragozano, y por todo lo que hizo y hace para que el mundo sea un lugar mejor para las mujeres.

A Antón Castro, Jesús Marchamalo, Alejandro Palomas e Irene Vallejo por sus generosas palabras.

A Jørgen Skaalmo y a Susana Arnas, primeros lectores de *El brindis de Margarita*.

A Carmen Alcalde Calatayud, y a Carmina Moliné Meseguer, tutoras de la Universidad Laboral de Zaragoza, porque me enseñaron a confiar en mí misma y a perder muchos miedos. Y porque lo siguen haciendo.

A José Luis Aínsa, que me dejó un rincón de su «Café del Sur» para que pudiera escribir durante mis días en Albacete.

A Riccardo Cocciante, que compuso una canción que canté mil veces durante el verano en el que entendí que podía tomar las riendas de mi vida. Fue en Nervi, Liguria, y la canción sigue siendo *Margherita*.

A todos aquellos que compusieron e interpretaron la banda sonora de mis años adolescentes.